KB116428

아이스링크

아이스링크

(

로베르토 볼라뇨 장편소설

박세형 옮김

이 책은 실로 꿰매어 제본하는 정통적인 사철 방식으로 만들어졌습니다.
사철 방식으로 제본된 책은 오랫동안 보관해도 손상되지 않습니다.

이왕 살아야 하는 인생이라면
정처없이 헤매는 광란자가 되리라.
— 마리오 산티아고

레모 모란

제가 녀석을 처음 만난 곳은 멕시코시티의 부카렐리가(街), 그러니까 패기 넘치는 시인들이 상주하던 모호하고 수상쩍은 청춘의 공간이었어요. 그날 밤에는 짙은 안개가 끼는 바람에 차들이 거북이걸음으로 움직였고 행인들은 즐거워하며 낯선 풍경을 화제로 삼았지요. 적어도 제가 기억하기로 멕시코시티에서 밤안개를 볼 수 있는 것은 정말로 흔치 않은 일이었거든요. 아바나 카페 입구에서 친구들의 소개를 받기 전에 벨벳처럼 그윽한 녀석의 목소리를 먼저 들었지요. 세월이 흐른 뒤에도 그 목소리만큼은 여전하더군요. 녀석은 그때 〈잭이 나타날 법한 밤이군〉 하고 말했어요. 살인마 잭을 가리키는 것이었는데, 목소리 때문인지 무슨 일이든 가능한 무법 지대가 떠올랐지요. 우리는 모두 새파란 청춘이요 겁 없는 10대이자 시인이었기에 그저 웃어넘기고 말았어요. 낯선 목소리의 주인공은 면식이 있는 친구나 원수들 사이에서 가스파린이라고 불리던 가스파르 에레디아였습니다. 회전문 아래로 자욱하게 깔려 있던 안개와 일행끼리

주고받던 야한 농담이 아직도 기억나네요. 얼굴과 조명이 어슴푸레 보이는 가운데 어둠의 망토를 뒤집어쓴 친구들의 모습은 열정과 무지, 순진함이 뒤섞인 하나의 파편과도 같았지요. 실제로 우리가 그러했던 것처럼 말이에요. 지금 우리는 아바나 카페에서 수천 킬로미터나 떨어진 곳에 있는데 살인마 잭이 등장할 법한 안개는 예전보다 더욱 짙어졌습니다. 〈멕시코시티, 부카렐리 가, 이제 살인 사건 차례군〉 하고 짐작하시는 분들이 있겠지요……. 하지만 전혀 그런 일이 아니라는 것을 보여 드리기 위해 이렇게 이야기를 시작하는 것입니다…….

가스파르 에레디아

봄이 반쯤 지난 5월의 어느 날 밤에 바르셀로나를 떠나 Z 시에 도착했어요. 수중에 거의 땡전 한 푼 없는 처지였지만 딱히 걱정이 되지는 않았지요. Z에서 저를 기다리는 일자리가 있었거든요. 레모 모란이라고 오랫동안 만나지 못했지만 행방이 묘연했던 기간만 제외하면 항상 소식을 전해 듣던 친구가 있었어요. 그런데 녀석이 우리가 서로 아는 여자 친구를 통해 5월부터 9월까지 한철 일을 해보겠느냐고 제안했던 거예요. 분명히 말씀드리지만 제 편에서 먼저 일자리를 구해 달라고 부탁한 게 아닙니다. 그때건 이전이건 녀석과 연락을 시도한 적도 없었고, Z에 와서 살겠다는 생각은 꿈에도 없었거든요. 우리가 한때 친구 사이였던 것은 사실이지만 그것도 다 오래전의 일이었지요. 게다가 저로 말씀드리자면 동정이나 구걸하는 그런 놈은 아닙니다. 저는 그 무렵까지 중국인 거리에 있는 4인용 아파트에 살고 있긴 했지만 생각만큼 그렇게 상황이 나빴던 것은 아니었어요. 물론 처음 몇 달을 제외하면 스페인에서 저의 법적인 지위는 좋게 말해 하루살이 처지였지요. 체류 허가증도 없고 취업 허가서도 없으니 이거 무슨 연옥에 사는 것만 같더군요. 아예 다른 곳으로 뜨거나 변호사를 고용해 서류 문제를 해결할 돈이 생길 때까지 무작정 기다리는 꼴이었어요. 저처럼 쥐뿔도 없는 외국인에게는 상상 속에서나 가능한 꿈같은 순간이겠지요. 어쨌든 뭐 아주 최악의 상황은 아니었어요. 한동안 닥치는 대로 아무 일이나 하면서 입에 풀칠도 하고 영화도 보고 방세도 지불했지요. 람블라 거리에서 가판대를 지키는 것에서부터 노동 착취 공장에서 탈탈거리는 싱거 재봉기로 가죽 가방을 만드는 일까지 안 해본 게 없습니다. 그러던 어느 날 람블라 거리에서 노점상을 하는 모니카라는 칠레 여자를 만났어요. 대화를 나누다 보니 우리는 서로 다른 시기에 레모 모란과 친구로 알고 지냈더군요. 저는 한참 전의 일이었지만 모니카는 유럽으로 건너온 뒤에 꽤 주기적으로 녀석과 만난 모양이었어요. 모니카는 녀석이 Z에 살고 있다는 것을 알려 주면서(저는 녀석이 스페인에 사는 것은 알았지만 어디인지는 몰랐거든요), 녀석을 직접 찾아가거나 전화로 연락하라고 하더군요. 저 같은 처지에 있는 사람이 그렇게 하지 않는 것은 도저히 있을 수 없는 일이라고 말입니다. 한마디로 녀석에게 도와 달라고 부탁하라는 뜻이었지요! 물론 저는 아무런 행동도 취하지 않았어요. 소원해진 관계를 회복할 길도 없어 보였고, 녀석을 귀찮게 하고 싶지도 않았거든요. 그래서 예전처럼 이냥저냥 근근이 살아가던 참에 하루는 모니카가 바르셀로나의 술집에서 레모 모란을 만났다고 알려 주더군요. 녀석에게 제 처지를 설명했더니 당장 기차를 잡아타고 Z로 오라고 했다는 것이었어요. 적어도 여름 한철은 그쪽에서 일하면서 생활할 수 있다는 말이었지요. 녀석이 저를 기억하고 있다니 놀랄 노자였지요! 솔직히 말씀드리면 마땅히 더 나은 자리도 없었고, 앞으로의 전망도 석유통 속만큼 캄캄한 암흑뿐이었어요. 게다가 녀석의 제안에 구미가 당기기도 했지요. 굳이 바르셀로나에 발목 잡힐 일도 없는 데다 심한 독감에 걸렸다가 막 회복한 상태였고(평생 그렇게 혹독한 감기는 처음이었어요. Z에 도착할 때까지도 미열이 남아 있을 정도였으니까요), 다섯 달 동안 죽 바닷가에 산다는 생각만으로 바보처럼 웃음이 나왔지요. 해안선을 따라 달리는 기차를 잡아타고 떠나면 그만인 일이었어요. 쇠뿔도 단김에 빼라. 가방에 책과 옷가지를 챙겨 넣은 다음에 부리나케 내뺐지요. 가방에 들어가지 않는 물건은 다 남들에게 주었어요. 프란시아 역을 뒤로하고 열차가 움직이자 이런 생각이 들더군요. 앞으로 다시 바르셀로나에 살 일은 없을 거다. 내 인생에서 안녕이다! 아쉬움도 미련도 없다! 마타로에 이르렀을 즈음에는 사람들의 얼굴마저 기억에서 사라지기 시작했어요……. 하지만 말만 그렇다 뿐이지 세상에 잊을 수 있는 게 어디 있겠습니까…….

엔리크 로스켈러스

몇 년 전까지만 하더라도 저는 양처럼 온순한 사람이었습니다. 가족이며 친구며 부하 직원을 비롯해 저와 친분을 맺었던 모든 이들에게 물어보십시오. 제가 절대로 범죄에 휘말릴 사람이 아니라고 한목소리로 말할 것입니다. 저는 엄격하다 싶을 정도로 규칙적인 생활을 하고 있습니다. 술과 담배는 거의 입에 대지 않고 밤에 외출하는 일도 드뭅니다. 직장에서는 일 잘하기로 평판이 자자하지요. 필요한 경우에는 지치지 않고 열여섯 시간 동안 연장 근무도 할 수 있습니다. 저는 스물두 살에 심리학 학위를 취득했는데 가식적으로 겸양 떨지 않고 말씀드리자면 동급생 가운데 제일 뛰어난 학생 중 하나였지요. 지금은 법학과 수업을 듣고 있습니다. 진즉에 과정을 끝냈어야 하지만 여유 있게 하는 편이 낫겠다고 마음먹었지요. 굳이 서두를 까닭도 없는 마당이니까요. 솔직히 말씀드리면 괜히 법학과에 등록했다고 후회한 적도 많습니다. 사서 고생할 필요가 무엇 있겠습니까? 거기다 학년이 올라갈수록 수업도 점점 지겨워지는데 말입니다. 그렇다고 중간에 포기하겠다는 뜻은 아닙니다. 제 사전에 포기라는 말은 없습니다. 거북이처럼 느릴 때도 있고 아킬레우스처럼 빠를 때도 있지만 절대로 포기하는 법은 없지요. 그러나 직장과 학업을 병행하는 게 만만치 않다는 것은 짚고 넘어가야겠습니다. 이미 말씀드렸듯이 일이 고되고 버거울 때가 잦거든요. 물론 모든 게 다 제 탓입니다. 제가 스스로를 몰아쳤던 것이니까요. 그런데 뜬금없이 이런 의문이 드네요. 도대체 무슨 영달을 얻겠다고 그랬던 것일까요? 모르겠습니다. 때로는 제 깜냥으로 이해할 수 없는 일도 있기 마련인 것 같습니다. 어쩔 때는 욕먹을 짓은 혼자 다 했다는 생각도 듭니다. 그동안 거의 눈 뜬 장님처럼 살았다는 생각도 들고요. 요즘처럼 뜬눈으로 밤을 지새운다 하더라도 답이 나오지는 않더군요. 사람들 말마따나 최근에 온갖 욕설과 비방에 시달렸지만 그래도 여전히 모르겠습니다. 너무 이른 시기에 중책을 떠맡았다는 것만은 분명합니다. 한때 저는 부적응 아동 시설에서 심리 상담원으로 일했습니다. 짧지만 행복했던 시절이었지요. 지금 돌아보면 거기에 눌러앉는 편이 나을 뻔했습니다. 그러나 한참 시간이 지나고 뒤늦게야 깨닫는 일도 있는 법이지요. 한편으로는 이런 생각도 듭니다. 모름지기 젊은이라면 진취적인 열정과 야망, 목표가 있지 않을까요. 다른 사람은 모르겠지만 아무튼 저는 그랬습니다. 그래서 사회당이 처음으로 지방 선거에서 승리하고 얼마 지나지 않아 Z로 왔던 것입니다. 필라르는 사회 복지과를 이끌 만한 인물을 찾다가 저를 적임자로 선택했지요. 화려한 경력은 없었지만 당시에 사회당이 집권한 여러 자치 단체에서 실험이나 다름없던 그 까다로운 분과를 담당할 자격은 충분했습니다. 물론 저 또한 사회당 당원이기는 합니다만(조만간 본때를 보여 준다는 의미에서 공개적으로 제명당할 것 같습니다) 그러한 사실이 최종 결정에 영향을 미친 것은 아닙니다. 정식으로 채용되기까지 먼지 털 듯 철저한 심사가 이어졌습니다. 처음 반년 동안은 불안정한 상황의 연속에 진이 빠질 지경이었지요. 그러니 이 자리를 빌려 필라르를 그 추문과 엮으려는 분들께 한 말씀 드리겠습니다. 필라르가 친분 때문에 저를 그 자리에 꽂아 준 게 아니라고 말입니다. 물론 초선과 재선(누가 뭐라고 하든 간에 Z의 시민들은 시장님을 사랑합니다)을 거치는 과정에서 관계가 돈독해진 것은 사실입니다. 이를테면 역경과 희망을 나누는 동지로서의 우정이 싹텄다고나 할까요. 저와 이름이 같은 필라르의 남편 엔리크 지베르 이 빌라마요까지 포함해서 말입니다. 잔인한 자칼의 탈을 뒤집어쓴 신문 기자들이야 아무렇게나 지껄이라고 하지요. 굳이 필라르가 잘못한 일을 하나 꼽자면 갈수록 저에 대한 신임이 두터워졌다는 것입니다. 제가 도착하기 이전과 2년 후에 여러 분과의 실적을 비교하면 명확한 답이 나옵니다. 저는 Z 시청을 움직이는 동력이자 근육이요 두뇌였지요. 아무리 피곤해도 어떻게든 업무를 수행했고, 다른 이들의 일까지 도맡기가 일쑤였습니다. 분과 사람들은 물론이고 다른 직원들의 질투와 원한을 사기도 했지요. 많은 부하 직원들이 속으로 저를 증오하는 것을 잘 알고 있습니다. 시간이 흐르면서 점점 성격도 변해서 성마르고 비관적인 인간이 되었지요. 솔직히 말씀드리면 저는 Z에 뼈를 묻겠다고 생각한 적이 한 번도 없습니다. 전문적인 직업에 종사하는 사람은 항상 원대한 꿈을 품어야지요. 바르셀로나, 하다못해 헤로나에서 비슷한 직책을 제의받았다면 쌍수를 들고 환영했을 것입니다. 대도시 시장의 부름을 받아 범죄 예방 캠페인이나 마약과의 전쟁 같은 야심찬 기획을 진두지휘하는 제 모습을 수없이 상상했다고 말한대서 무엇이 부끄럽겠습니까. Z에서는 이미 이룰 걸 다 이룬 마당에 말입니다! 언젠가 필라르가 자리에서 물러나면 저는 어떻게 될까요? 또 어떤 부류의 정치가들 앞에서 벌벌 기어야 할까요? 매일 밤 그런 두려움들을 달래며 차를 몰고 집으로 돌아갔습니다. 밤마다 홀로 녹초가 된 몸을 이끌고 말입니다. 해야 할 과제들이 항상 산더미처럼 쌓여 있었지요. 혼자 끙끙 앓으며 얼마나 많은 일들을 삭여야 했는지 모릅니다. 그러다 누리아를 만났고 벤빈구트 저택 프로젝트가 제 손에 떨어졌지요…….

레모 모란

지난 5월에 제가 가스파르 에레디아에게 일자리를 준 건 맞아요. 멕시코 출신의 빈털터리 시인, 우리들의 가스파린에게 말입니다. 당시에는 죽도록 인정하기 싫었던 사실이지만 저는 녀석이 도착하기만을 애타게 기다렸어요. 그런데 녀석이 카르타고의 문간에 나타났을 때 제대로 얼굴을 알아보지도 못했습니다. 세월이 그냥 흐른 게 아니더라고요. 서로 포옹을 하고 나서는 그것으로 끝이었습니다. 저는 몇 번이고 이런 상상을 해보았습니다. 만약 그때 대화를 나누거나 해변을 산책했다면 어땠을까? 그런 뒤에 코냑 한 병을 마시며 질질 짜거나 웃음꽃을 피우며 동이 틀 때까지 회포를 풀었다면? 아마 지금쯤 완전히 다른 이야기가 전개되고 있겠지요. 하지만 포옹을 마치자마자 저는 얼굴이 얼음장처럼 굳는 바람에 반갑다는 표정조차 지을 수가 없었습니다. 바 옆의 의자에 걸터앉은 녀석의 모습이 의지할 데 없는 초라한 외톨이나 다름없다는 것을 알면서도 가만히 있었지요. 부끄러웠던 것일까요? 녀석의 갑작스러운 출현에 Z

의 잠자던 괴물이 깨어나기라도 했던 걸까요? 모르겠습니다. 어쩌면 유령을 보았다고 생각했는지도 모르는데 당시에는 유령이라는 말만 들어도 넌더리가 났지요. 지금은 아닙니다. 이제는 오히려 유령 덕분에 즐거운 오후를 보내고 있거든요. 아무튼 자정을 넘긴 뒤에야 녀석과 함께 카르타고의 문을 나섰는데 어떻게 말문을 터야 할지 막막할 따름이었어요. 녀석도 말이 없기는 마찬가지였지만 속으로는 기뻐하는 눈치였지요. 캠핑장 접수처에 있는 카라히요 영감은 텔레비전에 정신이 팔려 우리를 보지 못했습니다. 그래서 그냥 지나쳐서 걸어갔지요. 녀석이 생활하게 될 텐트는 연장을 보관하는 헛간 옆의 외딴곳에 자리해 있었어요. 낮 시간에 잠을 청할 테니까 아무래도 조용한 장소가 적당했겠지요. 가스파린은 마음에 꼭 들었던지 특유의 그윽한 목소리로 시골에서 사는 기분이겠다고 말하더군요. 제가 알기로 녀석은 한 번도 도시 바깥에서 살아 본 적이 없었어요. 텐트 한쪽에는 캠핑장에서 흔히 보이는 종류가 아니라 크리스마스트리 같은 느낌을 주는 아주 자그마한 소나무가 있었어요. 알렉스가 특별히 공들여서 그 장소를 선택했구나 싶었지요. 사소한 일에도 혼자 머리를 굴려 알 수 없는 의미를 부여하는 아이였거든요(하필이면 그곳을 택한 이유가 도대체 무엇이었을까요? 가스파린이 산타 할아버지라도 된다는 뜻이었을까요?). 저는 가스파린을 세면장으로 데려가 샤워기 사용법을 알려 준 다음에 접수처로 돌아왔지요. 그게 전부였습니다. 이후로 일주일쯤이나 지나서야 녀석을 다시 보았어요. 가스파린과 카라히요 영감은 둘도 없는 친구 사이가 되었더군요. 사실 노인장하고는 친해지지 않기가 더 어려운 일이지요. 가스파린의 근무 시간은 다른 야간 경비원들과 마찬가지로 밤 10시부터 아침 8시까지였어요. 야간조가 근무 중에 잠을 잔다는 것은 공공연한 비밀이었지요. 저희는 다른 캠핑장에 비해서 급여도 괜찮은 편이었고 가스파린이 도맡아야 하긴 했지만 특별히 힘든 일도 없었어요. 노인장은 나이도 너무 많을뿐더러 거의 매일 만취 상태였기 때문에 새벽 4시에 순찰을 돌기에는 무리였거든요. 식비는 회사에서 모두 부담했어요. 그러니까 제 통장에서 빠져나갔다는 말씀이지요. 가스파린은 카르타고에서 아침, 점심, 저녁, 하루 세끼를 마음껏 먹을 수 있었어요. 자기 돈은 한 푼도 내지 않고서 말입니다. 저는 이따금씩 종업원들을 통해 녀석에 대해 물어보았습니다. 그 경비가 점심을 먹으러 오던가? 저녁은 잘 챙겨 먹고? 언제부터 안 오는데? 또 드물게는 이런 질문을 던지기도 했지요. 그 친구가 글을 쓰던가? 책 여백에다가 무언가를 빽빽이 적어 넣지 않던가? 한 마리 늑대처럼 달을 쳐다보는 경우는 없었고? 그렇지만 꼬치꼬치 캐묻지는 않았어요. 그럴 만한 시간이 없었거든요……. 솔직히 말씀드리면 녀석과는 상관없는 일들에 온 신경을 집중하고 있었지요. 한때 그렇게 의기양양했던 우리의 가스파르 에레디아는 어딘지 움츠러들고 서먹서먹해 보이는 모습이었어요. 마치 자신의 정체와 생각을 드러내지 않은 채 세상 사람들에게 등을 돌리고 있는 것 같았지요. 암흑을 향해, 더 높은 곳을 향해 걸어오느라(아니, 달려오느라!) 얼마나 많은 용기가 필요했는지 숨기고 말입니다…….

가스파르 에레디아

스텔라 마리스(여인숙 냄새를 풍기는 이름이지요)라는 캠핑장은 그럭저럭 괜찮은 곳이었어요. 이용 수칙이 까다로운 것도 아니었고 주먹질과 도둑질이 난무하지도 않았지요. 바르셀로나 출신의 노동자 가족과 프랑스, 네덜란드, 이탈리아, 독일 국적의 젊은 막일꾼들이 주요 고객이었습니다. 때로는 이러한 조합 때문에 일촉즉발의 분위기가 만들어지기도 했어요. 카라히요 영감의 천금 같은 충고를 첫날 밤부터 실천에 옮기지 않았더라면 정말 일이 터졌을 겁니다. 노인장의 말인즉슨 사람들끼리 서로 죽이건 말건 그냥 놔두라는 것이었어요. 그렇게 노골적으로 잘라 말하는 게 처음에는 우스웠는데 나중에는 오싹하게 느껴지더군요. 하지만 그건 캠핑장에 있는 사람들을 무시해서 하는 말이 아니었어요. 오히려 그네들의 자유 의지를 최대한 존중하는 마음에서 우러나온 것이었지요. 영감이 사람들에게 인기가 좋다는 것은 한눈에 알 수 있었어요. 해마다 스페인 사람들과 Z에서 여름휴가를 보내는 외국인 가족들이 특히나 영감을 좋아했지요. 영감이 하루에 한 번 미적대며 순찰을 돌 때마다 캠핑카나 텐트 안으로 초대하기가 일쑤였어요. 밤새 지루할 테니 심심풀이나 하라고 술 한 잔, 케이크 한 조각, 포르노 잡지를 권했지요. 아니, 대관절 지루할 틈이 어디 있었겠습니까! 새벽 3시면 노인장은 술에 떡이 되어 쓰러졌고 코 고는 소리가 대로변까지 들릴 정도였어요. 텐트촌에 적막이 내려앉는 시간도 바로 그즈음이었지요. 자갈이 깔린 좁은 길을 따라 손전등을 끈 채 제 발소리에만 귀를 기울이며 캠핑장을 돌아다니면 참 기분이 좋았어요. 노인장과 저는 그 시간까지 정문 옆의 나무 의자에 앉아서 잡담을 나누고는 했습니다. 잠 못 이루는 사람들과 흥청망청 노는 사람들이 지나가며 잘 자라고 인사를 건넸지요. 때로는 술에 취한 사람을 텐트까지 옮겨야 하는 경우도 있었어요. 고객의 텐트를 꿰고 있는 노인장이 앞장을 서면 제가 취객을 등에 업고 뒤를 따랐지요. 그런 일로 팁을 받을 때도 있었지만 대개는 고맙다는 말조차 없는 경우가 많았어요. 처음에 일을 시작할 때는 아예 잠을 자지 않으려는 생각이었지요. 하지만 나중에는 노인장의 본을 따르게 되더군요. 영감과 저는 접수처에 틀어박혀서 불을 끄고 가죽 의자에 편하게 누웠지요. 스텔라 마리스 캠핑장의 접수처는 조립식 건물로 두 벽이 유리로 되어 있었어요. 한쪽은 정문을, 다른 쪽은 수영장을 향해 있었기에 안에서도 그럭저럭 경비를 보기가 수월했지요. 수시로 캠핑장 전체에 전기가 끊어질 때 전기실로 들어가 문제를 해결하는 것은 제 차지였어요. 딱히 위험한 일은 아니었지만 퓨즈가 있는 헛간 안에서는 조심해야 했습니다. 주렁주렁 늘어진 수많은 전선들을 요리조리 피해 다녀야 했거든요. 거기에는 거미는 물론이고 온갖 벌레들이 잔뜩 있었어요. 윙윙거리는 전기 소리는 또 말해 무엇하겠습니까! 정전 때문에 텔레비전 시청을 멈추어야 했던 고객들은 불이 다시 들어오면 박수를 쳤어요. 자주는 아니었지만 이따금씩 민병대가 캠핑장에 들를 때도 있었지요. 그네들을 상대하는 것은 노인장의 몫이었습니다. 민병대의 농담에 맞장구를 쳐주며 차에서 내리라고 청했지요. 하지만 그네들은 한 번도 밖으로 나오는 법이 없었어요. 캠핑장에 딸린 술집에서 공짜로 술을 준다는 소문이 있었는데 제가 거기서 직접 민병대를 본 적은 없었어요. 어쩔 때는 경찰이 들르기도 했어요. 중앙 경찰, 지방 경찰이 번갈아 가면서 왔지요. 의례적인 순찰이었어요. 다행히 저한테는 인사조차 건네지 않더군요. 경찰이 들르면 저는 어떻게든 핑계를 대고 캠핑장을 한 바퀴 돌았어요. 민병대가 찾아와서 그날 캠핑장에 등록한 사라고사 여자 둘을 찾던 밤이 기억나네요. 노인장과 저는 그런 손님들은 없다고 답했지요. 그네들이 자리를 뜨자 노인장이 저를 보며

1 1936년 7월 17일 프란시스코 프랑코의 쿠데타로 시작해 1939년 4월 1일 공화파 정부가 프랑코에 항복할 때까지 마누엘 아사냐가 이끄는 좌파 인민 전선과 프랑코를 중심으로 한 우파 반란군 사이에 벌어졌던 내전. 소비에트 연방과 각국에서 모여든 의용군인 국제 여단이 반파시즘 진영인 인민 전선을 지원하고 파시스트 진영인 나치 독일과 이탈리아의 무솔리니 정권, 포르투갈의 살라자르 정권이 프랑코를 지원하면서 제2차 세계 대전의 전초전 양상을 띠었다.

말하더군요. 〈불쌍한 여자들이야, 푹 자게 내버려 두세.〉 제 입장에서는 아무래도 상관없는 일이었지요. 이튿날 저녁에 여자들은 이미 사라지고 없었어요. 노인장이 언질을 주어서 단숨에 내뺐던 것이었지요. 저는 영감에게 딱히 해명을 요구하지는 않았어요. 새벽에 동이 틀 무렵이면 저는 해변에 갔어요. 그때가 가장 좋은 시간이었지요. 모래는 갓 빗질을 마친 듯이 깔끔했고 주변에 관광객은 하나도 없었으니까요. 기껏해야 그물을 거두어들이는 고깃배 몇 척이 있는 정도였지요. 저는 옷을 벗고 수영을 즐긴 뒤에 갈대를 헤치며 캠핑장으로 돌아왔어요. 접수처에 도착하면 노인장이 막 깨어나서 창문을 열고 환기를 시키는 중이었지요. 영감과 저는 정문 옆의 의자에 앉았다가 차단막을 치우고 대화를 나누었어요. 주로 날씨가 화젯거리였습니다. 날이 흐리네, 푹푹 찌겠네, 포근하네, 선선하네, 잔뜩 구름이 끼었네, 비가 내리겠네, 햇살이 쨍쨍하네, 덥네……. 이유는 알 수 없었지만 노인장은 유난히 날씨에 관심이 많았어요. 그러나 밤이 되면 달랐지요. 밤에는 전쟁이 영감의 단골 주제였어요. 정확히 말하면 스페인 내전[1]의 막바지였습니다. 조금씩 차이는 있었지만 매번 똑같은 이야기였어요. 수류탄으로 무장한 한 무리의 공화국 병사들이 장갑차 대형을 향해 전진합니다. 장갑차는 병사들에게 기관총을 발사하지요. 병사들은 땅에 엎드렸다가 이윽고 다시 앞으로 나아갑니다. 장갑차는 다시 병사들을 향해 총탄 세례를 퍼붓지요. 이번에도 병사들은 땅에 엎드렸다가 곧이어 전진을 계속합니다. 이런 식으로 네 번이나 다섯 번 같은 일이 반복돼요. 이어서 새로운 변수가 더해지며 끔찍한 상황이 전개됩니다. 이때껏 미동도 않던 장갑차가 병사들을 향해 움직이는 것입니다. 노인장은 이야기를 하다가 이 부분에 이르면 세 번에 두 번은 질식할 듯이 얼굴이 벌게져서 눈물을 쏟아 냈어요. 그다음에 무슨 일이 벌어졌느냐고요? 몇몇 병사들은 뒤로 돌아서 부리나케 도망쳤지요. 나머지 병사들은 장갑차를 향해 정면으로 걸어갔어요. 그중 많은 이들이 욕설과 절규를 내뱉으며 쓰러졌지요. 그게 전부였어요. 여기에서 이야기에 살이 더 붙을 때면 시체와 혼란의 틈바구니를 뚫고 한두 대의 불타는 장갑차가 돌진하는 장면이 눈앞에 그려졌지요. 〈죽도록 겁에 질린 채 무작정 전진을 계속했지. 죽도록 겁에 질린 채 삼십육계로 줄행랑을 쳤고.〉 노인장이 어느 편이었는지는 불분명했지만 한 번도 이에 대해 물어본 적은 없었어요. 어쩌면 전부 지어낸 이야기였을 수도 있지요. 스페인 내전 당시에는 장갑차가 많이 없었으니까요. 저는 바르셀로나 보케리아 시장에서 정육점을 하시는 노인을 만난 적이 있습니다. 본인이 티토 원수[2]와 채 2미터도 떨어지지 않은 참호에 있었다고 장담을 하시더군요. 거짓

2 Josip Broz Tito(1892~1980). 옛 유고슬라비아 사회주의 연방 공화국의 대통령. 티토의 스페인 내전 참전 여부에 대해서는 논란이 많았다. 티토 본인은 소련의 지시에 따라 유고슬로비아 의용군을 모집해 스페인에 입국시킨 게 전부라고 증언했지만 이후 관련 사진과 기록이 공개되면서 내전에 참가한 게 거의 확실시되고 있다.

3 George A. Romero(1940~). 「살아 있는 시체들의 밤Night of the Living Dead」(1968) 등의 공포 영화로 유명한 미국의 영화감독.

말을 할 분은 아니었지만 제가 알기로 티토 원수는 스페인에 발을 디딘 적도 없습니다. 그런데 도대체 어쩌다가 그 사람이 어르신의 기억에 등장했을까요? 불가사의한 일입니다. 노인장은 눈물을 훔치고 아무 일도 없었던 듯 계속 술을 마시거나 동전 맞히기 놀이를 하자고 제안했어요. 몇 번 연습을 하다 보니까 어느새 도사가 다 되더군요. 밤을 설치는 고객들이 꼭 있기 마련이었기에 함께 놀이를 즐겼지요. 너무 조용해서 잠을 잘 수 없는 바르셀로나 출신 사람들, 며느리들과 세 달 동안 여름휴가를 보내는 은퇴한 노인들, 모두 노인장의 친구들이었지요! 저는 접수처 안에 있는 게 지겨우면 캠핑장 술집에서 시간을 때우기도 했어요. 꿈에서 튀어나온 것 같은 정체불명의 괴인들이 테라스에 모여들었지요. 참 볼만한 풍경이었어요. 조지 로메로[3] 영화에서나 볼 법한 살아 있는 시체들의 회합이었지요. 새벽 1시에서 2시 사이에 술집 주인은 가게 문을 닫고 조명을 껐어요. 자동차를 타고 가기 전에 술병과 술잔을 테라스의 탁자 한곳에 모아 놓으라고 부탁했지요. 하지만 그 친구가 하는 말에 신경 쓰는 사람은 아무도 없었어요. 맨 마지막에 자리를 뜨는 사람들은 두 여자였습니다. 그러니까 나이가 지긋하신 할머니 한 분과 어린 소녀였지요. 한 사람은 목숨이라도 달려 있는 일인 양 웃고 떠들었어요. 다른 한 사람은 멍한 표정으로 듣고만 있었고요. 둘 다 어딘가 아픈 사람들처럼 보였어요…….

엔리크 로스켈러스

이제 무슨 이야기를 하더라도 제 무덤만 파는 꼴이겠지요. 그래도 이왕 입을 연 김에 할 말은 해야겠습니다. 저는 괴물도 아니고 여러분께서 그렇게 선정적으로 묘사한 것처럼 냉혈한이거나 파렴치한 인간도 아닙니다. 어쩌면 제 외모가 웃음을 자아낼 수도 있겠지요. 어디 마음껏 웃어 보십시오. 한때는 사람들이 제 앞에서 벌벌 떨던 시절도 있었습니다. 저는 키 163센티미터에 뚱뚱한 몸집의 카탈루냐 남자입니다. 또한 사회주의자이고 미래를 믿습니다. 아니, 예전에는 믿었다고 하는 편이 맞겠네요. 너그럽게 이해해 주시기 바랍니다. 요즘 제가 딱히 유쾌한 나날을 보내고 있는 건 아니라서 말입니다. 아무튼 저는 노동과…… 정의와…… 진보를 믿었습니다. 제가 알기로 필라르는 도내의 사회당 출신 시장들 앞에서 저 같은 인재가 자신을 보좌하고 있다고 자랑을 늘어놓곤 했습니다. 실제로 그랬을 가능성이 크지만 최근에 홀로 고독을 씹는 와중에 수시로 이런 의문이 들더군요. 왜 저를 Z 시와 필라르에게서 가로채 바르셀로나와 더 가까운 곳으로 데려가려고 한 거물급 인사가 없었을까요? 어쩌면 필라르가 그 정도로 심하게 자랑을 늘어놓은 것은 아니었던 것 같습니다. 아니면 다들 이미 자기 심복이 있어서 다른 사람이 필요 없었을 수도 있지요. Z 시 안에서 저의 영향력은 점점 커져 갔지만 그 경계를 넘어서지는 못했습니다. 바로 그것이 제 운명을 좌우한 결정적인 요인이었지요. 저는 Z에서 훌륭한 업적을 쌓았지만 두고두고 대가를 치러야 할 오점도 남겼습니다. Z 시청은 이제 아예 대놓고 저를 공개적으로 모욕하더군요. 하지만 시청에서 추진하는 기획과 연구는 상당수가 제 머리에서 비롯된 것입니다. 이미 말씀드렸듯이 저는 사회 복지과 과장이었지만 도시 기획과 업무까지 총괄했으니까요. 심지어는 생활 체육과 과장도 아침마다 제 사무실에 들러서 조언을 구했습니다. 지금은 뻔뻔하게 제 욕을 하고 다니고 미성년자나 집적대는 그 변태 같은 놈이 말입니다. 축제나 공식 석상에서 필라르의 옆자리는 항상 제가 차지했습니다. 괜히 이상한 추측은 하지 마십시오. 까닭은 알 수 없지만 시장님의 남편분은 여섯 명 이상의 사람이 모이는 자리를 싫어했거든요. 저랑 이름이 같은 엔리크 지베르는 우리가 흔히 지식인이라고 부르는 사람입니다. 저도 그 친구의 본을 따라 사무실에만 처박혀 있는 편이 나았을지 누가 알겠습니까. 누리아를 만난 것도 다름 아니라 Z 시 종합 경기장에서 열렸던 공식 행사에서였으니까요……. 누리아 마르티……. 그날 오후를 떠올리면 눈물이 앞을 가리는 것만 같습니다……. 딱히 특별한 기준 없이 Z를 빛낸 운동선수를 선정해 공로를 치하하는 자리였지요. 수상자들 가운데는 훌륭하게 시즌을 마감한 청소년 농구 팀, 2부 리그 팀에서 뛰는 젊은 축구 선수, 그해에 은퇴하는 4부 리그 축구팀 감독, 리그 챔피언 자리에 오른 유소년 수구 팀이 있었습니다. 그러나 수상식의 대미를 장식한 것은 코펜하겐에서 열린 피겨 스케이팅 대회에서 스페인의 위상을 드높이고 돌아온 우리의 스타 누리아 마르티였습니다……. 초등학생들(선생님들의 인솔하에 단체로 참석한 것이었지요)로 가득 찬 관중석은 누리아의 등장과 함께 광란의 도가니로 변했습니다. 어찌나 요란하게 소리를 지르고 박수를 쳐대던지! 머리에 피도 안 마른 열 살짜리 꼬마들이 휘파람을 불며 누리아 만세를 외치더군요. 그런 광경은 생전 처음이었습니다. 누구나 다 인정하는 비인기 종목인 피겨 스케이팅이 하루아침에 국민 스포츠로 둔갑했을 리는 없었지요. 몇몇 아이들 중에서 특히 여자아이들은 텔레비전 중계를 통해 누리아의 연기를 지켜본 터였습니다. 그런 여자아이들에게 누리아는 우상이나 다름없는 존재였지요. 하지만 대개는 누리아의 명성과 미모에 홀려서 박수를 쳤던 것입니다. 세상에서 가장 아름다운 여자가 바로 제 눈앞에 있었지요. 그런 미인은 이전에 본 적도 없고 앞으로 볼 일도 없을 것입니다. 아이들의 눈은 속일 수 없다는 말이 있지요. 심리학자이자 공무원으로서 저는 그 말을 믿지 않았습니다. 그러나 이번에는 정말 아이들의 눈이 정확했지요. 세상의 온갖 미사여구도 누리아의 눈부신 외모 앞에서는 빛이 바랬습니다. 몇 년째 Z에서 근무하면서 어떻게 누리아와 한 번도 마주치지 못했을까요? 제가 실제로 사는 곳이 Z가 아니었고 누리아가 최근에야 귀국했다는 사실 외에는 달리 설명을 찾을 수 없었습니다. 누리아는 그때까지 스페인 올림픽 위원회의 지원금을 받아 장기간 해외에서 체류한 터였지요. 천사의 강림이라고밖에 표현할 수 없는 그날의 만남 이후, 저는 저도 모르게 며칠 동안 누리아에게 접근할 구실을 찾는 데 골몰했습니다. 친구까지는 어렵다고 하더라도 길에서 만나면 하다못해 인사라도 주고받거나 잠시 대화를 나누는 사이가 되고 싶었지요. 관광 축제과에서 주관하는 낙농업 박람회에 홍보 대사직을 만든 것도 바로 그러한 목적이었습니다. 가판대를 운영하는 농부들로 구성된 위원회는 처음에 의아하다는 반응을 보였지만 이런 저런 이유를 대며 설득하자 쌍수를 들고 환영했습니다. 내친김에 국제적인 피겨 스케이팅 선수 누리아보다 홍보 대사직에 적합한 인물은 없다고 덧붙였지요. 의례적이고 상징적인 역할로 개막식에서 짧게 인사말을 하면 그만이라고 말입니다. 위원회는 만장일치로 뜨거운 반응을 보였고 저는 바로 가장 까다로운 작업에 착수했습니다. 바로 그 일을 구실로 삼아 누리아가 제게 눈길을 보내고 관심을 갖게 만드는 일이었지요……. 박람회 따위야 이미 안중에도 없었다는 사실은 굳이 말씀드릴 필요도 없겠지요. 살면서 처음으로 심장이 뇌의 자리를 대신했고, 저는 열성을 다해 마음이 이끄는 대로 따랐습니다. 제 기억으로 그때가 봄이 아니었나 싶습니다. 파멸의 나락으로 향하고 있다는 생각이 한순간도 머릿속을 떠나지 않았지요. 그러나 아무래도 상관없었습니다. 굳이 이런 말씀을 드리는 이유는 단 하나입니다. 제가 분별력을 잃고 맹목적으로 행동한 게 아니라는 것이지요. 아무래도 상관없는 것은 지금도 마찬가지입니다. 행사 담당자가 정식으로 홍보 대사직을 제의했지만 예상대로 누리아는 고사했습니다. 담당자 말로는 국가 대표에 다시 합류하는 날짜가 코앞에 닥쳤다는 것이었지요. 시간 낭비할 때가 아니라는 뜻이었습니다. 제가 누리아에게 연락을 할 만한 정당한 근거가 마련된 셈이었지요. 그날 당장 전화를 걸어 곧바로 구시가지에 있는 가게에서 만나기로 약속했습니다. 홍보 대사를 맡아 달라고 설득하지 못한 것은 물론이요 그게 주목적도 아니었지요. 하지만 주중에 저녁을 함께 먹자는 제안에는 기어코 긍정적인 대답을 얻어 냈습니다. 거기서부터 모든 게 시작되었지요. 그해 봄에 홍보 대사를 뽑았는지는 지금도 모르겠습니다. 처음으로 함께 식사를 한 뒤로는 비슷한 자리가 연거푸 이어졌어요. 저는 누리아가 만나는 사람들과 관계를 맺기 시작했고 조금씩 생활 습관에도 변화가 생겼습니다. 특별한 이유 없이 만나는 횟수도 갈수록 늘어났지요. 만남이 거듭될수록 즐거움도 커져 갔습니다. 평생 그런 식의 관계가 지속되었더라도 저는 괜찮았을 것입니다. 그러나 세상에 오래도록 변하지 않는 일은 없는 법입니다. 친분이 깊어질수록 저는 누리아의 고민을 더욱 명확히 알게 되었습니다. 어떤 관점에서 보면 딱히 고민도 아니었지만, 누리아의 예술적인 기질은 일을 부풀리는 경향이 있었지요. 여기서 당시에 누리아의 앞길을 가로막고 있던 자잘한 걸림돌들을 하나하나 늘어놓지는 않겠습니다. 제가 보기에 가장 중요하다고 생각하는 두 가지만 말씀드리지요. 첫 번째 고민은 좋은 친구들과 함께 즐거운 저녁을 보내고 난 밤에 누리아가 털어놓은 것입니다. 그때 그 친구들 중 몇몇은 이제 제 얼굴에 침을 뱉으며 즐거워하고 있지요. 사람들과 헤어지고 누리아는 바로 집으로 가는 대신에 포구로 가자고 청하더군요. 도시에서 가장 멀리 떨어진 산벨리사리오 포구에서 누리아가 입을 열었습니다. 제가 모르는 어떤 호남자와의 연애에 대해 머뭇거리며 두서없는 이야기를 늘어놓더군요. 저는 두 사람이 연인이었다가 이제 헤어진 사이라고 추측했습니다. 한눈에 보기에도 누리아는 고통스럽고 당황한 것 같았습니다. 차 안이 어두워서 누리아가 제 일그러진 얼굴을 보지 못한 게 천만다행이었습니다. 도저히 믿을 수 없다는 표정에 감히 어떤 남자가 그녀를 버릴 수 있는가 하는 불쾌함이 그대로 드러났으니까요. 아무튼 누리아가 괴로운 속내를 털어놓으면서 저는 더 친밀한 친구의 자리에 올라섰지요. 제가 어떤 식으로 위로의 말을 건넸느냐고요? 잊으라는 것이었지요. 저는 여러 번 그냥 잊으라고 자기 일에, 피겨 스케이팅에 심신을 다하라고 충고했습니다. 두 번째 고민은 다름 아니라 피겨 스케이팅과 관계된 것이었지요. 누리아가 Z를 떠나고 열흘쯤 지난 뒤에 일어난 일이었습니다. 국가 대표 팀은 아직 공사가 진행 중이던 하카의 전지훈련장에 집합한 터였지요. 어느 날 자정에 거기서 누리아가 펑펑 울며 전화를 걸어 왔던 것입니다. 지원금이 끊겼다는 것이었지요! 그 불쌍한 선수들을 모두 하카에 집합시킨 다음에 지원금을 지급하거나 갱신하거나 중단했던 것입니다! 물론 누리아 혼자 뒤통수를 맞은 것은 아니었습니다. 몇 시간 만에 두 명의 북유럽 출신 코치와 헝가리 코치 한 명, 여러 명의 스페인 코치가 직장을 잃었고, 19세 이상의 거의 모든 선수들이 지원금 대상에서 탈락했지요. 다음 날 이 소식은 스포츠 신문에서 동계 스포츠를 다루는 난에 한 칸짜리 단신으로 실렸고, 전국 단위의 일간지에서는 아예 다루지도 않았습니다. 하지만 누리아는 이 일로 엄청난 타격을 받았지요. 새 판을 짜든가 아니면 다 같이 죽자는 게 스페인 빙상 연맹의 기본적인 취지였습니다. 스페인에서 그런 일은 부지기수이지만 공수표에 그치기가 십상이지요. 스페인 사람들은 시나브로 죽어 가는 데 인이 박여서 날이 갈수록 더 생생해지는 것 같습니다. 영원히 늙어 가는 동시에 영원히 살아 있는 셈이지요. 누리아는 국가 대표에서 제외되었지만 지역 연맹 소속의 신분은 유지했습니다. 덕분에 카탈루냐 연맹이 제공하는 시설에서 훈련하고 대회에도 참여할 수 있었지요. 그러나 엘리트 선수로서의 자존심에 상처를 입고 사기가 떨어진 것은 당연했지요. 두말할 필요도 없이 새로운 피겨 스케이팅 대표에 누리아가 들어갈 자리는 없었습니다. 하지만 누리아의 말로는 자기가 1등을 다투는 두 여자아이보다 실력이 뛰어나다는 것이었어요. 신문 기사를 읽고 헤로나의 친분 있는 기자들과 전화 통화를 하면서 저는 대다수의 카탈루냐 선수들이 비슷한 일을 겪었다는 것을 알게 되었습니다. 중앙 집권주의에서 비롯된 횡포였을까요? 저는 잘 모르는 문제이기도 하고 솔직히 관심도 없습니다. 무엇이 누리아의 행복과 불행을 좌우하는가가 당시 제 삶에서 가장 중요한 일이었으니까요. 한편으로는 그렇게 상황이 바뀐 것이 저한테 유리한 면도 있었습니다. 지원금이 끊기는 바람에 누리아가 주로 Z에 머물러야 했으니 말입니다. 그런데 요즘 들어 깨달은 사실이지만 사랑은 이기적인 게 아니더군요. 허탈감에 시달리며, 해외로 나가는 것은 고사하고 일주일에 두 번 바르셀로나 아이스링크에 가는 게 고작인 새로운 생활에 적응하느라 고생하는 누리아를 보면서 가슴이 찢어지는 듯 아팠지요. 누리아가 Z로 돌아온 뒤에 우리는 여러 번 이야기를 나누었습니다. 근무 시간에 제 사무실에서 대화를 나눌 때도 있었고(일하는 도중에 아무 때나 찾아올 수 있는 사람은 누리아밖에 없었습니다. 두말하면 잔소리겠지만 필라르는 당연히 예외였고요), 묘하게 화장품 냄새를 풍기는 항구로 내려가 이제 아무도 사용하지 않는 낡은 고깃배에 기대어 대화를 나눌 때도 있었는데 주제는 매번 똑같았지요. 연맹 고위층의 학연과 지연주의,

누리아에 대한 부당한 처사, 달이 바뀔수록 사라져 가는 누리아의 재능. 세상에 그것보다 중요하고 재미있는 이야깃거리가 얼마나 많은데 어찌 그런 사소한 문제에만 집착했느냐고요? 누리아는 그런 식이었습니다. 하나라도 이해할 수 없는 게 있으면 피가 날 때까지 그 조막만 한 금발 머리로 부딪치고 또 부딪쳤지요. 저는 마땅한 해결책을 제시할 수 없는 바에야 잠자코 듣고 있는 편이 낫다는 걸 진즉에 깨달았습니다. 사실이지 제가 철옹성 같은 빙상 연맹에 맞서서 무슨 일을 할 수 있었겠습니까? 아무것도 없었지요. 시간이 흐르기를 기다리는 수밖에요. 어느덧 일과가 되어 버린 둘만의 시간을 음미하면서 누리아의 얼굴을 한가득 눈에 담고 Z의 기막힌 날씨를 즐기며 행복을 느끼면 그만이었어요. 그러는 사이에 제 속마음을 넌지시 표현한 적은 없었냐고요? 한 번도 그런 일은 없었습니다. 용기가 부족했던 탓인지 우정이 깨질까 봐 두려웠던 탓인지 모르겠습니다. 게으름이나 소심함 때문이었을 수도 있지만 시간을 두는 편이 신중하다고 생각했지요. 〈제 무덤 제가 판다〉는 말이 있지요. 하지만 충직한 기사의 역할을 완벽히 수행하는 것만으로도 저는 행복했습니다. 우리는 영화를 보거나 술을 마시고 함께 드라이브를 즐겼지요. 누리아네 집에서 어머니와 열 살배기 동생 라이아와 저녁을 먹기도 했습니다. 두 사람은 저를 진지한 애인이나 결혼을 약속한 남자 정도로 대하는 듯했어요. 속내는 정확히 몰랐지만 어쨌든 항상 저를 친근하고 다정하게 맞아 주었습니다.

저녁 식사를 마친 뒤에는 보통 제가 가져간 비디오를 감상하기도 하고, 거실에 오순도순 모여 앉아 누리아의 신문 스크랩이나 사진을 모은 앨범을 보았습니다. 즐거운 시간이었지요. 이쯤에서 멈추어야 한다는 생각을 여러 번 하게 되더군요. 〈이 정도면 만족해, 나는 행운아야, 무얼 더 바라겠어〉 하는 정도로 끝냈어야 했습니다. 하지만 물불을 가리지 않는 사랑의 열정이 저를 막다른 길로 내몰았습니다. 벤빈구트 저택 프로젝트가 구체화되기 시작한 것은 필연적인 일이였지요…….

레모 모란

이제 와서 사태를 바로잡으려고 해보았자 소용없는 일이겠지만 지난여름 Z에서 발생한 사건에 제가 어떻게 관여하게 되었는지만은 분명히 밝히고 싶습니다. 차분하고 객관적인 설명을 듣게 되리라고는 기대하지 마십시오. 미우나 고우나 제 고향이나 다름없는 곳을 당장 떠나야 할지도 모르는 마당에 산더미만 한 오해와 의혹을 남긴 채 가기는 싫거든요. 저는 항간에 떠도는 소문과는 달리 콜롬비아 마약상의 끄나풀도 아니고 여자들을 유괴해서 팔아먹는 중남미 마피아 단원도 아닙니다. 브라질의 변태 성교 집단과도 아무런 관계가 없지만 솔직히 그렇다고 해도 나쁘지는 않을 것 같군요. 저는 그저 남들보다 운이 좋았던 평범한 사람입니다. 지금은 아닐지도 모르겠으나 한때는 작가이기도 했지요. 이 도시에 오게 된 것은 몇 년 전의 일입니다. 제 인생이 보잘것없이 느껴지던 암울한 시기였지요. 그 시절의 이야기를 구구절절 늘어놓아 보았자 무엇하겠습니까. 루르드, 팜플로나, 사라고사, 바르셀로나에서 노점상으로 일하며 돈을 좀 모았다는 것 정도면 대충 짐작이 가시겠지요. 결국에는 어디에선가 자리를 잡았을 테지만 우연찮게 그 장소가 Z가 되었습니다. 저는 그동안 모아 둔 돈으로 점포를 임대해서 장신구 가게를 하나 차렸어요. 알아본 중에 가장 저렴한 곳이었는데도 한 푼도 남김없이 통장을 탈탈 털어야 했습니다. 그런데 혼자서 상점을 운영하기란 불가능한 일이고 직원을 구해야 한다는 것을 금세 깨달았지요. 겨우 쥐꼬리만 한 양을 구입하는 정도였지만 물품 때문에 수시로 바르셀로나를 왕래해야 했거든요. 바로 그렇게 이동을 하던 어느 날 알렉스 보바디야를 만났습니다. 저는 4천 페세타어치의 장신구와 함께 오후 기차를 타고 돌아오는 길이었고 알렉스는 넋이 나간 상태로 여행자 가이드를 읽는 중이었지요. 녀석 옆의 빈자리에 놓여 있는 낡아 빠진 작은 가방 사이로 두툼한 땅콩 봉지가 튀어나와 있더군요. 알렉스가 하는 일이라고는 먹고 읽는 게 전부였습니다. 보이 스카우트가 되기로 결심한 승려, 아니 승려가 되기로 결심한 보이 스카우트처럼 보였지요. 그냥 한 마리 원숭이 같기도 했고요. 저는 녀석을 주의 깊게 살펴본 뒤에 혹시 외국에 나가느냐고 물었습니다. 여름이 지나고 9월이나 10월에 갈 생각이지만 그 전에 일거리를 구해야 한다고 대답하더군요. 저는 바로 그 자리에서 일자리를 제의했습니다. 그렇게 우리는 성공적인 사업과 우정을 향한 첫걸음을 내딛게 되었지요. 첫해에 우리는 가게 안에서, 그러니까 낮 동안 목걸이와 귀고리를 진열하는 탁자 옆의 맨바닥에서 잠자리를 해결했습니다. 휴가철이 끝난 9월쯤에는 수익이 상당했지요. 그 돈을 그대로 간수하거나 괜찮은 집을 구하거나 Z를 떠날 수도 있었겠지만, 대신에 알 수 없는 이유로 폐업한 술집을 임대했어요. 그 술집이 바로 카르타고입니다. 장신구 가게는 문을 닫고 겨울 동안은 술집 장사를 했지요. 알렉스는 부모님을 뵙겠다며 주말에 한 번 자리를 비웠던 것만 빼면 노상 제 곁에 함께 있었습니다. 노부부는 매우 다정하신 분들이었는데 직장에서 은퇴한 다음에 바달로나의 농장을 가꾸면서 여유 시간을 보내시고 한 달에 한 번씩 꼬박꼬박 Z를 방문하셨지요. 솔직히 알렉스의 부모님이라기보다는 조부모님처럼 보였습니다. 그해 겨울에 우리는 장신구 가게를 아예 집처럼 바꾸었습니다. 침낭이며 이불이며 책(물론 알렉스가 여행자 가이드 외에 다른 책을 읽는 모습은 한 번도 보지 못했습니다)이며 옷가지까지 죄다 들여놓았던 것이지요. 술집으로 생계를 해결할 수 있었고 이듬해 여름에는 두 가게를 모두 운영했습니다. 장신구 가게도 어느 정도 자리가 잡혀서 수입이 짭짤했지만 술집으로 벌어들이는 돈은 단순히 짭짤한 수준이 아니었지요. Z에서 보낸 두 번째 여름은 한마디로 대박이었습니다. 보름 또는 한 주간의 행복을 마음껏 즐기겠다고 다들 작정이라도 했는지 당장이라도 제3차 세계 대전이 터질 것만 같은 분위기였지요. 휴가철이 끝날 무렵 Z에서 몇 킬로미터 떨어진 Y에 장신구 가게를 하나 더 임대했습니다. 심지어는 결혼까지 했는데 이 부분에 대해서는 나중에 자세히 말씀드리지요. 이듬해 휴가철도 이전의 수익을 밑돌지 않았기에 X에 자그마한 사업을 하나 벌일 수 있었습니다. X는 Y보다 조금 남쪽에 위치한 도시였지만 Z에서 그렇게 멀지 않은 곳이라 알렉스가 날마다 매출을 확인할 수 있었어요. 세 번의 휴가철이 지났을 즈음에 저는 이미 이혼한 뒤였습니다. 그때쯤에는 술집과 장신구 가게뿐만 아니라 캠핑장이며 호텔까지 성업 중이었지요. 장신구와 기념품, 선탠로션을 번갈아 가며 판매하는 상점도 두 개나 더 있었습니다. 작지만 쾌적한 호텔의 이름은 〈델 마르〉였지요. 캠핑장은 〈스텔라 마리스〉라는 이름이었습니다. 다른 상점들의 이름은 각각 〈프루토스 데 템포라다(제철 과일)〉, 〈솔 나시엔테(떠오르는 태양)〉, 〈부카네로(해적)〉, 〈코스타 브라바〉, 〈몬타네 에 이호스(몬타네와 자식들)〉이었지요. 척 보면 아시겠지만 기존의 상호를 바꾸지 않고 그대로 놔두었습니다. 델 마르 호텔을 소유하고 있던 사람은 독일인 과부였지요. 스텔라 마리스는 Z의 지역 유지이자 유서 깊은 가문의 소유였는데 캠핑장을 운영하려고 하다가 결과가 신통치 않자 임대로 내놓았던 것이었습니다. 사실 그쪽에서는 토지를 매매하고 싶어 했지만 건축 제한 구역이었기에 사겠다고 선뜻 나서는 사람이 없었지요. 언젠가는 Z에 있는 모든 캠핑장에 호텔과 아파트가 들어서고야 말 것입니다. 그때가 되면 저도 땅을 매입할지 아예 발을 뺄지 결정해야 할 테지요. 물론 그런 날이 오기도 전에 벌써 이

곳을 떠날 가능성이 더 높겠지만요. 제가 처음 임대했던 곳은 상호 그대로 청과류 가게였습니다. 다른 점포들에 대해서는 별로 아는 것이 없어요. 그중에서도 〈몬타네와 자식들〉은 도무지 과거를 짐작할 수가 없었지요. 몬타네 씨와 그의 자식들은 과연 누구이며(혹은 누구였으며) 무슨 일을 했던 것일까요? 가게는 부동산을 통해 임대로 내놓은 것이었는데 제가 알기로 실소유주의 이름은 몬타네가 아닙니다. 저는 가끔씩 농담처럼 그곳이 상조 회사나 골동품 가게, 또는 사냥 용품 전문점이었을 거라고 알렉스에게 말했어요. 그런데 제 직원은 이 세 가지 업종을 극도로 싫어하는 눈치였습니다. 별로 바람직한 장사가 아니라는 말이었지요. 재수 없는 일이 생긴다는 것이었습니다. 어쩌면 녀석이 옳았는지도 모르겠어요. 〈몬타네와 자식들〉이 정말 사냥 용품점이었다면 거기서 저한테 액운이 옮겨붙어서 이전에는 운 좋게 피해 다니던 일들과 마주쳤던 것일 수도 있으니까요……. 피…… 살인…… 공포에 질린 희생자……. 문득 오래전의 시가 하나 떠오릅니다……. 살인자가 잠을 자는 사이에 피해자는 그의 사진을 찍는다……. 책에서 읽은 것일까요 아니면 제가 쓴 것일까요……? 솔직히 정확하게 기억은 나지 않지만 제가 깡으로 똘똘 뭉친 시인들과 어울려 다닐 무렵에 멕시코시티에서 썼던 시 같습니다. 가스파린이 걸어서 도시를 횡단한 뒤에 게레로 구나 부카렐리 가의 술집에 나타나고는 하던 시절이었지요. 녀석은 도대체 무엇을 찾아서, 또 누구를 찾아서 그렇게 돌아다녔던 것일까요? 멕시코의 안개 속에서 형형히 빛을 발하던 가스파린의 검은 눈동자. 왜 녀석을 생각하면 주위의 풍경이 역사 이전의 모습으로 변하는지 모르겠습니다. 악취가 풍기는 수증기를 헤치며 서서히 모습을 드러나는 거대한 형체. 하지만 그 시는 제가 쓴 게 아닐지도 모릅니다……. 살인자가 잠을 자는 사이에 피해자는 그의 사진을 찍는다, 꽤 그럴싸하지 않습니까? 범행 장소로 가장 적합한 곳은 두말할 것도 없이 벤빈구트 저택이겠지요…….

가스파르 에레디아

때로는 캠핑장 울타리 사이로 녀석이 맞은편의 디스코텍에서 나오는 것을 보았지요. 술에 취해 혼자일 때도 있었고 제가 모르는 사람들과 함께 있을 때도 있었습니다. 하는 행동으로 보아 녀석도 그 사람들을 모르기는 매한가지인 듯싶었어요. 자기만의 세계에 푹 빠져서 꼭 외계인이나 조난자처럼 따로 놀고 있었거든요. 한번은 금발 여자와 함께 있었는데 녀석이 행복해 보인 것은 그때가 유일했습니다. 금발은 미인이었고 두 사람이 디스코텍에서 나오는 마지막 손님인 것 같았지요. 어쩌다 녀석과 눈이 마주치면 그저 손 인사를 주고받고 말았습니다. 널찍한 거리는 그 시간쯤이면 으스스한 분위기를 풍기기 마련이었지요. 종이, 음식 찌꺼기, 빈 깡통, 깨진 유리잔이 인도에 그득했습니다. 뜨문뜨문 호텔이나 캠핑장을 찾아 배회하는 취객들이 눈에 띄었는데, 대개는 길을 잃고 헤매다 해변에서 잠들기가 십상이었지요. 한번은 레모가 길을 건너오더니 울타리 너머로 일이 괜찮은지 묻더군요. 저는 문제없다고 말하고 녀석과 잘 자라는 인사를 주고받았습니다. 레모는 거의 캠핑장에 오지 않았기 때문에 길게 대화를 나누는 일은 없었습니다. 그러나 보바디야는 저녁마다 제가 근무를 시작하기 전에 찾아왔지요. 잠깐 들러서 책과 서류함을 둘러보다 가는 게 고작이었지만요. 이상하게 그 보바디야라는 친구와는 도무지 친해질 수가 없더군요. 한 달에 두 번 급료를 받을 때 말고는 관계라고 할 만한 것도 없었지만 그래도 꼬박꼬박 예의는 지켰습니다. 캠핑장에서 일하는 사람들은 레모를 좋아했고, 레모만큼은 아니었지만 보바디야도 좋아했지요. 임금이 짭짤했을 뿐 아니라 문제가 발생할 경우에는 융통성도 있는 편이었거든요. Z 출신의 젊은 여자와 배관공도 겸하는 페루 사내로 이루어진 접수처 직원들, 스페인어라고는 〈안녕〉과 〈잘 가〉밖에 모르는 세네갈 아주머니를 포함한 세 명의 청소부 아주머니……. 그네들의 입장에서 캠핑장은 연애 놀음까지 생각할 수 있을 만큼 한가로운 직장이었습니다. 실제로 접수처에서 일하는 페루 사내와 젊은 여자 사이에 핑크빛 분위기가 감돌고 있었지요. 아무튼 직원과 관리자의 관계는 무난한 편이었고, 직원들끼리는 아무런 문제도 없었습니다. 일하는 사람들의 조합이 워낙 특이했기 때문에 그런 조화가 가능했던 것 같습니다. 취업 허가서가 없는 세 명의 외국인과 퇴물로 취급받는 세 명의 스페인 노인이면 머릿수가 다 찼으니까요. 레모가 다른 곳에서도 비슷한 식으로 직원을 구성했는지 모르겠지만 아마 그럴 가능성은 낮을 겁니다. 청소부 아주머니들 중에서는 세네갈에서 온 미리암 아주머니만 혼자 캠핑장 밖에서 살았지요. 바르셀로나 외곽 지역 출신의 로사와 아수세나 아주머니는 공동 샤워장 근처에 있는 2인용 가족 텐트에서 생활했습니다. 두 분은 자매로 모두 남편과 사별한 터였는데 아파트를 임대하는 부동산의 알선으로 청소를 하며 따로 돈을 벌었지요. 스텔라 마리스 캠핑장에서 일하는 것은 그해 여름이 처음이었습니다. 전해에 Z에 있는 다른 캠핑장에서 일하다가 해고를 당했다더군요. 동시에 여러 일을 뛰다 보니 위급한 상황이 생길 때마다 자리를 비운 탓이었습니다. 두 분은 각자 하루 평균 열다섯 시간씩 일했지만 어떻게든 시간을 쪼개 밤에 술 한잔 즐기는 여유까지 있었지요. 가스등을 켜고 텐트 입구에 플라스틱 의자를 놓고 앉아 모기를 쫓으며 두런두런 이야기를 나누었습니다. 보통 대화의 주제는 인간이 얼마나 추잡한 동물인가 하는 것이었어요. 저녁 식사 이후의 한담에서 꼭 빠지지 않고 등장하는 것은 바로 똥이었습니다. 아무리 기를 써도 해독할 수 없는 언어와 같은 똥의 변화무쌍한 형태를 입에 올렸지요. 두 분을 통해 저는 샤워실과 바닥, 변기 양쪽에 똥을 싸는 사람이 있다는 사실을 알았습니다. 변기 가장자리에 싸는 경우도 있었는데 상당한 균형 감각과 노련한 기술을 요하는 일이었지요. 똥으로 문에다가 낙서를 하고 세면대를 더럽게 만드는 일이 허다했습니다. 똥을 싼 다음에 거울, 소화기, 수도꼭지처럼 눈에 띄는 장소로 옮겨 놓기도 했지요. 똥을 뭉쳐서 동물(기린,

코끼리, 미키 마우스)이나 축구팀 표어나 신체 기관(눈, 심장, 성기)을 떡칠해 그리기가 일쑤였습니다. 두 자매분의 입장에서 분노를 금치 못한 것은 여자 화장실에서도 똑같은 일이 벌어진다는 사실이었어요. 물론 남자 화장실보다 횟수도 적었고 범인이 한 사람이라고 추론할 수 있는 뚜렷한 증거도 있었습니다. 두 분은 그 〈더러운 잡년〉을 잡아내고야 말겠다며 눈에 불을 켜고 달려들었지요. 그래서 세네갈 아주머니와 의기투합해 잠복근무를 시작했는데 그 방법이 참으로 집요하고 무식하기 이를 데 없었습니다. 누가 화장실을 사용하는지 똑똑히 보아 두었다가 나중에 들어가서 상태를 확인하고 한 사람씩 용의 선상에서 제외하는 식이었으니까요. 그 결과 밤마다 일정한 시각에 파렴치한 똥칠이 벌어진다는 것이 밝혀졌고, 제가 술집 테라스에서 자주 보던 두 여자 중 하나가 유력한 용의자로 지목되었습니다. 로사와 아수세나 아주머니는 접수처 직원들에게 그 사실을 고했고, 접수처 직원들은 다시 카라히요 영감에게 소식을 전했고, 마지막으로 영감이 제게 일을 떠넘겼지요. 문제의 그 여자를 찾아가서 말해 보고 기분 상하지 않게 잘 처리하라는 것이었습니다. 앞으로 이야기를 들어 보면 아시겠지만 그리 간단한 일이 아니었지요. 그날 밤에 저는 테라스에서 다른 사람들이 다 사라질 때까지 기다렸습니다. 맞은편 탁자의 끄트머리에 앉아 있던 두 여자는 평소처럼 마지막까지 자리를 지켰지요. 시멘트 바닥을 뿌리로 뚫고 나온 커다란 나무에 그들은 반쯤 가려져 있었습니다. 그런 나무를 무어라고 부르지요? 플라타너스? 잣소나무? 정확한 명칭은 모르겠네요. 저는 한 손에 찻잔을 들고 다른 손에 경비용 손전등을 든 채 여자들 쪽으로 다가갔습니다. 겨우 두세 발짝 정도의 거리로 가까워졌을 때야 인기척을 느낀 것 같더군요. 제가 자리에 함께 앉아도 되는지 묻자 노파가 깔깔거리고 웃었습니다. 〈그럼, 편히 앉게나, 우리 귀염둥이 총각〉 하고 말하더군요. 두 사람 다 손이 깨끗했습니다. 서늘한 밤공기를 즐기고 있는 것 같았지요. 제가 무슨 말을 했는지 기억도 나지 않습니다. 보나마나 실없는 소리나 중얼거렸겠지요. 쉽게 범접할 수 없는 묘한 기운이 두 사람을 보호막처럼 감싸고 있었습니다. 어린 여자는 말이 없고 어두운 분위기를 풍겼지요. 반면에 할멈은 수다스러웠고 산산조각 떨어지는 달빛처럼 밝았습니다. 그 첫 만남에서 무슨 대화가 오갔는지 기억도 가물가물하네요. 아마 두 사람과 헤어지고 나서 1분 뒤에도 기억하지 못했을 것입니다. 노파의 웃음소리와 어린 여자의 흐리멍덩한 두 눈만 생생히 떠오를 뿐이에요. 여자의 시선은 바깥이 아니라 안으로 향해 있던 것이었을까요? 아니면 눈더러 좀 쉬고 오라고 어디 휴가라도 보낸 것이었을까요? 모를 일입니다. 노파는 미소 띤 얼굴로 연신 입을 놀리며 암호처럼 수수께끼 같은 말들을 늘어놓았습니다. 나무, 울퉁불퉁한 테라스 바닥, 여러 개의 빈 탁자 그리고 술집 유리 지붕 위로 흘러가는 그림자들……. 주변에 있는 모든 것들이 조금씩 사라져 가고 있는데 그 사실을 알고 있는 건 자기들뿐이라는 말투였지요. 저는 그런 분이 추저분한 짓을 저질렀을 리가 없고 그랬다 하더라도 필히 사정이 있으리라 생각했습니다. 머리 위로는 잎이 흔들리는 나뭇가지에서 캠핑장 쥐들이 야간 훈련에 한창이었지요(근무 첫날에는 다람쥐라고 생각했는데 알고 보니 쥐더라고요!). 그때 할멈이 아주 크지도 또 작지도 않은 목소리로 노래를 부르기 시작했습니다. 제가 있다는 걸 신경 쓰느라고 살금살금 나뭇가지 사이로 기어 내려오는 느낌이었지요. 성악을 배운 사람의 목소리였습니다. 저는 오페라에 문외한이지만 귀에 익은 아리아의 일부분이 여러 개 들렸지요. 무엇보다 언어를 넘나들며 능수능란하게 메들리를 이어 가는 게 인상적이었습니다. 눈앞에서 펼쳐지는 그 소리의 향연은 오로지 한 사람의 관객을 위한 것이었지요. 한 사람이라고 할 수밖에 없는 게 어린 여자는 내내 딴 세상에 있는 사람 같았거든요. 이따금씩 손가락 끝으로 눈을 만지는 것 외에는 그저 멍하니 앉아 있을 뿐이었습니다. 몸이 좋지 않은 게 분명해 보였는데 새처럼 지저귀는 할멈의 노래가 끝날 때까지 혼신을 다해 기침을 참더군요. 한순간이라도 어린 여자와 눈이 마주친 적이 있었느냐고요? 그랬을 가능성도 있지만 없었던 것 같습니다. 그리고 여자를 보았을 때 알았는데 얼굴이 무슨 고무지우개 같았어요. 가뭇없이 사라지는가 싶다가도 버젓이 다시 나타나기를 반복했습니다! 캠핑장 조명까지 덩달아 깜빡이며 밝아졌다가 흐려지기 시작했지요. 제가 여자의 얼굴을 보느냐 마느냐에 따라 장단을 맞추는 것 같았습니다. 할멈이 노래하는 소리의 높낮이에 맞게 움직이는 건지도 모를 일이었지요. 순간적으로 황홀경과 비슷한 것을 느꼈습니다. 그림자들이 길게 늘어났고 텐트가 자갈길에서 떼어 낼 수 없는 종기처럼 부풀어 올랐지요. 자동차의 금속성 광택이 강한 빛을 발하며 눈을 파고들었습니다. 그 순간 저 멀리 캠핑장 바깥으로 이어지는 갈림길에 카라히요 영감이 보였어요. 동상처럼 우뚝 선 모습이었지만 한참 전부터 이쪽을 지켜본 게 분명했습니다. 그때 노파가 독일어로 무어라고 말하더니 노래를 멈추었지요. 〈우리 귀염둥이 총각이 듣기에는 어땠는가?〉 저는 훌륭했다고 말한 다음에 자리에서 일어났어요. 어린 여자는 찻잔에서 시선을 떼지 않았습니다. 두 사람에게 술이나 먹을 것을 사고 싶었지만 술집은 벌써 문을 닫은 지 오래였지요. 그래서 잘 자라는 말만 남기고 자리를 떠났습니다. 갈림길에 이르렀지만 카라히요 영감은 벌써 사라진 뒤였지요. 접수처에 도착하니 안에 있더군요. 텔레비전을 켜놓고 있었습니다. 무심한 말투로 일이 어떻게 되었느냐고 묻더군요. 저는 노파가 로사와 아수세나 아주머니가 찾던 범인이 아닌 것 같다고 답했습니다. 일본에서 열린 골프 토너먼트를 재방송하고 있던 게 기억나네요. 영감이 처량한 눈길로 저를 바라보면서 말했습니다. 〈그 할멈이 한 짓이 맞지만 그냥 신경 쓰지 말게나.〉 〈청소부 아주머니들에게는 무어라고 말씀드려야 할까요?〉 〈아직 알아보고 있는 중이라고 하면 될 걸세. 의심 가는 사람들이 더 있으니 섣불리 단언할 수 없다고 말이야. 조만간 사건을 해결할 수 있을 거라고…….〉

엔리크 로스켈러스

벤빈구트는 19세기 말에 이민을 갔다가 제1차 세계 대전이 끝난 뒤 돌아와 지금은 벤빈구트 포구라고 불리는 도시 외곽의 절벽 아래 저택을 세웠다고 합니다. 구시가지에 〈카레르 조안 벤빈구트〉라고 그의 이름을 딴 거리가 있지요. 빵집, 꽃집, 광주리 가게 그리고 구중중한 낡은 건물 몇 채가 그 저명한 카탈루냐 사람의 기억을 고스란히 간직하고 있습니다. 벤빈구트가 Z를 위해 무슨 일을 했던 것일까요? 제 생각에는 고향에 돌아와 그 지역 사람도 아메리카에서 한몫 잡을 수 있음을 보여 주는 살아 있는 본보기가 된 것 같습니다. 미리 말씀드리는 바입니다만 저는 이런 식의 영웅들을 별로 좋아하지 않습니다. 근면 성실하게 일하며 부를 과시하지 않는 사람들, 어떤 난관이 닥쳐도 필요한 일에 발 벗고 나서서 조국의 근대화에 앞장서는 사람들을 존경하지요. 그런데 제가 알기로 벤빈구트는 전혀 그런 인물이 아니었습니다. 변변찮은 교육도 받지 못한 어부의 아들로서 금의환향한 뒤에는 Z의 실력자이자 주변에서 손꼽히는 갑부가 되었지요. 당연히 지역에서 처음으로 자동차를 구입한 사람은 벤빈구트였습니다. 집 안에 개인 소유의 수영장과 사우나를 설치한 것도 그가 처음이었지요. 당시 유명한 건축가이자 가우디의 아류 중 하나였던 로페스 이 포르타와 벤빈구트 본인이 각자 부분별로 저택을 설계했습니다. 그래서인지 전체적으로 혼란스럽고 불안정한 미로와도 같은 구조가 만들어졌지요. 그런데 혹시 저택이 몇 층짜리 건물인지 알고 계십니까? 정확한 답을 알고 있는 사람은 많지 않습니다. 바다 쪽에서 보면 암벽이 아니라 유사(流砂) 위에 저택을 세우기라도 한 것처럼 2층으로 보이는 건물이 가라앉고 있는 듯한 인상이지요. 정문이나 정원을 가로지르는 길에서 보면 누구라도 3층이라고 장담할 겁니다. 하지만 사실은 4층이 맞습니다. 창문의 배치와 지반의 경사 탓에 착시 현상이 생겨나는 거지요. 바다 쪽에서는 3층과 4층, 정문 쪽에서는 1층과 2층과 4층만 보이기 때문입니다. 아, 거기에서 누리아와 함께 얼마나 즐거운 오후를 보냈는지 모릅니다. 그때는 벤빈구트 프로젝트가 단순한 계획이자 가능성에 지나지 않았습니다. 제 영혼을 가득 채우던 시와 헌신이 곧 사랑이라고 믿었지요. 방마다 돌아다니며 덧창과 장롱을 열어 보고 고적한 안마당과 잡초에 뒤덮인 석상을 발견하고……. 그 모든 일 하나하나가 숨 막히는 행복의 연속이었습니다. 그렇게 저택을 살펴보고 지친 몸으로 바닷가에 앉아 누리아가 싸 온 간식을 먹으면 세상 부러울 게 없었지요(저는 맥주 한 캔, 누리아는 광천수 한 곽!). 요즈음 밤에 잠이 안 올 때면 누리아를 처음으로 저택에 데려갔던 계기가 무엇이었을까 종종 생각합니다. 상대방을 기쁘게 해주려다 안타깝게 일을 그르치고 마는 그놈의 사랑 때문이었겠지요. 하지만 그에 못지않게 「블루 라군」 탓도 컸습니다. 맞습니다. 브룩 쉴즈가 주연으로 나오는 그 옛날 영화 말입니다. 있는 그대로 다 솔직히 털어놓는 김에 흥미로운 사실 하나를 말씀드려야겠네요. 마르티 가족은 한 사람도 빠짐없이 모두 「블루 라군」의 광팬이었습니다. 누리아와 어머니, 그리고 동생 라이아는 지상 낙원에서 펼쳐지는 브룩과 닉의 모험이라면 사족을 못 썼지요. 혹시 「블루 라군」을 보신 적 있습니까? 저는 누리아의 집 거실에서 비디오로 다섯 번이나 보았지만 특별히 훌륭한 영화라는 생각은 들지 않았습니다. 처음에는 영화가 아니라 야생에서 뛰노는 아이들을 지켜보는 누리아의 옆모습을 보며 기쁨을 느꼈습니다. 그러나 물리도록 비디오를 반복해서 돌려 보며 이러한 기쁨은 불안과 근심으로 변해 갔지요. 누리아는 그 빌어먹을 영화를 보는 동안만큼은 브룩 쉴즈의 섬에 살고 싶어 했습니다! 그녀의 천사 같은 미모와 운동으로 다져진 완벽한 몸매는 브룩 쉴즈와 비교해도 손색이 없었고 당장 영화 속으로 옮겨놓는다 하더라도 어색할 게 없었지요. 영화를 현실에 대입시킬 때 초라해지는 사람은 바로 저였습니다. 누리아가 그런 섬에 살 자격이 있다면 영화 속 주인공처럼 늘씬하고 튼튼한 몸에 얼굴도 잘생기고 거기다 나이도 어린 남자와 짝이 되는 게 이치에 맞았어요. 하지만 출연 배우 중에서 그나마 저와 비슷한 사람은 피터 유스티노프였습니다(한번은 라이아가 유스티노프를 가리키며 못된 돼지처럼 보이지만 실제로는 착한 돼지라고 말했지요. 저더러 들으라고 하는 말 같아서 얼굴이 시뻘게졌습니다). 볼품없이 둥글둥글한 제 통통한 몸과 닉의 탄탄한 이두박근이 비교가 되겠습니까? 평균에도 모자라는 제 작은 키와 최소한 180센티미터가 넘는 금발 청년의 키가 비교가 되겠습니까? 객관적으로 보았을 때 그런 비교 자체가 황당한 일이지요. 다른 사람이라면 괜한 걱정을 하느니 차라리 웃어넘기고 말았을 것입니다. 하지만 저는 죽고 싶을 정도로 괴로웠습니다. 옷을 입고 거울을 볼 때마다 천당과 지옥을 오르락내리락했지요. 아침마다 조깅을 하기 시작했고 헬스를 다니며 다이어트도 했습니다. 직장 사람들은 마치 회춘이라도 한 듯 달라진 제 모습을 눈치챘지요. 그래도 내가 이빨 하나는 끝내준다! 머리도 하나도 안 벗어졌다! 정신과 의사의 입에서 나올 만한 자위의 말들을 홀로 거울 앞에 서서 중얼거렸지요. 남부럽지 않은 연봉도 받잖아! 직장에서 앞길도 창창하고! 그러나 닉과 같은 남자가 되어 누리아의 곁에 있을 수 있다면야 모든 걸 포기할 수 있었습니다. 그러다 문득 벤빈구트 저택이 섬이나 마찬가지라는 생각이 들어서 누리아를 데려갔던 것입니다. 바로 제 섬으로 그녀를 데려갔던 거죠. 건물 정면의 대부분과 별채 위로 솟은 두 개의 탑은 푸른 타일로 덮여 있었습니다. 양쪽 탑 모두 아래쪽은 바다색이고 위쪽은 하늘색이었지요. 햇살이 환히 비치면 푸른 광채와 언덕으로 이어지는 푸른 계단이 어렴풋이 보였습니다. 누리아를 차에 태우고 길모퉁이에서 번쩍이는 저택을 구경하다가 집 안으로 데려갔지요. 열쇠는 어떻게 구했느냐고요? 식은 죽 먹기였습니다. 몇 년 전부터 Z 시청에서 저택을 관리하고 있었으니까요. 저는 떨리는 마음으로 누리아의 소감을 물었습니다. 하나부터 열까지 다 환상적이라고 하더군요. 〈브룩 쉴즈의 섬보다 더 멋있어?〉 〈그럼요, 훨씬 더 멋있어요!〉 그 말을 듣는 순간 기절할 것만 같았지요. 응접실을 돌아다니며 춤을 추고 조각상들에게 인사를 건네는 동안 그녀의 얼굴에서는 웃음이 떠나지 않았습니다. 계속해서 집 안을 둘러보다가 곧 거대한 창고 아래 있는 조안 벤빈구트의 전설적인 수영장을 발견했지요. 넝마주이처럼 먼지를 뒤집어썼지만 한때는 하얗게 빛나던 수영장이 저를 알아보고 반갑게 인사하는 것 같았습니다. 누리아가 벌써 다른 방들을 돌아다니는 동안 저는 꼼짝없이 마법에 걸린 채 가만히 서 있었습니다. 숨을 쉴 수가 없었지요. 바로 그 순간에 벤빈구트 프로젝트의 얼개가 탄생했다고 할 수 있을 것입니다. 하지만 언젠가는 들통이 나고 말리라는 사실을 알고 있었지요…….

레모 모란

저는 Z에서 첫 겨울을 나던 해에 특별한 일을 계기로 롤라를 만났습니다. 어느 자비로운 악마의 영혼께서 시청 사회 복지과에 민원을 넣었고, 햇살이 가득하던 어느 날 정오에 그녀가 문을 닫은 상점에 나타났던 것이지요. 롤라는 유리창을 통해서 저를 관찰할 수 있었습니다. 여느 오전과 다름없이 저는 바닥에 앉아서 책을 읽는 중이었지요. 쇼윈도 저편으로 보이는 롤라의 평온한 얼굴은 태양의 흑점처럼 아주 근사했습니다. 그녀가 공무 때문에 찾아온 사회 복지사라는 걸 알았더라면 그렇게 아름다워 보이지 않았겠지요. 하지만 자리에서 일어나 문을 열고 가게는 5월까지 닫는다고 말한 뒤에야 그러한 사실을 알게 되었습니다. 롤라는 평생 제 기억 속에 남을 미소를 지어 보이며 물건을 사려는 게 아니라고 답했지요. 그녀가 찾아온 이유는 누군가의 고발 때문이었습니다. 그러니까 대강 이런 식의 이야기였어요. 알렉스라는 아이가 있는데 학교에 다니지 않는다. 그의 형 아니면 아빠, 그러니까 저는, 특별히 하는 일도 없이 진열창에 햇살이 쏟아지는 시간에 책만 읽는다. 파렴치한 중남미 놈들 때문에 관광지 한복판에 위치한 상점이 빈민굴로 둔갑할 판국이다. 또 무슨 근거 없는 추측을 늘어놓았는지 모르겠지만 신고를 넣은 작자는 소경이나 다름없었습니다. 저는 롤라를 바로 근처에 있는 카르타고 술집으로 데려갔습니다. 알렉스는 손님이 없는 틈을 타서 수십 번도 넘게 읽었던 이스탄불의 저렴한 장소들 목록을 훑어보는 중이었지요. 우리는 간단하게 소개를 마친 뒤에 롤라에게 코냑 한 잔을 권하였고, 이어서 알렉스가 신분증을 꺼내 미성년자가 아님을 증명했습니다. 롤라는 정말 죄송하다며 그런 식의 오해가 종종 있다고 사과의 말을 건넸지요. 저는 다시 상점으로 가서 정말 그곳이 빈민굴인지 두 눈으로 직접 확인해 보라고 청했습니다. 그리고 흥분한 상태로 제가 즐겨 읽는 책들을 보여 주며 카탈루냐 시인 중에서는 누구를 가장 좋아하고 어떤 스페인 시인들을 높게 평가한다는 둥 빤한 레퍼토리를 주워섬겼지요. 하지만 롤라는 우리가 왜 아파트나 하숙집이 아니라 가게에 사는지 도무지 이해하지 못하더군요. 그 사건을 통해서 저는 몇 가지 사실을 분명히 깨닫게 되었지요. 첫째, 중남미 사람들은 의심의 눈초리를 받는다. 둘째, Z 시청은 상인들이 자기 가게의 바닥에서 자는 것을 좋아하지 않는다. 셋째, 알렉스가 점점 내 억양을 닮아 가고 있어서 걱정스럽다. 롤라는 당시 스물두 살의 의욕적이고 똑똑한 여자였지요. 그렇다고 엄청나게 똑똑한 것은 아니었고요. 그랬다면 저 같은 남자와 엮이지 않았을 테니까요. 그녀는 쾌활하면서 책임감도 강했고 행복을 느끼도록 타고난 사람이었어요. 우리가 함께한 시간은 불행하지 않았다고 생각합니다. 서로 마음에 들어서 데이트를 시작했다가 몇 달 후에 결혼해서 아이를 낳았고 아이가 두 살이 되었을 때 이혼했지요. 헤어진 뒤에야 깨달은 사실이지만 저는 롤라를 통해 처음으로 어른의 세계를 경험했어요. 저는 어른의 고민과 욕망을 지닌 채 어른처럼 반응하며 어른들과 더불어 사는 어른이었지요. 롤라와 작별하게 된 원인마저도 의심할 여지 없이 어른의 것이었습니다. 이별의 후유증은 오래갔고 고통스러운 순간들도 있었지만 덕분에 간절히 원하던 삶의 불안정성을 되찾기도 했지요. 롤라의 직장 상사가 엔리크 로스켈러스였다는 말씀을 드렸던가요? 그녀와 함께 사는 동안에 그치가 어떤 인간인지 대충 알게 되었지요. 혐오스러운 놈. 녀석은 편집증적인 불안에 사로잡힌 꼬마 독재자로 자기가 세상의 중심인 줄 알지만 우거지상을 하고 있는 추접한 돼지 새끼일 뿐입니다. 운명의 뜻이었는지 모르겠지만 놈은 곧바로 저에게 본능적인 적개심을 드러냈습니다. 제 쪽에서 딱히 반감을 살 만한 행동을 한 것도 아닌데 (겨우 세 번 만난 게 전부입니다) 불합리하다 싶을 정도로 끈질기게 저를 미워했지요. 녀석은 음흉한 수법으로 여러 번 딴죽을 걸려고 시도했어요. 영업시간을 철저하게 지키는지 감시하는가 하면 세무 허가증에 문제가 없는지 조사하고 노동 감독관들이 실사를 나오도록 부추

겼지요. 하지만 그럴듯한 건수를 잡아내지는 못했습니다. 왜 그렇게 녀석은 저를 못 잡아먹어서 안달이었을까요? 추측건대 제 편에서 무심코 내뱉은 사소한 말이나 신중하지 못한 발언이 녀석을 아주 기분 나쁘게 만들었던 모양입니다. 아마도 롤라를 비롯한 사회 복지과 직원이 모두 참석했던 술자리에서 그런 일이 있었던 것 같아요. 어렴풋이 기억이 나는 것도 같은데 아무리 생각해 봐도 제가 무엇하러 그런 자리에 갔는지 모르겠습니다. 보나 마나 롤라를 따라서 갔겠지만 그것도 이상한 일인게 우리는 각자 만나는 사람들이 정해져 있었거든요. 롤라의 경우에는 로스켈러스를 포함한 직장 친구들이었고, 제 경우는 알렉스와 카르타고에 술을 마시러 오는 한심한 족속들이었지요. 어쨌든 분명한 사실은 제가 녀석을 기분 나쁘게 만들었다는 것입니다. 로스켈러스 같은 부류는 약간의 악의나 저의가 느껴진다 싶은 말 한 마디만으로 평생 원한을 품고도 남을 인간이니까요. 그래도 녀석이 적의를 표현한 것은 전적으로 관료적인 범위 안에서였습니다. 지난여름까지는 말이지요. 무슨 이유인지 모르겠지만 그때부터 갑자기 발광을 하며 날뛰기 시작했거든요. 롤라의 말에 따르면 날이 갈수록 녀석이 상식 밖의 행동을 일삼는 탓에 부하 직원들은 휴가철이 오기만을 고대하고 있었습니다. 중남미 사람들에 대한 녀석의 혐오는 분명한 대상을 향해 있었지요. 낮이건 밤이건 제 주변을 얼쩡거리는 녀석의 그림자가 느껴졌습니다. 이번에는 확실히 덫에 걸리겠지 하는 희망으로 가득 차서 푸드덕푸드덕 심술궂은 날갯짓을 해대는 돼지 새끼 같았지요. 어떻게 보면 차근히 고찰해 볼 가치가 있는 흥미로운 상황이었습니다. 그렇지만 당시 저의 머릿속을 온통 차지하고 있었던 건 바로 누리아 마르티에 대한 생각뿐이었지요. 로스켈러스가 마구 신경질을 부리며 게거품을 문다 한들 저와 무슨 상관이었겠습니까. 죽음이라는 문제가 끼어들지 않았더라면 매우 흥미로운 삼각관계가 연출될 수도 있었을 테지요. 지금 생각해 보니 제가 Z에서 쥐 죽은 듯이 보낸 몇 년의 시간은 시체를 발견하게 되기까지의 준비 기간에 지나지 않았나 싶습니다…….

가스파르 에레디아

오페라 가수 할멈은 한 번도 정식으로 캠핑장에 투숙한 적이 없었어요. 숙박부에 이름이 올라 있지 않은 것은 물론이요 요금을 내고 자는 경우도 없었습니다. 평생 어디에서건 땡전 한 푼 쓰는 일 없이 잠자리를 구한 터였거든요. 청소부 아주머니들이나 접수처 직원들도 그런 사실을 몰랐습니다. 카라히요 영감과 저만 알고 있었지요. 할멈의 이름은 카르멘이었고 초봄부터 한가을까지 Z에 머물렀습니다. 쫓겨나지 않고 마음 편히 있을 수 있는 곳이면 어디서든 잠을 청했지요. 해변의 아이스크림 가판대 아래나 건물 안의 쓰레기 분리장도 가리지 않았습니다. 카라히요 영감은 할멈과 잘 아는 사이였고 연정을 품고 있는 것 같았어요. 그러나 구체적인 부분을 캐묻고 들어가면 매번 말끝을 흐렸습니다. 두 사람은 연배가 비슷했는데 때로는 그런 것으로도 동질감을 느끼는 법이니까요. 할멈은 식당 테라스나 구시가지의 거리에서 노래를 부르며 생계를 유지했습니다. 본인의 다양한 레퍼토리는 과거 영광스러운 시절의 하나뿐인 유산이라고 말했지요. 화려하고 눈부신 경력의 정점을 찍은 곳은 그 이름도 유명한 나폴리였다더군요. 모차르트와 호세 알프레도 히메네스의 곡을 불렀다는 것 말고 더 자세한 언급은 없었지만요. 카르멘 할멈은 공연에 대한 보답으로 사람들에게 1백 페세타짜리 동전을 받았습니다. 소녀와의 관계는 우정이라기보다 세상에 둘도 없는 묘한 충절에 가까운 것이었어요. 때로는 엄마와 딸처럼 보이기도 했고 할머니와 손녀 같을 때도 있었습니다. 어쩔 때는 우연히 양쪽에 세워진 두 개의 동상처럼 느껴지기도 했지요. 카리다드라는 이름의 소녀는 매일 밤 영감의 묵인하에 할멈을 몰래 데리고 들어왔습니다. 페탕크 경기장 근처의 텐트를 같이 썼는데 늦게 자고 늦게 일어나는 습관이 있었지요. 두 여자가 텐트를 친 장소는 멀리서도 쉽게 알아볼 수 있었습니다. 주변에 30센티미터 높이의 쓰레기가 초라한 요새의 망루처럼 원뿔 모양으로 쌓여 있었거든요. 사실 완전히 쓰레기로 내다 버린 건 아니었지만 대개가 쓸모없는 낡은 잡동사니였지요. 솔직히 다른 이용객들의 불만이 폭주하지 않은 게 기적에 가까운 일이었습니다. 아마도 이웃에 있던 사람들이 잠시 머물다 가는 관광객이었던 탓이겠지요. 짜증을 내보았자 소용없다는 걸 알고 포기했던 것일 수도 있지만요. 접수처에서 관리하는 체납자 명단의 맨 꼭대기에 카리다드가 있었습니다(두 달이나 밀린 상태였지요). 페루 사내의 말에 따르면 자리를 빼달라고 요구해야 할 판이었어요. 접수처 직원들은 차라리 일이라도 시키는 게 낫지 않을까 생각했습니다. 그러나 결정권을 쥐고 있는 보바디야는 카리다드를 무서워하는 것 같았어요. 페루 사내는 카리다드가 칼을 가지고 다니는 모습을 심심찮게 보았다고 했습니다. 도무지 믿기 힘든 사실이었지만 그럼에도 불구하고 자꾸 어떤 장면을 연상하게 되더군요. 바로 카리다드가 티셔츠 안에 식칼을 숨긴 채 다른 사람에게는 보이지 않는 무언가를 흐릿한 눈으로 응시하며 (저는 거의 캠핑장 밖으로 나간 일이 없어서 잘 모르는) 도시를 돌아다니는 모습이었지요. 나중에야 알게 된 사실이지만 그 칼에도 다 사연이 있었습니다. 카리다드가 애인과 함께 스텔라 마리스에 찾아온 건 휴가철에 접어들기 전이었어요. 처음 며칠 동안 두 사람은 일자리를 수소문했다고 합니다. 카라히요 영감의 기억으로는 기록적인 폭우가 쏟아진 달이었지요(저는 그때 바르셀로나에 있었는데 제 방 창문을 두드리던 빗소리가 어렴풋이 기억납니다). 그 무렵부터 카리다드가 기침을 하기 시작했고 얼굴에 병색이 완연했다더군요. 두 사람 모두 돈이 없었기 때문에 요구르트와 과일로 식사를 대신하기가 일쑤였지요. 때로는 맥주에 취해 하루 종일 텐트 안에서 뒹굴며 사랑싸움을 하고 밀어를 속삭였답니다. 그러다 곧 파세오 마리티모에 있는 술집에서 설거지를 담당하는 주방 보조로 취직했지요. 하지만 보름이 지난 후 카리다드는 백주에 캠핑장으로 돌아오더니 다시는 직장에 나가지 않았습니다. 얼마 지나지 않아 두 사람은 툭하면 싸움을 일삼기 시작했지요. 어느 날 밤에는 갈대밭까지 서로 쫓고 쫓기는 추격전이 벌어졌답니다. 접수처에 있던 카라히요 영감은 무슨 소란인지 알아보려고 수영장 주변을 둘러보았지요. 그러다 상처투성이의 몸으로 미동도 없이 바닥에 누워 있는 카리다드를 발견했습니다. 거의 숨이 멎은 것처럼 보였지만 영감의 생각과는 달리 죽은 건 아니었어요. 두 눈을 크게 뜬 채 주변의 풀과 모래 바닥을 바라보는 중이었답니다. 카리다드는 한참이 지나서야 누군가 자신을 도와주러 왔다는 것을 깨달았지요. 그들이 지내는 텐트에서는 가끔씩 아픈 건지 좋은 건지 분간할 수 없는 비명 소리가 들리고는 했답니다. 카리다드의 남자 친구는 창백한 얼굴에 항상 긴팔 셔츠를 입고 다녔다더군요. 오토바이가 있었는데 처음에 캠핑장에 올 때 말고는 거의 타는 일이 없었지요. 카리다드는 걷기를 좋아해서 무작정 돌아다니거나 아예 꿈쩍도 안 하고 텐트 안에만 있었습니다. 어쩌면 그 애인이라는 친구가 기름 값을 아끼느라 그랬을 수도 있겠지요. 두 사람은 아직 스물도 안 된 나이였는데 마치 세상 다 산 듯한 인상을 풍겼답니다. 그러던 어느 날 밤에 카리다드가 칼을 들고 혼자 테라스에 나타났다더군요. 이튿날 아침에 애인은 스텔라 마리스 캠핑장을 떠나서 돌아오지 않았습니다. 어쨌든 여기까지가 다들 일반적으로 알고 있던 이야기였어요. 보바디야가 장부를 확인하려고 행차했다가 들은 것도 이 이야기였고요. 카리다드는 캠핑장이 아닌 다른 곳에서 대부분의 시간을 보냈어요. 영감은 카리다드가 할멈을 데려오는 것을 보고도 아무 말 안 했습니다. 이튿날 밤에 한 가지만 지키면 그냥 눈감아 주겠다고 조건을 달았지요. 카르멘 할멈이 노래를 부르는 일이 없도록 주의하라는 것이었습니다. 두 여자가 친해지게 된 데에는 우연도 따랐지만 이해관계가 맞아떨어진 탓도 있었습니다. 할멈은 밀크 커피를 사주었고 카리다드는 잠자리로 텐트를 제공했으니까요. 두 사람은 낮 시간 동안 서로 꼭 붙어서 Z를 구석구석 헤집고 돌아다녔습니다. 할멈은 목이 쉬도록 노래를 불렀고 카리다드는 사람과 파라솔, 음료수가 놓인 탁자를 구경했지요. 둘 중에 말을 하는 쪽은 항상 할멈이었는데 어느 날 제게 비밀을 하나 털어놓더군요. 두 사람이 한밤중에 바위 사이의 웅덩이에서 완전히 발가벗은 채 수영을 한다고 말입니다. 〈우리 예쁜이 총각은 달빛이 피부에 얼마나 좋은지 알까 모르겠네!〉 새벽에 영감이 코 고는 소리를 들으며 저는 카리다드의 나체를 상상했습니다. 바다에서 솟아나듯 기침이 나올까 잔뜩 긴장한 채 해변에 무릎을 꿇고 있는 모습이었지요. 카리다드를 웃게 하려고 온갖 수단을 다 써보았지만 소용이 없더군요. 근무 시간 전에는 주변의 슈퍼마켓에 들러 맥주와 안줏거리와 감자 칩을 샀습니다. 밤에 테라스에서 두 사람과 마주칠 경우에 함께 먹자고 할 생각이었지요. 아이스크림 통과 플라스틱 숟가락 세 개를 들고 무작정 기다린 적도 있었습니다. 아이스크림이 다 녹아서 흘러내릴 정도였지만 그래도 다들 맛있게 먹었지요. 할멈은 마음을 써주어 고맙다는 표시로 제 어깨를 꼬집거나 애칭을 불렀습니다. 카리다드는 하늘에서 상영하는 영화를 보듯이 그 광경을 지켜볼 뿐이었지요. 그렇게 시간이 흐르고 여름과 함께 본격적으로 관광객이 몰려왔습니다. 휴가철이 절정으로 치달을수록 두 사람과 함께하는 시간도 줄어들었지요. 야영객들이 밀려오자 두 여자는 뒷걸음질을 치며 세상에서 멀어지는 것 같았습니다. 어느 날 밤에 보바디야와 페루 사내가 할멈과 카리다드를 내쫓았다는 소식을 들었지요. 카라히요 영감이 두 사람의 처사를 나무라는 것으로 우선 일은 일단락되었습니다. 텐트는 빚을 갚을 때까지 담보로 창고 안에 보관해 두기로 했고요. 저는 당장 그날 밤에 사람들의 눈을 피해 몰래 창고로 들어갔습니다. 손전등을 비추다가 한쪽 구석에 아무렇게나 던져 놓은 텐트를 발견했지요. 바로 옆에 자리를 잡고 앉아 포개진 천 사이로 손가락을 집어넣었습니다. 창고 안에서는 석유 냄새가 났지요. 앞으로 영영 두 사람을 볼 수 없으리라는 생각이 들었습니다…… .

엔리크 로스켈러스

배관공과 전기공, 그리고 목수를 하나씩 고용해서 건축업자(매정하고 비열한 인간이었지만 Z에서 신뢰할 수 있는 건축업자는 그 사람밖에 없었지요)에게 감독을 맡기고 본격적으로 벤빈구트 프로젝트를 실행에 옮겼습니다. 온갖 수단을 다 동원해서 공사비를 짜냈어요. 예산 또는 예산의 일부가 어디로 지출되는지 확인하려는 사람은 아무도 없었습니다. 불신이 횡행하는 이 도시에서 어느 누구도 저를 의심하지 않았지요. 저는 거짓말을 한 적이 없습니다. 적어도 대놓고 거짓말을 하지는 않았습니다. 필라르와 세 명의 시 의원을 설득해서 제 기획이 도시에 이로운 일이라고 믿게끔 만들었지요. 건축업자는 제가 하려는 일의 목적을 정확히 알지 못했습니다(그치는 단순한 우파가 아니라 극우파였기 때문에 저는 협박을 당할까 봐 노심초사했습니다). 왜 다른 사람을 안 쓰고 그 사람을 썼느냐고요? 다른 사람을 썼다면 말이 새어 나갔을 것이 틀림없습니다. 바르셀로나에 있는 어느 도서관에서 제가 찾던 설계도를 발견했습니다.

속속들이 구조를 파악할 때까지 끈기 있게 도면을 베껴 그렸지요. 얼마 지나지 않아 일꾼들이 도착했고 벤빈구트 저택에 다시 전기가 들어왔습니다. 그때쯤 저는 저택 복원의 목적과 그동안의 경과를 조심스럽게 공표했습니다. 아직 갈 길이 멀었으니 노고를 치하하는 말은 아껴 두시라는 듯이 모호한 표현을 썼지요. 5년 예정의 공사를 마치고 시설이 완공되면 여러 분과의 활동에 도움이 될 것이라 내다보았습니다. 사회 복지과, 교육 행정과, 관광 축제과, 문화 예술과, 주민 참여과, 아동 복지과, 거기다 보건 복지과와 안전 행정과까지! 아, 죄송합니다. 도저히 웃음을 참을 수가 없네요. 어떻게 다들 제 말을 곧이곧대로 믿었을까요. 사람의 마음이란 참으로 알다가도 모르겠습니다. 관광 축제과의 말단 공무원 혼자 겁 없이 이의를 제기했지요(악의에서 나온 말이 아니라는 걸 이제는 압니다). 저택의 암반 아래에 핵 대피소라도 만들 생각이냐고 말입니다. 제가 무섭게 쏘아보자 그 불쌍한 친구는 입을 놀린 걸 후회했습니다. 어쩜 다들 그리 멍청하고 순진했는지 모릅니다! 1년이 채 지나기도 전에 공사는 끝났습니다. 눈속임을 위한 것이기도 했으나 (이제는 아무도 제 말을 믿지 않지만) 장차 저택을 개방할 생각이었기에 실직자 몇 명을 그대로 놔두고 아침 8시부터 오후 2시까지 저택의 곁채를 청소하도록 했지요. 그네들이 아무 일도 안 하고 빈둥거리는 걸 알면서도 따로 간섭하지 않았습니다. 공사가 진행 중이라는 분위기를 풍기도록 때때로 승합차 한가득 페인트나 판자를 주문하거나 청소년 회관에 있는 낡은 탁구대를 저택 응접실로 운반시켰지요. 매사에 반지빠른 필라르도 전혀 의심을 품지 않았습니다. 민주 연합당과 공산당 의원들은 그 프로젝트가 다음 선거에서 표심을 몰아주리라 생각했지요. 지금은 다들 딴소리를 하지만 당시에는 확신에 찬 제 말에 쉽게 넘어갔습니다. 저의 불도저 같은 추진력을 저지할 수 있는 사람은 아무도 없었어요. 형언할 수 없는 희열이 온몸의 세포 하나하나에 흘러넘쳤습니다. 물론 갓 태어난 아기처럼 두려움에 휩싸였던 것도 사실이지만요. 하지만 그렇게 살아 있다는 느낌이 드는 것은 난생처음이었습니다. 이 세상에 유령이 존재하고 있다면 벤빈구트의 유령이 바로 제 곁에 있었지요…….

레모 모란

제가 누리아를 만나게 된 것은 Z의 환경주의자 연합 덕분이었습니다. 환경주의자 연합은 열 명 내외의 사람들로 구성된 소그룹으로 겨울에는 카페나 추로스 가게에서, 여름에는 호텔이나 술집의 테라스에서 정기 모임을 가졌지요. 9월에는 다들 휴가를 떠났기 때문에 보통은 모이는 일이 없었습니다. 알렉스는 그 그룹의 지지자였고 누리아는 대충 지지자 비슷한 여자의 친구였습니다. 어느 날 저녁에 델 마르 호텔이 약속 장소로 정해졌어요. 거기는 제가 사는 곳이었기에 우리는 서로를 만날 수밖에 없었지요. 누리아는 창가에 앉아 있다가 맥주잔이 가득 담긴 쟁반을 들고 바에서 걸어 나가던 저와 눈이 마주쳤어요. 그 순간부터 알렉스가 제게 사람들을 하나하나 소개해 줄 때까지 우리는 한순간도 서로에게서 눈길을 떼지 못했습니다. 저는 모임에 참여해서 Z의 해변과 공원의 실태에 관한 토론을 듣기로 마음을 먹었지요. 나중에는 음력인지 양력인지 모를 축제에 한창이던 Y의 나이트클럽까지 사람들을 따라갔습니다. 누리아와 저는 둘 다 그날 처음으로 환경주의자 모임에 참석한 것이었어요. 운명의 장난이었는지는 몰라도 우리는 Y에서 돌아오는 길에 한차를 타게 되었지요. 일행 중에는 알렉스와 어떤 사내도 있었는데 둘 중 누군가 포구에 차를 세우고 바다에 들어가 해돋이를 기다리면 어떻겠냐고 제안했어요. 하지만 실제로 수영을 즐긴 사람은 저와 누리아뿐이었습니다. 알렉스는 술에 너무 취해서 자동차 밖으로 나오지 못했고, 사내는 다리를 꼰 채 줄곧 모래 위에 앉아 어둠 속의 형체들이 무엇일까 곰곰이 생각하거나 누리아의 늘씬한 다리와 기막힌 몸매를 눈요기로 감상하고 있는 듯했지요. 그런데 과연 수영을 하면서 대화를 나누는 게 가능할까요? 그럼요, 가능하다마다요. 솔직히 저는 체력이 약해서 금방 지치는 편입니다. 하루에 담배를 두 갑이나 피우고 별다른 운동도 하지 않기 때문이지요. 하지만 그날 새벽에는 누리아를 따라서 난바다를 향해 헤엄쳤어요. 2백 미터, 3백 미터, 4백 미터, 어쩌면 그것보다 더 멀리 갔을 거예요. 자칫하면 뭍으로 돌아가지 못하겠다는 생각이 들 정도였으니까요. 누리아의 머리카락은 조각상처럼 층을 이루며 조금씩 물에 젖었습니다. 어느덧 해가 떠오르기 시작했고 저를 집어삼키던 그 불길한 바다 위에서 그녀의 얼굴이 무엇보다 환하게 반짝였지요. 롤라는 저와 헤어지면서 이런 말을 했었어요. 〈젊고 예쁜 여자랑 만나. 파파걸 같은 어린 여자. 하지만 늙기 전에 서둘러.〉 꼭 이별의 순간에 지독한 말을 내뱉는 여자들이 있지요. 이

제 곧 물속으로 가라앉겠구나 싶었던 순간에 롤라의 말이 떠올랐습니다. 누리아는 아빠가 없으니까 안 되겠구나 생각하니 가슴이 아프더군요. 우리는 나이트클럽에서 대화를 나누었지만 무슨 말인지 제대로 알아들을 수 없었어요. 그러니까 대화다운 대화가 처음으로 이루어진 곳은 바다 위였던 셈이지요. 이야기를 나누는 내내, 해변으로 돌아갈 수 없으리라는 확신과 파란 페인트 통에 담긴 허파처럼 윤기 없는 푸른 하늘 아래서 익사하게 될 거라는 예감을 떨쳐 낼 수 없었습니다. 저는 이따금씩 제 어깨를 받쳐 주는 누리아의 손길을 느끼며 느릿느릿 배영으로 해변까지 돌아왔어요. 저를 도와주면서 누리아는 노력하고 고생할 만한 가치가 있다고 생각하는 일들에 대해 끊임없이 조잘댔지요. 어떤 수영장 이름을 언급하면서 다섯 살 때 수영 강습을 받았다고 말했던 기억도 나네요. 아닌 게 아니라 누리아의 수영 실력은 정말 대단했습니다! 파랗던 하늘이 해변에 도착했을 무렵에는 정육점의 조명처럼 장밋빛으로 변해 있었지요. 그날 오후에 저는 평소처럼 호텔 방에서 낮잠을 자다가 꿈속에서 누리아의 오싹한 미소를 보고 비명을 지르며 깨어났습니다. 사흘 뒤 누리아가 점심때 델 마르 호텔에 찾아와서 제 식탁에 함께 앉았어요. 밥은 벌써 먹었지만 블랙커피 한 잔 정도는 괜찮다고 하더니 반이나 남기더군요. 음식에 까다롭게 신경을 쓴다는 것을 한눈에 알 수 있었습니다. 누리아는 170센티미터의 키에 몸무게가 55킬로그램이었어요. 매일 이른 아침에 일어나 삼십 분에서 한 시간 정도 조깅을 했지요. 고전 및 현대 무용을 배웠고 꾸준히 운동 삼아 테니스를 쳤어요. 담배와 술은 일절 입에 대지도 않았지요. 음식마다 칼로리, 단백질, 미네랄, 비타민 등의 함량이 얼마인지 다 알았어요. 누리아는 국립 체육 대학 1학년에 재학 중이었는데 훈련과 시합만 아니었다면 원래는 3학년이었을 거라고 안타까워했어요. 어떤 훈련과 시합을 말하는 것인지는 한참 뒤에야 알게 되었지요. 제가 관심이 없었던 것이 아니라 그녀가 다른 일들을 화제로 삼는 편을 좋아했거든요. 하얀 옷을 입은 할머니들만 식당에 남을 때까지 식탁에서의 대화가 이어졌어요. 잠시 뒤에는 할머니들마저 테라스의 탁자로 자리를 옮겨 뜨개질을 시작했지요. 제가 바닐라 아이스크림(누리아는 미소를 지으며 메뉴판에 있는 모든 후식을 사양했어요)을 다 먹은 다음에 우리는 방으로 올라가서 사랑을 나누었어요. 그러고 오후 6시에 헤어졌습니다. 저는 누리아가 자전거를 세워 둔 골목까지 따라갔어요. 크롬으로 도금해서 광택이 나는 경주용 자전거였지요. 누리아는 자전거에 타기 전에 검은 끈으로 머리를 묶고 나중에 전화하겠다고 말하더군요. 그 순간 제가 고작 할 수 있었던 말은 낮이건 밤이건 아무 때나 연락하라는 것이었습니다. 어쩌면 너무 들이대는 것처럼 들렸던 것 같아요. 누리아가 살짝 기분이 언짢았는지 시선을 피했거든요. 제가 너무 앞서 나간다고 생각하는 눈치였지요. 〈벌써 저와 사랑에 빠지셨나요? 저를 사랑하지 말아요. 사랑하지 말아요.〉 그렇게 저한테 말하고 싶은 듯했습니다. 사소한 말에도 상처받는 10대 소년처럼 무안해지더군요…….

가스파르 에레디아

카리다드와 마주칠지 모른다는 실낱같은 희망을 품고 습관처럼 도시를 배회하기 시작했어요. 그때쯤 Z는 벌써 관광객들로 인산인해를 이루었고 온종일 거리가 시끌벅적했습니다. 카라히요 영감은 제가 아침마다 캠핑장 주변의 술집에서 영감과 식사를 마친 다음에 텐트로 자러 가지 않고 도시를 돌아다닌다는 것을 알아챘습니다. 그러나 카리다드는 흔적조차 찾을 수 없었고 길거리에서 동냥을 하는 게 분명한 오페라 가수 할멈도 종적을 감춘 터였지요. 할멈이 노래를 부르는 줄 알고 소리가 나는 테라스나 골목길로 달려간 게 한두 번이 아닙니다. 하지만 대개는 여행 경비를 벌려고 노래하는 관광객이거나 라디오에서 흘러나오는 로시오 후라도의 목소리였지요. 일과에도 변화가 생겼습니다. 저녁 10시부터 아침 8시까지 일하고 정오부터 저녁 6시까지 잠을 잤어요. 관광객들이 물밀 듯이 밀려오는 통에 잠을 청하기가 쉽지는 않았습니다. 조금씩 취침 시간이 늦어져서 나중에는 근무를 시작하는 시간과 같아졌어요. 영감은 바로 눈치를 깠지만 제가 잠을 보충하느라 경비를 소홀히 해도 모른 척했습니다. 접수처 가죽 소파에 누워 한두 시간씩 쪽잠을 자고 사이사이에 캠핑장을 한 바퀴 돌았지요. 순찰을 돌 때마다 카리다드의 텐트가 있던 자리에서 어김없이 발길을 멈추게 되더군요. 손전등을 끄고 페탕크 경기장 옆 소나무 아래 앉아 있노라면 카리다드의 흐리멍덩한 두 눈이 떠올랐지요. 갈대밭과 캠핑장 밖을 지나가는 자동차들의 전조등 불빛을 향해 하염없이 멀어지던 앙상한 옆모습이 눈앞에 삼삼했습니다. 그런 마당에 시를 읽어 봤자 무슨 위안을 얻겠습니까. 술에 취하거나 눈물을 쏟아 내도 소용이 없지요. 못으로 못을 뺄 수는 없는 법이니까요. 그래서 더욱 힘을 내어 Z를 계속 돌아다니며 거기에 맞게 일과를 조정했어요. 오전 9시부터 오후 3시까지 자고 잠에서 깨자마자(더위와 땀, 땅속에 파묻힌 느낌 때문에 깨어났지요) 접수처를 피해 몰래 밖으로 빠져나갔습니다. 혹시라도 다른 사람 눈에 띄어서 한시라도 숨 돌릴 틈이 없는 잡일을 떠맡는 경우가 없도록 말이지요. 일단 밖에 나오면 자유로운 기분으로 캠핑촌의 가로수 길을 따라 파세오 마리티모까지 잰걸음을 놀렸습니다. 그리고 구시가지 쪽으로 들어가 신문을 읽으며 평화로운 아침 식사를 즐겼지요. 곧바로 카리다드와 카르멘 할멈이 여전히 함께 있으리라는 가정 아래 두 사람을 찾아나섰습니다. 동서남북으로 Z의 구석구석을 쥐 잡듯이 뒤졌지만 번번이 허탕만 치고 말았어요. 그러면서 연신 혼잣말을 웅얼거리고 차라리 잊어버리는 게 나은 과거의 일들을 떠올렸습니다. 멕시코 특유의 활력에 휩싸여 멕시코에 돌아왔다고 상상하기도 했고 이런저런 계획을 세우기도 했지요. 할멈과 카리다드는 벌써 도시를 떠난 지 오래라고 확신하면서 말입니다. 그러던 어느 날 캠핑장으로 돌아오는 길에 항구 옆 둔치에 들렀다가 카리다드를 보았어요. 저는 행글라이딩 대회를 구경하려고 해변에 모인 사람들 틈에 끼어 있었습니다. 단번에 카디다드를 알아볼 수 있었지요. 그동안의 체증이 싹 가시는 느낌이었습니다. 그녀에게 가까이 다가가 손가락으로 등을 건드리고 싶었어요. 그런데 저를 만류하는 정체불명의 목소리가 들리더군요. 저는 심사석 주위에 반원 모양으로 모여서 하늘만 뚫어지게 바라보는 구경꾼들의 바깥쪽에 서 있었습니다. 도시를 굽어보는 언덕 위로 붉은색 행글라이더가 날아오르더니 붉은 노을 속으로 사라졌지요. 산기슭을 따라 하강하던 행글라이더는 어항(漁港)에 다다르기 전에 떠올라 요트 클럽 위를 날다가 한순간 동편의 난바다로 향하는 것처럼 보였습니다. 행글라이더가 기울어서 몸을 잔뜩 웅크리고 있는 거뭇한 형체의 비행사는 잘 보이지 않았어요. 언덕 위에 있는 성채에서는 다른 참가자가 벌써 비행할 채비를 하고 있었습니다. 생전 처음 보는 구경거리였지요. 문득 사람들의 그림자 틈에 섞여 있다는 게 마음이 놓이더군요. 하나둘씩 모여든 그림자들이 여름밤에 암흑의 공간을 만들고 있었습니다. 저도 관광객 중 한 사람으로 보였을 겁니다. 어쨌든 아무도 제게 눈곱만큼도 신경 쓰지 않았지요. 어느새 붉은색 행글라이더는 해변 위에 원으로 그려 놓은 결승점 근처까지 도달했습니다. 마지막까지 힘을 내라며 비행사를 응원하는 목소리가 간간이 들렸지요. 곧바로 하얀색 행글라이더가 성채 쪽에서 날아올랐습니다. 마지막 참가자는 프랑스 사람이라고 확성기로 알려 주더군요. 급작스러운 기류에 행글라이더가 이륙 사면 위쪽으로 멀찍이 떠밀렸습니다. 카리다드는 검은색 긴팔 티셔츠와 검은색 바지를 입고 있었어요. 다른 사람들처럼 첫 번째 비행사에게서 시선을 거두고 방금 이륙한 비행사를 지켜보는 중이었습니다. 하얀색 행글라이더 비행사는 기구를 조종하느라 애를 먹고 있는 것 같았지요. 한순간이었지만 무언가 카리다드와 그녀의 머리카락과 뒷모습에서 예의 그 낯설면서 위협적인 기운이 희미하게 느껴지더군요. 박수 소리로 미루어 붉은색 행글라이더 비행사는 무사히 착지한 듯했어요. 저는 조금 더 가까이 다가가 구경하기로 했습니다. 단상에 있는 심판들이 시계를 보며 농담을 주고받고 있었지요. 모두 세 명이었는데 매우 젊은 사람들이었습니다. 공터에서는 한 무리의 남자아이들과 여자아이들이 비행을 마친 사람들의 장비를 꼼꼼히 정리하고 있었지요. 방금 착륙한 사람은 당연히 아니었겠지만 비행사로 보이는 남자가 눈에 들어오더군요. 두 손을 무릎에 올리고 고개를 푹 숙인 채 물가의 축축한 모래에 앉아 있었습니다. 옆에서 누군가 하얀색 행글라이더가 바다가 아니라 언덕에서부터 잘못 내려오고 있다고 하더군요. 몇몇 식견이 있는 구경꾼들의 얼굴에서 걱정스러운 기색과 함께 즐거움이 엿보였습니다. 누가 보더라도 심판들이 기다리는 해변 어귀로 접근하는 올바른 방향은 아니었지요. 비행사는 공중에서 바다 위로 나아가려고 기구를 항구 쪽으로 몰았지만 고도를 잃어버리는 바람에 궤적을 바로잡을 수 없었습니다. 저는 사람들 틈에서 빠져나와 공터 옆에 있는 정원에서 카리다드를 계속 지켜볼 수 있는 장소를 물색했지요. 아이들이 해변에서 벌어지는 일에는 눈길도 주지 않고 울타리와 화단 사이에서 놀고 있었습니다. 벤치에 앉은 노인 삼총사는 부두를 가린 기다란 벽 위로 우뚝 솟은 요트의 돛대를 바라보았지요. 갑자기 하얀색 행글라이더가 다시 위로 솟구치더니 시시각각 밀려드는 사람들 위에 수직으로 떴습니다. 그래서 구경꾼들은 행글라이더를 보기 위해 고개를 완전히 젖힐 수밖에 없었지요. 흰색의 물체가 진공 튜브에 갇힌 듯이 속수무책으로 계속 올라가는 것처럼 보였습니다. 바로 그때 카리다드가 구경꾼들 틈에서 빠져나왔어요. 옆에서 남자아이와 여자아이를 데리고 있던 남자가 한마디 던지더군요. 비행사가 발을 동동대는 꼴이 스포츠 선수로서의 품위는 진즉 포기했다고 말입니다. 저는 정원을 가로질러 맞은편에서 몰려오는 인파를 헤치고 식당의 테라스 쪽으로 향했어요. 급하게 음식 값을 치르고 나온 사람들은 물론 그냥 자리를 박차고 나온 사람들도 있었습니다. 대다수는 손에 술잔을 든 채 공중에 붕붕 떠 있는 비행사를 보려고 급하게 발길을 재촉했지요. 하지만 제 쪽에 있는 길에서는 나뭇가지에 가려서 제대로 볼 수가 없었습니다. 그 순간 카리다드가 다시 눈에 들어왔지요. 바다를 등진 채 식당 입구를 바라보고 있었는데 미동도 않는 모습이 길을 건널 생각이라고는 없어 보였어요. 누군가를 기다리고 있었던 것일까요? 그리고 티셔츠로 완전히 가려지지 않아 허리춤으로 뾰족이 튀어나온 물체는 무엇이었을까요? 카리다드는 파세오 마리티모 쪽으로 발길을 내딛는가 싶더니 옆 골목으로 사라졌습니다. 그때 티셔츠와 허리춤 사이에 있는 물건이 칼이라는 것을 똑똑히(오싹한 전율과 함께 속이 뒤틀리더군요) 확인했지요. 비행사가 완전히 균형을 잃고 빙글빙글 돌며 비명을 내지르는 해변의 구경꾼들 사이로 떨어지는 순간 카리다드를 뒤쫓기 시작했습니다. 뒤도 돌아보지 않고 파세오 마리티모를 가로질러 양쪽에 아파트가 늘어선 좁은 길로 들어갔지요. 외출을 위해 옷을 차려입은 중년의 프랑스 사람들이 어떤 건물 현관에서 튀어나오는 바람에 한순간 카리다드를 놓쳤다고 생각했습니다. 하지만 골목 끝에 다다랐을 때 카리다드가 비디오 게임장 앞에 서 있는 모습이 보였지요. 저도 걸음을 멈추고 기다리는 수밖에 없었습니다. 지척에서 응급차의 사이렌 소리가 들렸는데 비행사를 실으러 가는 게 분명했지요. 그 사람은 죽었을까요? 아니면 심한 부상을 당했을까요? 카리다드는 아예 저를 보지 못했는지 불쑥 가던 길을 재촉했습니다. 하지만 이번에는 식당을 비롯해 모든 가게 앞에서 걸음을 멈추었지요. 해변에서 멀어질수록 식당의 숫자가 점점 줄어들기는 했지만 말입니다. 솔직히 말씀드리면 제가 강도를 쫓고 있을지도 모른다는 생각이 머릿속을 스쳤습니다. 금단 증상 때문이거나 생계가 절박해서 강도 짓을 하려는 것 같았지요. 실제로 사건이 일어나면 저는 난처한 상황에 놓일 공산이 컸습니다. 공범으로 몰릴 가능성도 없지 않았고요. 수중에 없는 서류들을 생각했고 경찰에게 무슨 변명을 꾸며 낼까 고민했지요. 20미터 앞에서 카리다드가 지나가던 남자를 세우고 시간을 묻더니(사내는 이게 웬 미친년이냐는 듯이 카리다드를 쳐다보았습니다) 왼편으로 길을 꺾어 어항을 향해 걸어갔습니다. 그러나 어항에 도착하기 한참 전에 파세오 마에스트란사에 이르러 발길을 멈추고 방파제에 걸터앉더군요. 다리를 아래로 늘어뜨리고 등을 구부린 자세 때문에 칼의 형태가 한결 도드라졌습니다. 하지만 밤이 어두웠던 데다가 티셔츠 색깔까지 더해져서 감추기가 용이했지요. 저는 수선 중인 몇 척의 고깃배 사이에 몸을 숨기고 담배에 불을 붙였습니다. 도대체 몇 시인지 짐작도 할 수 없었지만 한숨을 돌린 기분이었지요. 숨어 있는 장소에서 들킬 염려 없이 카리다드를 지켜볼 수 있었습니다. 신비로운 자연의 조화로 불쑥 방파제에서 자라난 나무와도 같이 매우 서글픈 모습이었지요. 하지만 카리다드가 정교한 용수철처럼 몸을 일으키자 그런 느낌은 사라졌습니다. 흐릿한 사진 같은 흔적과 부정할 수 없는 고독의 잔상이 남아 있을 뿐이었지요. 카리다드는 이번에는 맞은편의 인도로 테라스들을 헤치며 길을 되짚어 돌아갔습니다. 눈부실 정도로 환한 조명에 사람들로 북적이는 가게 안으로 들어갈 때도 있었지요. 느릿느릿 유연한 몸놀림에서 앙상한 팔다리에 걸맞지 않은 무용수의 열의와 기운이 느껴지더군요. 그런데 테라스 중 한 곳에서 하마터면 카리다드를 놓칠 뻔했습니다. 그 애가 가게로 들어간 사이에 저는 메뉴판을 방패막이 삼아 바깥에 있었지요. 그러다 진한 구릿빛 피부의 두 사내와 함께 탁자에 앉아 있는 레모 모란과 눈이 마주쳤습니다. 근무 시간에 꼼짝없이 걸렸다는 생각이 순간적으로 머리를 스쳤지요. 레모의 시선에서 영기가 빠져나와 제 미간에 콱 박히는 것 같았습니다. 하지만 그것은 사실 잠을 자거나 꿈을 꾸는 사람의 눈길일 뿐이었어요. 레모는 구릿빛 피부의 사내들이 하는 말에 귀를 기울이고 있는 것 같지 않았습니다. 〈저놈이 죽을 날이 다 되었거나 죽도록 행복한가 보구나〉 하는 생각이 들더군요. 아무튼 저는 몸을 돌려 파세오 마리티모를 건너가 정원에서 기다렸습니다. 얼마 뒤에 가랑비가 뿌렸지요. 카리다드가 식당에서 나왔을 때는 걸음걸이가 이전과 사뭇 달랐습니다. 이제 산책은 끝났으니까 서둘러 가야 한다는 듯이 거침없이 잰걸음을 놀렸지요. 저는 주저 없이 뒤를 따라나섰고(식당 안에 있는 사람들은 그 애가 칼을 갖고 있다는 걸 아무도 몰랐을까요?) 환한 조명이 켜진 중심가에서 조금씩 멀어졌습니다. 어부들이 모여 사는 동네를 지나 별장이 늘어선 가풀막을 따라 올라갔지요. 길 끝에는 지저분한 4층짜리 신식 학교 건물이 있었는데 여느 학교처럼 미완공의 느낌이었습니다. 어느덧 건물이라고는 하나도 없이 포구를 옆에 끼고 Y로 향하는 도로로 접어들었지요. 쉴 새 없이 걸음을 재촉하는 카리다드의 웅크린 윤곽이 이따금씩 전조등 불빛에 비쳤습니다. 두 번인가 자동차에서 고함을 내지르는 남자의 목소리가 들렸지만 차를 세운 사람은 없었어요. 어쩌면 저를 보고 그랬을 수도 있습니다. 아니면 카리다드를 보고 겁을 먹었던 거겠지요. 나무들 사이를 스치는 바람만이 마지막까지 우리의 길동무가 되어 주었습니다. 그렇게 한참을 걸었지요. 모퉁이를 돌 때마다 우윳빛 광선이 줄무늬처럼 새겨진 바다가 나타났습니다. 구름이며 바위며 Z의 모래사장을 모두 한데 그러안고 있는 모습이었지요. 세 번째 포구에 이르자 카리다드는 지방 도로를 벗어나 비포장 길로 접어들었습니다. 어느덧 비가 그친 가운데 저 멀리 저택이 보이더군요. 그때 저는 무언가에 발이 걸려서 넘어졌습니다. 카리다드는 쇠살문 앞에 잠시 멈추어 있다가 문을 열고 안으로 들어갔어요. 저는 다리가 후들거리는 것을 느끼며 조심스레 몸을 일으켰습니다. 저택 안에는 사람의 흔적을 알리는 불빛이 하나도 보이지 않았지요. 쇠살문이 반쯤 열려 있었습니다. 고개를 들이밀자 폐허로 변한 거대한 정원에 군데군데 부서진 분수와 사방을 뒤덮은 잡초가 언뜻 눈에 들어오더군요. 포석이 깔린 좁은 길을 따라갔더니 여러 층으로 이루어진 낡은 현관 같은 게 나타났어요. 거기에 도착해서 정문도 열려 있는 것을 확인했는데 어디선가 소리가 들리는 듯했습니다. 실처럼 가느다란 그 음악 소리는 틀림없이 저택 내부에서 들려오는 것이었지요. 왼손은 문틀에 올려놓고 오른손은 귀에 댄 채 비에 젖은 동상처럼 현관에 서서 그런 결론을 내린 다음 결국 안으로 들어가기로 마음을 먹었습니다. 현관홀, 아무튼 제가 홀이라고 생각했던 곳은 구석에 쌓인 상자들을 제외하면 텅 비어 있었고 끝에 유리문이 있었습니다. 이제 어둠이 눈에 익었다 싶었을 때 최대한 소리가 나지 않도록 살그머니 발을 옮겼어요. 유리문을 열자 음악 소리가 또렷이 들렸습니다. 앞에 복도가 있었는데 몇 걸음 나아가자 양쪽으로 갈라지더군요. 저는 왼쪽 길을 택했습니다. 여러 개의 객실은 문을 활짝 열어 놓았는데도 칠흑처럼 캄캄했어요. 반면에 복도는 한쪽 면에 있는 커다란 통창으로 빛이 들어왔습니다. 벽을 따라 쭉 이어진 창문은 안마당을 향해 열려 있었지요. 슬쩍 내다보았더니 저택 입구의 정원보다 훨씬 낮은 곳에 있는 것 같았습니다. 마침내 복도가 넓어지며 괴상망측한 잠수함 조종실 같은 둥그런 방이 나왔지요. 거기서 한 계단은 위층으로 또 다른 계단은 조금 전에 보았던 뜨락의 정원으로 이어졌습니다. 음악 소리는 아래쪽에서 들리는 것이었지요. 저는 밑으로 내려갔습니다. 바닥은 대리석이었고 오랫동안 방치한 탓에 형체를 분간할 수 없는 석고 부조가 벽을 장식하고 있었어요. 잡초 틈에서 무언가 움직였습니다. 아마 쥐였겠죠. 그러나 제 신경은 온통 눈앞에 있는 쌍여닫이문에 쏠려 있었어요. 문틈으로 음악과 함께 싸늘한 공기가 실려 와 순식간에 얼굴에 맺힌 땀을 식혔지요. 그 안에서는 거대한 들보에 매달린 네 개의 조명 아래, 어떤 여자아이가 아이스링크에서 스케이트를 타고 있었습니다…….

엔리크 로스켈러스

저는 포도 덩굴로 뒤덮인 낡은 정자 아래 차를 세워두곤 했습니다. 벤빈구트의 로마식 정자는 먼지가 더께로 쌓였지만 세월의 흐름에도 말짱한 모습이었지요. 누리아가 저녁 7시쯤 자전거를 타고 도착할 때면 저는 보통 문간에 놓인 의자에 앉아 있었습니다. 저택의 방 한곳에서 고리버들 의자를 찾아 깨끗이 닦고 소독한 다음에 서늘한 그늘에 갖다 놓은 터였지요. 거기에 있으면 누리아의 자전거가 Y로 향하는 국도에 나타나는 모습을 볼 수 있었습니다. 자전거는 한동안 나무들 사이로 모습을 감추었다가 저택과 맞바로 이어지는 큰길에 다시 모습을 드러냈지요. 물론 아이스링크가 완공된 뒤로는 누리아와 매일같이 만났습니다. 저는 복숭아나 포도, 배 같은 과일과 고차가 담긴 보온병, 그리고 누리아가 연습할 때 쓰는 카세트 플레이어를 가져갔어요. 누리아는 운동 가방에 연습복과 스케이트, 그리고 물통을 챙겨서 넣어 왔습니다. 사흘마다 새로운 시집을 가져와서 쉬는 시간에 상자에 기대어 되작거리기도 했지요. 혹여나 의심을 살까 싶어서 창고에 그대로 놓아둔 포장 상자들이 많았거든요. 아이스링크의 존재를 알고 있는 사람이 또 있었느냐고요? 글쎄요, 아무도 몰랐든지 아니면 모두가 알았을 테지요. 다들 무언가는 알고 있었지만 단편적인 정보들을 하나로 엮을 만큼 똑똑한 사람은 없었습니다. 그네들을 속이는 건 일도 아니었어요. 솔직히 저택이나 돈 문제에 진지하게 관심을 가졌던 사람이 하나라도 있었을까 싶습니다. 돈이 걸려 있는 일이라면 눈에 불을 켜고 달려드는 작자들이었지만 따로 시간을 쪼개 용도까지 추적할 정도는 아니었던 것 같아요. 아무튼 저는 항상 신중에 신중을 기했습니다. 누리아조차 모든 걸 사실대로 알고 있는 건 아니었습니다. 제가 아이스링크를 공공시설로 쓸 거라고 말했더니 더는 아무것도 묻지 않더군요. 그해 여름에 벤빈구트 저택을 이용한 사람은 우리 둘밖에 없었는데도 말입니다. 당연히 누리아에게도 자기만의 고민이 있었고 저는 그것을 존중해 주었지요. 흔히들 사랑을 하는 사람은 관대해지기 마련이라고 하더군요. 글쎄요, 그게 맞는 말인지 모르겠습니다. 저는 누리아한테만 관대했거든요. 다른 사람들한테는 더 깐깐하고 야비하고 매정하고 이기적으로 굴었습니다. 어쩌면 제 손 안에 있는 보물이 티 없이 순수하다는 걸 알았기에 진흙탕 속에서 뒹구는 그네들의 모습이 더욱 비교될 수밖에 없었겠지요. 저택에서 바다로 이어지는 계단에서 누리아와 간식이나 저녁을 먹던 때가 제 생애 최고의 순간이었다고 자신 있게 말씀드릴 수 있습니다. 누리아가 아련한 눈길로 수평선을 바라보며 과일을 먹는 모습에는 독특한 구석이 있었지요. 아, 세상 어디에도 없을 만큼 아름다운 수평선이었어요. 우리는 서로에게 거의 말을 하지 않았습니다. 저는 한 칸 아래의 계단에 앉아 한 모금씩 차를 음미하며 누리아를 훔쳐보았지요. 오랫동안 보고 있으면 가슴이 아릴 때도 있었기에 너무 자주 쳐다보지는 않았습니다. 누리아는 운동복을 두 벌 가지고 있었어요. 하얀 줄무늬가 대각선으로 박혀 있는 파란색 운동복은 올림픽 대표 유니폼이었던 것 같습니다. 흑단처럼 새까만 검정색 운동복은 누리아의 금발과 완벽한 피부를 돋보이게 했지요. 격한 운동을 마치고 얼굴이 발개지면 보티첼리의 그림에서 튀어나온 천사 같았어요. 검정색 옷은 어머니가 선물로 주신 것이었습니다. 저는 누리아를 보지 않으려고 운동복만 뚫어지게 쳐다보았지요. 옷의 주름과 구김 하나하나까지 아직도 생생히 기억하고 있습니다. 파란색 운동복의 무릎이 불룩하게 튀어나와 있던 것도 생각나네요. 검정색 운동복을 입을 때는 은은한 향기가 바람에 실려 왔지요. 말문이 막히게 만들었던 황혼 무렵의 산들바람. 바닐라 향과 라벤더 향. 누리아의 옆에 제가 있는 모습은 분명 어울리지 않았겠지요. 그러나 한번 생각해 보십시오. 저는 날마다 직장에서 바로 약속 장소로 갔습니다. 때로는 양복과 넥타이를 벗을 시간마저 없었어요. 하지만 누리아가 늦으면 트렁크에서 청바지와 낙낙하고 두툼한 스나이더 스웨터를 꺼내 갈아입었습니다. 신발도 디 알비 모카신으로 바꿔 신었는데 양말을 벗어야 한다는 걸 깜빡할 때도 있었지요. 정자 아래서 땀을 뻘뻘 흘리고 곤충 소리에 귀를 기울이며 그 모든 일을 해치웠습니다. 누리아 앞에서는 절대로 운동복을 입고 싶지 않았지요. 그걸 입으면 허리가 무자비하게 늘어나서 두 배로 뚱뚱해 보였거든요. 키가 더 작아 보이지나 않을까 걱정도 되었고요. 한번은 누리아가 잠깐 스케이트를 같이 타자고 했어요, 크크. 웃어서 죄송합니다. 아마 제가 아이스링크에 서 있는 모습이 보고 싶었던가 봐요. 여벌의 스케이트를 챙겨 오더니 한번 신어 보라고 끈질기게 조르지 뭡니까. 평생 거짓말이라고는 모르고 살던 아이가 거짓말까지 하더군요. 스텝을 연습해야 하는데 조수가 있어야 한다는 거예요. 그런 모습은 처음이었어요. 제멋대로 구는 새침데기 소녀나 나이 어린 폭군 같았지요. 반복되는 연습에 지치고 신경이 날카로워진 탓이려니 싶었습니다. 결전의 날이 눈앞에 다가온 상황에서 저는 칭찬의 말만 늘어놓았지만 사실 제가 무얼 알았겠습니까? 아무튼 저는 기어코 스케이트를 신지 않았습니다. 겁이 나기도 했고 넘어져서 놀림거리가 될까 걱정한 까닭도 있었지만, 무엇보다 아이스링크는 제가 아닌 누리아를 위한 것이었기 때문이지요. 하지만 언젠가 꿈속에서 스케이트를 탄 적이 있습니다. 시간만 주신다면 다 말씀드릴 수도 있을 겁니다. 그렇지만 딱히 특별한 내용이 있는 건 아니에요. 저는 스케이트를 신고서 그냥 아이스링크 한가운데 서 있었습니다. 주변을 둘러보니 안 들키고 계획대로만 진행했으면 완성되었을 그 모습이더군요. 새로 편안한 의자를 설치한 관객석이며 욕실과 마사지 룸, 그리고 말끔한 탈의실까지. 꿈에서 벤빈구트 저택은 온통 환하게 빛났고 저는 스케이트를 탈 수 있었어요. 스핀도 돌고 점프도 하며 완벽한 적막에 휩싸인 채 유유히 빙판을 미끄러져 갔습니다…….

레모 모란

누리아가 두 번째로 호텔에 찾아왔던 때의 일은 대체로 기억이 가물가물합니다. 처음처럼 점심시간에 델 마르로 찾아왔지만 이번에는 커피도 마시지 않았고 방으로 가기도 싫어했어요. 누리아가 호텔이 갑갑하다고 해서 둘이 함께 밖으로 나갔습니다. 차 안에 계속 있다 보니까 이제는 제가 갑갑하더군요. 저는 운전도 서투른 편인 데다 자동차를 좋아하지 않아요. 그나마 있던 것도 호텔에 필요한 물건들을 운반하는 용도였고 제가 직접 운전하는 게 아니었습니다. 우리는 한동안 해변에서 떨어진 내륙으로 빙빙 돌았어요. 질식할 듯한 열기에 한마디 대화도 없이 땀만 줄줄 흘렸지요. 어느 순간 갑자기 주체할 수 없는 슬픔이 몰려왔습니다. 누리아가 그만 만나자는 말을 하러 온 것 같다는 생각이 들었거든요. 소나무 숲, 과수원, 텅 빈 승마 학교, 오래된 도자기 도매상점의 행렬이 짜증 날 정도로 느리게 이어졌지요. 연거푸 하품을 하던 누리아가 마침내 호텔로 돌아가자고 입을 열었습니다. 우리는 호텔에 도착하는 길로 곧장 방으로 올라갔습니다. 뜨거운 물이 누리아의 피부로 쏟아지던 장면이 떠오르네요. 저는 밖에 있었는데도 수증기 때문에 땀을 비 오듯이 흘렸어요. 누리아는 물줄기 틈으로 자기만 느끼는 무언가가 떨어지는 것처럼 눈을 질끈 감더군요. 그녀의 피부와 셀 수 없는 뜨거운 물방울들이 사투를 벌이는 것만 같았지요. 타일이 깔린 바닥에 누리아의 완벽한 두 다리가 지나간 흔적이 남았습니다. 저는 에어컨을 켜고 누리아가 테라스로 나가 바다를 바라보는 모습을 지켜보았어요. 그녀는 침대에 눕기 전에 제 책과 옷장을 살펴보았지요. 특별히 눈에 띄는 물건은 없었어요. 혹시 마이크가 있나 찾는 중이라고 말하더군요. 누리아가 움직이는 모습은 유별난 데가 있어서 떠나고 한참이 지난 뒤에도 방 안에 희미한 진동이 남아 있는 듯한 착각을 불러일으켰어요. 그런데 그날 관계를 갖던 중에 누리아가 별안간 울음을 터뜨렸습니다. 전혀 예상치 못했던 상황에 저는 바로 동작을 멈추었어요. 〈아파요?〉 〈그냥 계속해요.〉 예전 같았으면 아마 혀끝으로 그녀의 눈물을 그러모았을 것입니다. 하지만 세월은 그냥 흐르는 게 아니라 사람을 무기력하게 만들지요. 엉덩이를 걷어차여서 에어컨 따위가 필요 없는 다른 방으로 쫓겨난 기분이었어요. 저는 커튼을 살짝 올리고 호텔 레스토랑에 전화를 걸어 레몬차 두 잔을 주문했습니다. 그러고는 침대 가장자리에 앉아 어쩔 줄 몰라 하면서 그녀의 어깨만 어루만졌지요. 누리아는 이제 눈물이 마른 눈으로 단숨에 찻주전자를 통째로 비

우더군요. 저는 밤에 잠자리에 누울 때 그녀가 방에 있는 것처럼 대화를 나누는 버릇이 들었어요. 누리아를 올림픽 최고의 스타라고 부르는 둥 바보 같은 소리만 잔뜩 늘어놓는 식이었지요. 하지만 그렇게 하는 게 재미있었고 이따금씩 배꼽이 빠질 정도로 웃어 대기도 했어요. 덕분에 오랜만에 영혼이 평온해지는, 아니 맑아지는 것 같은 기분이 들었지요. 우리는 사랑이라는 단어를 아예 입에 올리지도 않았을뿐더러 우리가 오후 4시부터 7시까지 하는 일을 절대로 사랑이라는 감정과 연결시키지도 않았어요. 누리아는 이전에 사귀었던 바르셀로나 출신의 남자 친구를 자주 화제로 삼았습니다. 그 친구의 유령이 주위를 맴돌기라도 하듯, 이상할 정도로 무심한 말투로 이야기했지요. 녀석이 선수로서의 자질이 뛰어나고 체육관에서 살다시피 하며 완벽하게 운동에만 몰두한다고 칭찬을 늘어놓더군요. 아직도 옛 남자 친구를 좋아하고 있다는 느낌을 받을 때가 많았습니다. 낮 시간에 방이 가마솥처럼 부글부글 끓어오르는 날도 있었어요. 알렉스는 방 안에만 처박혀서 관계를 유지하기란 불가능한 일이라고 말하더군요. 언젠가 둘 중에 한 사람은 반드시 싫증을 느끼기 마련이라는 것이었지요. 저는 그 말에 고개를 끄덕였지만 딱히 어떻게 할 수 있는 방법이 없었습니다. 제가 밖에 나가자고 할 때마다 누리아는 싫다고 대답했거든요. 밤에는 너무 피곤하다는 둥 이유를 대면서 말이지요. 사실은 저도 나이트클럽이나 돌아다니는 일은 내키지 않았어요. 그러다 만난 지 2주쯤 지났을 때 밤에 나가서 환상적인 시간을 보냈지요. 짧지만 행복했던 저녁 외출이었습니다. 집(들어오라는 소리는 한 번도 하지 않더군요)으로 바래다주던 길에 저는 누리아가 너무 예뻐서 불안하다고 말했어요. 그런 식의 표현을 싫어한다는 걸 빤히 알면서도 경솔하게 말을 내뱉었던 것이지요. 저는 이에 대한 그녀의 대답을 그날 밤에 있었던 가장 중요한 일로 기억합니다(그 순간만 제외한다면 저녁 내내 웃음이 끊일 새가 없었지요). 아예 토를 달 수 없는 확신에 찬 어조로, 자기가 이제껏 만나 본 최고의 미인은 동독 출신의 피겨 스케이팅 세계 챔피언 마리안 아무개라고 답했거든요. 그 한마디가 전부였지만 저는 시체처럼 얼어붙었습니다. 누리아는 자기가 원하는 바를 분명히 알고 있는 여자였어요. 하루는 순수한 호기심이 묻어나는 표정으로 제게 이런 질문을 던지더군요. 변변한 서점이나 극장도 없는 Z 같은 촌구석에 발목이 잡혀 있는 이유가 무엇이냐고. 저는 바로 그곳에서 제가 할 일이 있기 때문이라고 대답했지요(궁색한 거짓말이었습니다). 누리아는 〈당신이 할 일은 문학이잖아요. 그러려면 바르셀로나나 마드리드에 살아야지요〉 하고 말했습니다. 제가 〈그러면 너를 더 이상 볼 수 없잖아〉 하고 말하자 어차피 못 보게 되는 건 마찬가지라고 답하더군요. 조만간 피겨 스케이팅 올림픽 대표에 다시 선발되어서 지원금을 받게 될 거라고 말입니다. 제가 〈계획대로 안 되면 어떻게 할 건데?〉 하고 묻자, 누리아는 저를 어린아이 대하듯 쳐다보며 어깨를 으쓱했어요. 〈대학을 졸업하고 유럽의 대도시나 미국의 대학에서 피겨 스케이팅 강습을 하면 되지요.〉 하지만 누리아는 자기가 대표 팀에 다시 합류하리라고 굳게 믿고 있었습니다. 〈내가 이렇게 고생하고 열심히 노력하는 이유는 바로 그것 때문이에요〉 하고 말했지요…….

가스파르 에레디아

두 팔을 위로 뻗은 채 박자에 맞추어서 상체를 움직이는 스케이트 소녀가 보였습니다. 보이지 않는 정령에게 제물을 바치는 동작은 서툴지만 마음을 뒤흔드는 무언가가 있었어요. 링크, 소녀의 다리, 은빛 스케이트 등 나머지 것들은 통로를 차단하려고 쌓아 둔 나무 상자들에 가려서 제대로 보이지 않았습니다. 링크 쪽에서 볼 때는 상자들이 늘어선 모습이 흡사 원형 극장과 비슷했는데 그 주위를 돌며 길을 찾으면서 보니 오히려 미로의 축소판에 가깝더군요. 아무튼 처음에는 팔을 구부려 허공을 껴안는 소녀의 뒷모습과 티후아나의 권투 경기장이 떠오를 정도로 링크를 환하게 비추는 조명만 눈에 들어왔습니다. 시멘트 바닥은 중앙으로 비스듬히 기울어져 있었고, 검게 그을린 돌들을 들쑥날쑥 쌓아 위에 벽을 세워 놓았더군요. 저는 상자들 사이를 요리조리 움직이며 관찰하기에 적당한 장소를 찾았습니다. 개중에는 발송지 표시가 그대로 붙어 있는 상자도 더러 눈에 띄었지요. 조명이 비추는 공간의 가장자리에 어떤 뚱뚱한 남자가 해변에서 쓰는 접이식 의자에 앉아 열심히 서류를 읽으며 펠트펜으로 무언가를 적고 있었습니다. 사내의 발밑에는 볼륨을 크게 틀어 놓은 카세트 플레이어가 있었고 거기에서부터 창고 구석구석으로 「불의 무도」가 울려 퍼졌지요. 뚱보 사내는 일에 몰두하고 있는 것처럼 보였지만 가끔씩 고개를 들어 소녀를 쳐다보았습니다. 저는 링크 한쪽 구석에서 조명에 비치는 무언가를 발견하고 당혹감을 금치 못했지요. 별난 소녀가 재주를 부리는 희푸른 얼음 아래로 각양각색의 전선이 뒤얽힌 사다리가 파묻혀 있었거든요. 싸늘한 냉기에도 얼굴에 식은땀이 흐르는 게 느껴졌습니다. 사내가 갑자기 무어라고 말을 했는데 소녀는 개의치 않고 스케이트를 탔어요. 그러자 사내가 다시 입을 열어 전보다 더 길게 무언가를 말하더군요. 소녀는 자기와 상관없는 일이라는 듯이 짤막하게 대꾸하고 말았습니다. 카탈루냐어였던 데다가 잔뜩 신경이 곤두선 상태라 두 사람의 대화를 제대로 알아듣지 못했지만 동굴 안에 있는 것 같은 느낌은 더욱 강해졌지요. 스케이트 소녀가 점프와 무릎 자세를 연습하기 시작하자 사내는 어두운 곳에서 나와 링크 가장자리로 다가갔습니다. 양손을 주머니에 넣은 채 가만히 서서 반짝이는 두 눈을 부릅뜨고 소녀의 움직임을 좇으며 유난히 동그란 머리를 천천히 움직였지요. 우아함과 민첩함의 극치인 소녀와 오뚝이 인형 같은 사내로 이루어진 별난 한 쌍은 무언가 마음을 심란하게 하는 면이 있었습니다. 그러나 그 모습에서 잔잔하면서도 강렬한 기쁨을 느꼈기 때문에 자리를 박차고 도망가지 않을 수 있었지요. 어쨌든 두 사람은 저를 보지 못했고 카리다드가 어딘가 있는 게 분명했으니 꼼짝 않고 되는 데까지 기다려 보기로 했습니다. 스케이트 소녀는 링크 한가운데서 스핀을 시작했는데 갈수록 속도가 빨라졌지요. 턱을 쳐든 채 두 발을 모으고 활처럼 등을 구부린 모습은 언뜻 보기에 팽이와 비슷했고 우아한 느낌도 없지 않았습니다. 제 짐작에 사내는 저와 마찬가지로 동작이 마무리되기를 예상한 듯했는데 갑자기 소녀가 링크 끄트머리로 튕겨지듯 미끄러져 나갔어요. 완벽하게 몸을 제어해서 움직인 것처럼 보였지만 연습의 결과라기보다는 요행이 따른 것이었습니다. 뚱보 사내가 박수를 쳤지요. 〈최고야, 최고〉 하고 카탈루냐어로 말하더군요. 그런 말 정도는 저도 알아들을 수 있습니다. 스케이트 소녀는 링크를 두 번 더 돌더니 수건을 들고 기다리는 사내 앞에 멈추어 섰지요. 이어서 카세트를 끄는 소리가 들렸고 소녀가 옷을 입는 동안에 사내는 어둑한 공간으로 돌아가 등을 돌리고 있었습니다. 옷을 입는다고 해보았자 무용복 위에 운동복을 걸치는 정도였지만 사내는 계속 내외를 하더군요. 소녀는 운동 가방에 스케이트를 챙겨 넣고 제가 알아들을 수 없는 무슨 말을 했습니다. 벨벳처럼 부드러운 목소리였지요. 사내는 몸을 돌리고 보폭을 재듯이 조명이 밝은 곳으로 걸어 나왔습니다. 〈저 어땠어요?〉 하고 소녀가 고개를 숙인 채 아까와는 다른 어조로 물었지요. 〈최고였어.〉 〈너무 느린 것 같지 않았어요?〉 〈내가 보기에는 괜찮았는데 네 생각이 또 그렇다면…….〉 두 사람은 사뭇 다른 느낌으로 동시에 미소를 지었지요. 소녀가 한숨을 내쉬었습니다. 〈피곤해요, 집에 데려다 줄 거죠?〉 하고 말하더군요. 〈당연하지〉 하고 사내가 수줍은 미소로 입술을 오므리며 웅얼거렸습니다. 〈조명을 끄고 갈 테니까 복도에서 기다리고 있어.〉 소녀는 아무런 대꾸도 하지 않고 밖으로 나갔어요. 뚱보 사내가 상자 더미 뒤로 사라지는가 싶더니 잠시 후 아이스링크가 온통 암흑으로 뒤덮였습니다. 손전등을 비추며 다시 모습을 드러낸 사내는 이내 자리를 떠났어요. 두 사람이 계단을 올라가는 발소리가 들렸습니다. 〈이제 어떻게 하지?〉 하는 생각이 들었지요. 지붕 틈으로 희미한 섬광이 스며들었습니다. 달빛이었을까요? 아마도 길을 잃고 방황하는 개똥벌레였겠지요. 그때껏 의식하지 못했던 소리가 갑자기 제 주의를 끌었습니다. 저택 어딘가에서 발전기를 전력으로 가동하고 있는 중이었지요. 링크를 얼어 있는 상태로 유지하기 위해서였을까요? 그날 하루 동안에 겪은 여러 일들 때문에 머릿속이 복잡했던 터라 상자에 등을 기대고 얼음 바닥에 앉아 생각을 정리하려고 했어요. 하지만 그럴 틈이 없었습니다. 발전기가 아닌 다른 소리가 들렸기 때문에 잔뜩 경계 태세를 취했지요. 누군가 링크 가장자리에서 성냥불을 켰고 곧바로 창고의 벽면에 그림자가 일렁이기 시작했습니다. 저는 자리에서 일어나 이제 거울과 흡사한 모습을 하고 있는 아이스링크를 쳐다보았습니다.

카리다드가 한 손에 성냥을 들고 다른 손에 칼을 쥔 채 거기에 서 있었어요. 다행히 성냥불이 금방 꺼지고 다시 암흑이 찾아오면서 마음을 진정시킬 수 있었습니다. 그동안 객실 어딘가에 숨어 있다가 스케이트 소녀와 사내가 떠난 것을 확인하려고 왔을지도 모른다는 생각이 들었어요. 카리다드도 저처럼 그 거대한 저택에 몰래 기어들어 온 불청객일 가능성이 높았습니다. 다시 성냥불을 켜는 것을 보고 카리다드가 주변을 망보고 있다는 걸 깨달았지요. 계속 숨어 있자니 마음이 편치 않았지만 제가 갑자기 나타나면 더 놀랄 것 같았습니다. 물론 그대로 있는 게 낫겠다고 판단한 것은 칼 때문이기도 했지요. 어째 시간이 지날수록 얼음처럼 선연한 빛을 발하며 번득이는 것 같더군요. 성냥불이 여러 번 가물거리다 꺼졌지만 이번에는 어둠이 들어설 틈도 없었지요. 카리다드가 곧바로 다른 성냥에 불을 붙였거든요. 그러다가 현기증이라도 느낀 듯이 링크 가장자리에서 뒷걸음질을 치더군요. 카리다드의 깊은 한숨 소리와 함께 세 번째 성냥불이 순식간에 꺼졌습니다. 저는 누군가 그런 식으로 한숨을 내쉬는 것을 평생 딱 한 번 들은 적이 있어요. 머리카락 끝에서 토해 내는 그 강하고 거친 쇳소리는 생각만 해도 진저리가 났습니다. 발전기 소리와 제 거친 숨소리만 들릴 때까지 상자들 사이에 웅크리고 있었지요. 그러고도 한참을 꼼짝 않고 가만히 있었습니다. 한쪽 다리에 감각이 사라져 가는 게 느껴지는 순간 철수를 시작했지요. 공포에 질려서 구불구불한 복도를 뛰어

가는 일이 없도록 온 신경을 집중했습니다. 신기하게 일사천리로 출구를 찾았지요. 정원에 도착했을 때는 쇠살문을 열 생각조차 하지 못하고, 필사적으로 벽을 타고 올라갔지요…….

엔리크 로스켈러스

우리는 여름이 시작될 무렵에 훈련을 시작했습니다. 죄송합니다. 정확히 말씀드리면 누리아 혼자 훈련을 시작한 것이지요. 하지만 7월부터 9월까지 연습하면 10월에 마드리드 아이스링크에서 열리는 대표 선발전에 통과할 거라는 생각만큼은 일치했습니다. 코치, 심판, 연맹 위원들이 한통속으로 썩었다 하더라도 몇 달 동안 갈고닦은 누리아의 완벽한 기술과 연기에 할 말을 잃고 다시 대표로 뽑을 수밖에 없을 터였지요. 제가 알기로 올림픽 대표 팀은 11월에 부다페스트에서 열리는 유럽 피겨 스케이팅 선수권 대회에 참가할 예정이었습니다. 솔직히 두 달 넘게(10월은 마드리드에서 합숙 훈련, 11월에는 부다페스트) 누리아를 볼 수 없을지 모른다는 생각만으로도 가슴이 찢어졌어요. 당연히 겉으로는 아무런 내색도 하지 않기 위해 조심했습니다. 10월에 누리아가 아예 대표에서 탈락할 수도 있었지만 그런 쪽은 생각하지 않으려고 했지요. 누리아가 충격을 받으리라는 것이 분명했고 어떤 반응을 보일지 전혀 예상할 수 없었기 때문입니다. 저는 진심으로 누리아가 탈락하지 않기를 바랐습니다! 그저 누리아가 행복하기만을 간절히 기도했지요! 아이스링크를 만든 것도 다 그것 때문이었습니다. 성실히 훈련해서 대표에 복귀한다면야 더 바랄 게 없었지요. 이제야 드는 생각이지만 그때 코치라도 한 명 고용할걸 그랬습니다. 하지만 당시에 그런 생각을 했다 한들 무슨 명목으로 돈을 마련했겠습니까. 또 조건에 맞는 사람을 어디서 찾을 수 있었겠습니까. 영어 선생이야 널리고 널렸지만 여름철에 피겨 스케이팅 코치라니요. 제 기억이 맞는다면 언젠가 누리아가 망명한 폴란드 코치 이야기를 했습니다. 아직 젊은 사람인데 카탈루냐 협회에서 반년 동안 일하다가 직업윤리에 반하는 행동으로 계약이 파기되었다는 것이었지요. 도대체 무슨 짓을 했기에? 누리아는 사정을 잘 몰랐고 관심도 없었습니다. 솔직히 털어놓자면 저는 그 코치가 탈의실에서 여자나 남자 선수와 성관계를 맺거나 강간하는 장면이 상상되더군요. 아무튼 바르셀로나 부근에 머물고 있다는 그 폴란드 사람을 찾아볼 수도 있었을 겁니다. 하지만 누리아나 저나 시간이 없었던지 내키지 않았던지 바로 그런 생각을 접었지요. 이상하게 요즘 뜬눈으로 밤을 지새면서 그 폴란드 사내를 떠올리게 되더군요. 한 번도 만난 적이 없고 앞으로 만날 일도 없는 사람이지만 친구처럼 가깝게 느껴집니다. 어쩌면 저도 제 나름대로 코치 노릇을 했기 때문이라 그런지 모르겠습니다. 스텝과 동작 이름도 제대로 외우지 못했지만 객관적으로 말해서 나쁘지 않은 편이었지요. 정식 코치는 아니더라도 코치를 대신하는 아버지와 같은 역할로서 말입니다. 이야기를 들어 주고, 게으름을 피우거나 지칠 때마다 격려를 아끼지 않았어요. 그리고 매일 반복되는 훈련에 체계와 규율이 잡히도록 신경을 썼습니다. 누리아가 스케이트에만 집중할 수 있게 자질구레하고 귀찮은 일들을 도맡았고요. 바로 이러한 완벽주의에 가까운 성격(어디서 무슨 일을 하든 간에 마찬가지였지요) 덕분에 무언가 이상한 점을 발견했던 것입니다. 사소한 일들이 하나둘씩 쌓이다 보니 나중에는 극도로 불안해지더군요. 참 한심하게도 처음에는 그저 제가 신경이 날카로운 탓이라고 여겼습니다. 어느 때보다 정신이 말짱하다는 것을 분명히 알고 있었는데도 말입니다. 무슨 일이었는지 자세히 말씀드리지요. 이따금씩 제가 누리아보다 한참 앞서서 저택에 도착할 때가 있었습니다. 그러면 작업용 캔버스 앞치마를 두르고 냉동 장치와 빙판 상태를 점검했지요. 바닥도 대충 쓸었습니다. 방 하나에 표백제, 염산, 빗자루, 쓰레기봉투, 장갑, 걸레를 비롯해 다양한 도구들을 보관해 두었거든요. 어쩔 때는 갓 들에서 꺾어 온 꽃을 병에 담아 누리아가 옷을 갈아입는 장소에 놓았습니다. 매일 알코올로 카세트 플레이어의 헤드를 닦고 「불의 무도」 첫 소절이 나오도록 테이프를 감는 것도 빠뜨리지 않았지요. 그러고도 시간이 남으면 연습 전이나 후에 누리아가 해변에 가고 싶어 할 때를 대비해 저택 뒤편으로 가서 포구로 이어지는 계단을 쓸었습니다. 아무튼 일거리가 모자라는 일은 없었지요. 저택의 객실들은 보통 손대지 않았지만 1층과 2층은 거의 다 청소했거든요. 창고, 정자, 뜨락 정원, 바다와 마주 보는 정원까지 포함해서 말입니다. 집 구석구석을 손바닥 보듯 훤히 알고 있는 셈이나 마찬가지였지요. 그러니 전날에 분명히 청소한 장소들에서 쓰레기처럼 버려진 자잘한 물건들을 발견하고 어찌 놀라지 않았겠습니까. 처음에는 당연히 오전에 일을 시켰던 게으른 일꾼들 짓이라고 생각했지요. 그래서 하루는 날을 잡아 제가 직접 듣기 싫은 소리를 좀 했습니다. 시간이 없어서 심하게는 안 했지만 다시는 그런 일이 없게끔 단단히 주의를 주었지요. 정확히 어떤 물건들이었느냐고요? 포르투나 담뱃갑(그런데 일꾼들 중 한 명은 두카도스를 피웠고 다른 하나는 담배를 끊은 터였습니다!)이며 햄버거 찌꺼기 같은 잡쓰레기였어요. 겨우 그런 것들이 전부였습니다. 별거 아니지만 그 자리에 있어서는 안 되는 물건들이었지요. 어느 날 오후에는 피 묻은 화장지를 발견하기도 했습니다. 그게 죽기 직전 아직 숨이 붙어서 코를 킁킁거리는 쥐라도 되는 양 넌더리를 내며 휴지통에 던졌지요. 저는 점차로 벤빈구트 저택에 다른 사람이 있다는 결론에 도달하게 되었습니다. 사흘 동안 미친 사람처럼 돌아다녔어요. 큐브릭 감독의 「샤이닝」이 생각나더군요. 누리아의 집에서 비디오로 그 영화를 본 지 얼마 지나지 않은 터라 여전히 신경이 날카로운 상태였지요. 냉철하게 논리적인 설명을 찾아보려 했지만 아무 소용이 없었습니다. 그러다 정면으로 부딪쳐 보자는 마음을 먹고 저택을 샅샅이 훑었어요. 하지만 침입자의 존재를 암시하는 흔적은커녕 아무것도 없었습니다. 며칠 동안 쓰레기가 보이지 않자 안심이 되어 차츰 마음을 가라앉혔지요. 당연히 누리아한테는 아무 말도 하지 않았고 나중에는 저도 모든 게 근거 없는 망상에 불과한 것이라 납득하고 말았습니다…….

레모 모란

어느 날 로스켈러스가 델 마르 정면의 길가에 세워 놓은 누리아의 자전거를 발견했습니다. 녀석은 무슨 일인지 확인하러 호텔로 들어왔다가 깜짝 놀라고 말았지요. 누리아가 저와 함께 바에 앉아 탄산수를 마시고 있었거든요. 그때까지 저는 둘 사이에 무슨 관계가 있으리라고 의심해 본 적도 없었어요. 한마디로 난감한 상황이 연출되었던 것이지요. 로스켈러스는 증오와 경계심이 뒤섞인 표정으로 제게 인사를 건넸어요. 누리아는 초조한 말투로 녀석을 맞았지만 기뻐하는 기색도 살짝 엿보이더군요. 무방비 상태로 기습을 당한 저는 그 빌어먹을 뚱뚱보가 찾아온 목적을 나중에야 깨달았습니다. 제게 볼일이 있던 게 아니라 자신의 소중한 금발 천사를 구출하러 왔던 것이지요. 저는 녀석의 출현에 당황해서 처음에는 할 말을 찾지 못한 채 허둥지둥댔습니다. 그 틈을 타서 로스켈러스가 주도권을 잡고 상황을 좌지우지하기 시작했지요. 녀석은 돼지처럼 웃으며 제 아들이 건강하게 지내는지 물었어요. 아들은 아파서 누워 있는데 아비는 한가하게 놀고 있느냐는 투였지요. 그리고 아이의 불쌍한 어머니, 사회적 약자들의 복지를 위해 노력하는 〈지칠 줄 모르는 순교자〉의 안부도 묻더군요. 누리아와는 롤라에 관한 대화를 나눈 적이 없었기에 뚱보의 입에서 나온 말들은 곧바로 그녀의 호기심을 자극했지요. 하지만 녀석은 멈출 기세도 없이 낄낄대는 웃음을 섞어 가며 질문 공세를 폈습니다. 간간히 누리아에게 〈여기서 뭐해〉, 〈이렇게 만나다니 뜻밖인걸〉, 〈누가 자전거를 훔쳐 간 줄 알았어〉 등의 말들도 건네면서요. 티가 날 정도로 부자연스러운 목소리로 그렇게 말하니까 나중에는 딱하다는 생각이 들더군요. 물론 얼마 지나지 않아 녀석은 누리아의 머리가 젖어 있다는 것을 알아챘어요. 저 역시 방금 머리를 감고 나온 모습이라는 것을 확인하고 나름의 결론을 내린 듯했습니다. 그래서 제가 대화의 주도권을 빼앗으려고 입을 여는 순간에 조금 전까지 입에 거품을 물며 떠들던 로스켈러스는 의기소침하게 풀이 죽은 상태였지요. 녀석은 당나귀에게 차인 듯 창백하고 일그러진 얼굴로 두 눈을 땅에서 떼지 못한 채 손으로 바를 꽉 붙들고 있었습니다. 놈을 박살 낼 수 있는 절호의 기회였지만 저는 잠자코 지켜보는 편을 택했지요. 누리아는 제게서 등을 돌리더니 녀석과 대화를 나누기 시작했습니다. 목소리가 너무 작아서 무슨 이야기를 하는지 들을 수 없었어요. 놈은 여러 번 고개를 끄덕였는데 목에 고랑을 찬 것처럼 힘에 겨운 모습이었습니다. 그러더니 금방이라도 눈물을 쏟을 법한 얼굴로 누리아와 함께 자리를 떠났지요. 저는 자전거를 차 위에 싣게 도와주겠다고 나섰지만 두 사람은 자기들만으로 충분하다며 사양했어요. 이튿날 누리아는 호텔에 찾아오지 않았습니다. 집으로 전화를 걸었더니(처음으로 전화한 거였어요) 없다고 하더군요. 저는 전화해 달라는 메시지를 남기고 기다렸습니다. 일주일이 지날 때까지 아무런 소식이 없었어요. 그동안 저는 다른 생각을 하면서 시간을 때우려고 노력했습니다. 이를테면 다른 여자와 잠자리를 같이하면 어떨까 하는 식이었지요. 그렇지만 결국에는 입맛도 돌지 않을 정도로 시르죽은 상태가 되었습니다. 오후에는 여러 번 롤라와 전화로 이야기를 나누었어요. 호텔에서 그녀의 집까지는 겨우 15분 거리였는데도 말입니다. 그래서 롤라가 그리스로 여름휴가를 떠날 생각이고 아마도 휴가에서 돌아오면 Z 시청을 떠나 헤로나의 새 직장에서 일할 거라는 사실을 알게 되었지요. 그녀는 최근에 코스타 브라바로 오게 된 바스크 남자와 사귀는 중이었어요. 행정부에서 공무원으로 일하는 다정한 남자이고 진지한 관계로 발전하는 단계라고 했지요. 두 사람은 아이까지 데리고 자동차로 함께 휴가를 떠날 계획이었어요. 제가 행복하냐고 물으니까 롤라는 그렇다고 했습니다. 〈이렇게 행복한 적이 없었어〉 하고 말하더군요. 저녁에는 방으로 올라가기 전에 알렉스와 가볍게 한잔하면서 사업 이야기는 하지 않고 수다를 떨었어요. 점성술, 레몬 식이 요법, 연금술, 네팔 여행 루트, 타로 점, 손금 점 등 녀석이 좋아하는 주제를 선택하게 놔두었지요. 가끔은 알렉스가 출납 장부를 검토하느라 눈코 뜰 새 없이 바쁠 때도 있었어요. (녀석은 접수처 옆의 작은 사무실에서 〈우리가 Z에서 30번째로 갑부예요!〉 하고 소리치곤 했지요. 그럴 때면 녀석이 행복에 취해 혼자 웃음을 터뜨리는 소리를 들을 수 있었습니다.) 그러면 저는 발길이 향하는 대로 카르타고까지 걸어가 가스파린의 소식을 물어보았습니다. 종업원들은 녀석이 식당에 거의 오지 않는다고 말해 주었지만 굳이 캠핑장으로 가보고 싶은 생각은 들지 않더군요. 녀석이 즐겨 쓰던 표현대로 〈그건 아니올시다〉였지요. 당시에는 앞으로 일어날 일들을 예고하듯이 기온이 섭씨 35도까지 치솟았어요. 저는 1킬로그램이나 1.5킬로그램 정도 살이 빠졌던 것 같습니다. 밤에는 질식할 것 같은 느낌에 잠에서 깨어 발코니로 나가기가 일쑤였어요. 제 평생 그렇게 높은 곳에 올라간 적이 없었는데 평소와는 사뭇 다른 야경이 눈앞에 펼쳐졌지요. Z의 불빛들, 울퉁불퉁한 해안선, 저 멀리 보이는 Y의 불빛들, 암흑, 반짝이는 산불에 에워싸인 칠흑 같은 어둠, 그 너머로 보이는 X, 더 먼 곳에 있는 바르셀로나. 대기의 밀도가 너무 높아서 팔을 올리면 무슨 반고체의 생명체 속으로 집어넣는 느낌이었어요. 마치 전기가 충전된 수백 개의 축축한 가죽 팔찌로 팔이 꽁꽁 묶인 것 같았습니다. 항공모함의 신호기처럼 두 팔을 앞으로 내밀면 허깨비나 외계인의 질과 똥구멍에 동시로 삽입하는 기분이었지요. 이런 이상 기후 속에서도 여름의 시작과 함께 수많은 관광객들의 인파가 밀려들었습니다. 며칠 동안 도로는 통행이 불가능할 정도로 꽉꽉 막혔고 선탠로션과 오일 냄새가 도시 구석구석에 스며들었지요. 마침내 누리아가 평소와 같은 시간에 아무 일도 없었다는 듯 델 마르로 찾아왔습니다. 하지만 그녀의 행동에서 이전과는 다르게 머뭇거리는 태도가 느껴졌어요. 로스켈러스와 있었던 일에 대해서는 딱히 별다른 언급이 없었습니다. 녀석은 우리의 관계를 모르니까 계속 그렇게 유지하는 편이 좋겠다는 말뿐이었지요. 제 편에서는 더 이상 질문을 던질 권리도, 또 그럴 이유도 없다는 생각이 들었습니다. 그때 누리아가 겁에 질려 있었다는 사실을 깨닫게 된 건 한참이 지난 뒤였지요…….

가스파르 에레디아

관리자들이 자정 이후에 캠핑장에 들를 가능성은 희박했어요. 문제가 생기더라도 카라히요 영감이 든든히 제 뒤를 봐줄 터였지요. 영감은 제가 늦거나 말거나 하나도 신경 쓰지 않았어요. 그럴듯한 이유가 있는 경우라면 두말할 필요도 없었지요. 영감에게는 마침내 카리다드를 찾았다고 털어놓아야 했어요. Z의 외곽에 있는 집을 묘사하자 벤빈구트 저택이라 하더군요. 그 흉가에서 밤을 보내려면 배짱이 필요하다고도요. 할멈이 카리다드의 곁에 있을 테니 어련히 서로를 잘 지켜 줄 거라고 했지요. 강짜 있는 사람이 하나라도 있어서 다행이라는 말이었어요. 도대체 무슨 뜻으로 그런 말을 했는지는 모르겠습니다. 영감은 저택을 생각하면 레모 모란이 떠오른다며 허두를 뗐어요. 녀석이 벤빈구트와 비슷하다고 걸걸한 목소리로 말했지요. 지금은 몰라도 나중에는 그런 인물이 되리라는 것이었어요. 언젠가는 녀석이 아들과 호모 새끼 알렉스를 데리고 아메리카로 돌아갈 거라고요(〈그런데 그 자식이 어디 출신이지?〉 하고 영감이 물었어요. 〈칠레요〉 하고 저는 잠에서 덜 깬 상태로 답했지요). 그리고 고향의 도둑놈들과 무지렁이들, 촌뜨기들이 놀랄 만한 저택을 짓는다는 것입니다. 흑석을 구할 수만 있다면 벤빈구트 저택과 똑같이 으리으리한 건물을 세우겠지요. 〈전쟁터에서 녀석이 내 옆에 있었다면 좋았을 거야〉 하고 영감이 눈을 감은 채 말을 끝맺더군요. 조롱인지 욕설인지 칭찬인지 아니면 셋이 다 섞인 건지 분간할 수 없는 어투였지요. 저는 뚱보 사내와 스케이트 소녀, 아이스링크를 입 밖에 내지 않으려고 조심했어요. 영감이 못 미더웠다기보다는 저를 실없는 사람으로 여길까 두려웠거든요. 어쨌든 당시에는 그런 식으로 생각했던 것 같아요. 영감이 평온하게 코를 고는 소리가 솔솔 잠을 재촉했어요. 하지만 저는 유리벽에 이마를 기댄 자세로 건밤을 새웠지요. 정문의 가로등 주변을 맴도는 모기들을 동틀 때까지 지켜보았어요. 아침을 거르고 오전 8시에 텐트로 들어가 오후 5시까지 나오지 않았지요. 나중에 기억도 나지 않을 요란한 악몽에 시달리며 통잠을 잤거든요. 잠에서 깨었더니 시큼한 우유와 땀 냄새가 텐트에 진동하더군요. 바깥에서 누군가 저를 기다리고 있는 것 같았어요. 제 이름을 여러 번 부르는 소리가 이내 또렷이 들렸지요. 저는 떡이 진 머리에 눈곱이 달라붙은 상태로 기어 나갔어요. 돌 위에 앉아 있던 페루 사내가 제 몰골을 보더니 웃더군요. 〈창고에 좀 가야겠어, 처리할 일이 생겼거든〉 하고 사내가 말했어요. 저는 군말 없이 사내를 따라나섰습니다. 〈화장실에 똥칠을 하던 마약 중독자 년의 텐트를 찾아야 해.〉 어두운 창고 안에 들어선 다음에야 사내가 용건을 털어놓더군요. 거미줄과 낡은 매트리스 틈으로 스며든 누런빛이 온몸을 감쌌지요. 〈누구 텐트라고?〉 하고 저는 영문을 모른 채 물었어요. 우선 세수부터 하고 올 테니 자세히 설명해 달라고 했지요. 사내는 고개를 저으며 당장 그 빌어먹을 텐트를 찾으라고 하더군요. 그러더니 과하다 싶을 정도로 열을 올리며 창고를 샅샅이 뒤졌어요. 사방에 빼곡하게 들어찬 오만 가지 폐품들이 눈에 들어왔지요. 목조 천장에 얽혀 있는 철사에는 석쇠, 가스등, 방수포, 프라이팬, 군용 담요가 걸려 있었어요. 벽면을 가득 채우고 있는 것은 도랑을 파는 데 필요한 연장 일습과 마분지 상자였지요. 상자 중에는 상태가 양호한 것과 축축하거나 곰팡이가 슨 것이 섞여 있었어요. 보바디야 녀석이 삼척동자도 모르실 법한 이유로 쓸모없는 전선을 잔뜩 넣어 둔 터였지요. 저는 아무 말 없이 나가서 얼굴과 가슴팍과 팔에 물을 끼얹었어요. 수도꼭지 아래 머리를 들이밀고 머리칼이 흠뻑 젖을 때까지 있었지요. 수건을 챙겨 오지 않아서 물기도 말리지 못하고 창고로 돌아갔어요. 〈자네가 잘 알 텐데〉 하고 페루 사내가 판자 더미 앞에 무릎을 꿇은 채 말했어요. 녹색과 흰색으로 조합된 한 묶음의 신호 표지판이 차곡차곡 쌓여 있었지요. 공기 빠진 구명보트처럼 보이는 물건을 위에다 얹어 놓았더군요. 대체 무슨 일이냐고 물었다가 카리다드의 남자 친구가 돌아왔다는 소식을 들었지요. 〈밀린 돈을 다 갚더니 텐트를 내놓으라고 난리야〉 하고 페루 사내가 말했어요. 카리다드가 함께 왔을 거라는 생각이 스치는 찰나에 사내의 설명이 이어졌지요. 남자가 혼자 왔는데 자기 애인의 행방도 묻지 않더라는 것이었어요. 며칠 묵을 생각에 카리다드가 혼자 있던 날까지 포함해 빚을 다 치렀다더군요. 전에 제가 텐트를 놓았던 자리에서 만국기가 들어 있는 상자를 발견했어요. 세계 각국의 여행객들을 환영한다는 의미에서 캠핑장 입구에 달아 놓던 것이었지요. 몇 년째 줄곧 비바람을 맞은 탓인지 나달나달하더군요. 사내는 만국기를 꺼내며 추억에 잠겨서 나라 이름을 하나씩 읊었어요. 마치 전과자가 자신의 청춘을 바쳤던 교도소들의 이름을 외는 것 같았지요. 독일, 영국, 미국, 이탈리아, 네덜란드, 벨기에, 스위스, 스웨덴, 덴마크, 캐나다……. 〈미국만 빼고 다른 곳에서는 다 한 번쯤 살아 보았지〉 하고 사내가 말하더군요. 거기서 몇 미터 떨어진 곳의 부서진 장롱에 텐트가 기대어져 있었어요. 저는 사내가 투우를 하듯이 흔드는 만국기 중 하나로 먼지를 털어 냈어요. 잠깐만 쉬자고 말하니까 페루 사내가 이상하다는 눈으로 쳐다보더군요. 창고 안을 떠돌던 먼지가 땀이 맺힌 우리의 피부에 덩어리처럼 엉겨 붙었어요. 사내와 저는 누런빛에 감싸인 상태로 한동안 말없이 어둠 속에 서 있었지요. 빛이 누런 게 창유리를 대신해 붙여 놓

1 *sardana*. 여러 사람이 둥글게 원을 그리며 추는 스페인 카탈루냐 지방의 전통 춤.

은 오래된 신문지 때문이라는 것을 그제야 깨달았어요. 저와 사내 사이에 있는 텐트가 마치 두 명의 조난자가 달라붙은 구명보트 같더군요. 카리다드가 단잠을 청하고 악몽에 시달리고 사랑을 나누었던 텐트. 옆에서 가자고 안달하는 사내만 없었더라면 그걸 품에 꼭 껴안았을 거예요. 저는 사내와 함께 양쪽에서 텐트를 들고 접수처까지 걸어갔어요. 카리다드의 애인이라는 놈의 면상이라도 구경하자는 생각에서였지요. 그러나 우리가 도착했을 때 녀석은 이미 사라지고 없었어요. 굳이 돌아올 때까지 기다릴 필요는 없겠다 싶었지요. 접수처 여직원과 페루 사내는 제 행동이 수상쩍다는 것을 눈치챘어요. 카리다드의 남자 친구가 금방 돌아올 거라고 여직원이 일러 주더군요. 녀석이 맥주를 마시거나 텐트 자리를 고르고 있는 중일 거라는 말이었어요. 그러나 저는 본능적인 직감을 믿고 황급히 접수처를 떠났습니다. 행인들의 물결에 몸을 맡긴 채 발길이 닿는 대로 걸음을 옮겼어요. 길에서 카리다드와 마주칠 수 있을지, 고택에 찾아갈 만한 용기가 있을지 생각을 거듭했지요. 파세오 마리티모에 이르러서는 전날 이동했던 길을 되짚으며 공원을 따라 걸었어요. 행글라이더 선수들이 있던 둔치 한편에서는 사르다나[1] 연주단이 공연을 준비하고 있더군요. 행글라이더 경연 대회는 끝난 거냐고 묻자 어디선가 그렇다는 대답이 돌아왔어요. 〈마지막 참가자는 어떻게 되었습니까?〉 강아지와 산책을 나왔다가 저와 말을 섞게 된 어르신이 어깨를 으쓱했지요. 〈전부 다 떠났다네.〉 저는 나무 몸통에 등을 기대고 잠시 가만히 서 있었어요. 야외 테라스 쪽으로 등을 진 채 연주단의 첫 곡에 귀를 기울였지요. 그러다 파세오에서 걸음을 옮겨 항구에 면한 좁은 골목으로 들어갔어요. 전날 밤에 지나가며 보았던 술집 몇 개가 눈에 익었습니다. 테이블 축구와 오락기가 있는 가게에서 카리다드의 검은 머리를 보았다 생각했지요. 하지만 다른 사람이었어요. 떠들썩한 거리를 뒤로하고 교회까지 이어지는 가풀막을 따라 올라갔습니다. 어느덧 정신을 차려 보니 낯선 동네의 인도를 배회하고 있더군요. 창문이 열린 틈으로 들리는 소음과 텔레비전 소리만 제외하면 쥐 죽은 듯이 조용했지요. 저는 제멋대로 주차한 차들이 늘어선 참피나무 가로수길을 따라 평지 쪽으로 내려갔어요. 바람 한 점 없는 밤이었습니다. 첫 번째 가게에 이르기 전에 시끌벅적한 소란을 뚫고 카르멘 할멈의 목소리가 들려왔어요. 그저 재미 삼아 목을 풀고 있는 것 같았지요. 파세오 마리티모 한쪽에 있는 허름한 술집의 문을 들여다보니 손님이 뜸한 가게 안에서 할멈이 밀크 커피와 코냑을 마시고 있더군요. 저는 맥주를 한 병 주문한 다음 할멈의 옆자리에 가서 앉았어요. 할멈은 한참 뒤에야 저를 알아보더니 목 빠지게 기다린 양 요란을 떨었지요. 〈아이고, 이게 누구야, 우리 예쁜이 총각이잖아, 여기 내 친구를 한 명 소개하지.〉 그러자 할멈의 옆에 앉아 있던 사내가 깍듯이 예의를 차리며 악수를 청했어요. 얼굴은 마흔으로도 예순으로도 보이는 게 도무지 나이를 종잡을 수 없었지요. 땅딸막하고 빼빼 마른 몸 위에 큼지막한 배[梨]처럼 생긴 머리가 붙어 있더군요. 낙낙한 청색 면바지에 노란색 반팔 나이키 티셔츠를 입은 차림이었어요. 사내와 수인사를 마치고 자리에 앉자 할멈이 곧 공연을 시작한다고 일러 주었지요. 갈 테면 가라는 식의 말처럼 들렸지만 저는 아무런 대꾸 없이 자리를 지켰어요. 그때 할멈의 친구라는 사내가 한껏 무게를 잡으며 입을 열었어요. 〈한여름 무더위에 노래만 한 게 어디 있겠소.〉 겉으로 수줍은 척하면서도 흡족해하는 속내가 목소리에 묻어났지요. 자랑스러운 듯 니코틴으로 얼룩진 토끼 이빨을 벌씬 드러내더군요. 〈닥쳐, 신병, 입만 열면 헛소리야〉 하고 할멈이 자리에서 일어나며 말했지요. 그러고는 목청을 가다듬는가 싶더니 흘러간 유행가를 한 곡조 뽑았어요. 하이힐을 신은 발을 조심조심 옮겼는데 머리와 상체는 마치 순간적으로 발작이 일어났거나 동상으로 변한 듯 꼿꼿이 세운 채였어요. 두 손으로 장단을 맞추면서 손님들이 내미는 동전을 능숙하게 낚아채더군요. 노래가 길지 않았던 만큼 할멈의 순회공연도 금방 끝났습니다. 두세 사람이 지겹도록 들은 거라는 듯 의례적인 칭찬을 내뱉었어요. 자리로 돌아온 할멈의 손 안에는 동전 3백 페세타가 들어 있었지요. 할멈은 도미노를 하듯이 밀크 커피와 코냑 옆을 손바닥으로 쾅 하고 내려쳤어요. 그러면서 아무도 없는 문을 향해 가볍게 몸을 숙여 감사를 표했지요. 〈아주 절창이로구먼!〉 하고 사내가 외치더니 단번에 술잔을 털었어요. 빛깔을 보아하니 쿠바 리브레[2]더군요. 〈주둥아리를 확 꿰매 버릴까 보다〉 하고 할멈이 쩌렁쩌렁한 목소리로 말했어요. 공연을 마친 다음이라 그런지 얼굴이 붉게 상기되어 있더군요. 할멈의 모든 손짓과 몸짓은 정해진 예법을 따르는 것 같았어요. 문에다 대고 한 인사만 봐도 즉흥적으로 나온 행동이 아니었지요. 시선 처리나 인사 하나도 미리 계획한 대본에 충실한 것들이었습니다. 사내는 흡족한 얼굴로 자세를 고쳐 앉더니 술을 한 잔 더 주문했어요. 옆자리의 할멈은 밀크 커피를 홀짝이며 제 손을 흘끔흘끔 쳐다보았지요. 축구단 깃발들 사이에 걸려 있는 벽시계가 저녁 9시를 가리켰어요. 종업원이 거만한 태도로 탁자 위에 쿠바 리브레를 내려놓더군요. 〈싸가지 없는 놈〉 하고 사내가 궁얼대며 한 모금에 잔을 거의 다 비웠어요. 그러더니 〈시기와 경멸은 사라지리라!〉 하고 소리쳤지요. 〈예쁜이 총각, 자네도 길 잃은 강아지 신세로구먼〉 하고 할멈이 말했어요. 저는 할멈에게 왜 저를 예쁜이 총각이라고 부르느냐고 물었지요. 사내가 숨을 죽이며 웃더니 손마디와 손끝으로 탁자 위를 두드렸어요. 〈안 올 거야〉 하고 할멈이 불쑥 말을 던졌어요. 〈누가요?〉 〈카리다드 말고 누구겠어.〉 가수 할멈과 사내가 의미심장한 눈빛으로 서로를 바라보더군요. 저는 〈이제 가야겠어요〉 하고 말했지요. 〈애송이께서 가신다굽쇼?〉 하고 사내가 중얼거렸어요. 생글거리는 두 눈이 때꾼했지

2 *Cuba Libre*. 화이트 럼에 콜라와 라임을 섞어 만드는 칵테일의 한 종류.

만 술에 취한 건 아니었어요. 불쑥 어른이 되어 버린 난쟁이나 인형 같다는 생각이 들었지요. 결국 저는 의자에 꼼짝 않고 앉아 있었어요. 어떻게 시간이 흘렀는지도 모르겠습니다. 얼굴에 땀이 비 오듯 했던 것과 어느 순간 사내 쪽을 쳐다보았던 기억이 나네요. 까칠하고 번들거리는 사내의 얼굴에서 생기라고는 전혀 찾아볼 수 없었어요. 가게에 손님이 들어차자 할멈이 예고 없이 일어나 다시 노래를 부르더군요. 확실한 건 아니지만 이전보다 목소리가 더 우렁찼던 것 같아요. 한결 힘차고도 구슬픈 목소리였지요. 이제야 드는 생각이지만 그때 저는 술집을 떠나고 싶지 않았어요. 일단 나가면 일하러 돌아갈지 Z의 외곽으로 갈지 결정해야 했으니까요. 결국은 불안함을 이기지 못하고 쫓기는 사람처럼 부리나케 캠핑장으로 돌아갔지요…….

엔리크 로스켈러스

누리아와 레모 모란이 단순한 친구 이상의 관계라는 것을 알았을 때 제 기분이 어떠했겠습니까? 당장이라고 죽고 싶은 심정이었지요. 하늘이 무너져 내리는 것 같았고, 잔인할 정도로 불공평한 세상이 야속했습니다. 한 번도 아니고 두 번이나 그런 일이 벌어졌으니까요. 몇 년 전에도 제가 아는 최고의 사회 복지사 롤라가 비슷한 상황에 처한 것을 지켜본 터였습니다. 유능하기 이를 데 없고 부러울 만큼 침착하고 건설적인 젊은 여성이 그 남미 장사꾼의 마수에 넘어갔지요. 얼마 지나지 않아 그놈은 롤라의 인생을 송두리째 망가뜨려 버렸습니다. 모란의 불결하고 추악한 손길에 닿았다 하면 세상 모든 게 타락했지요. 현재 롤라는 이혼한 상태로 겉으로는 평범하게 살고 있는 것처럼 보입니다. 그러나 상처받아서 괴로워하는 속내를 저는 익히 잘 알고 있어요. 그 불행한 만남이 있기 전의 생생한 활기를 되찾으려면 시간이 꽤 걸릴지도 모릅니다. 그래요, 저는 한 번도 모란을 달갑게 생각한 적이 없습니다. 아무리 해도 도저히 견딜 수가 없는 인간이었지요. 사람 볼 줄 아는 능력을 타고난 저는 한눈에 그치가 교활한 사기꾼이자 허풍쟁이라는 걸 알아챘습니다. 제가 녀석을 예술가라서 싫어한다는 소문도 있더군요. 무슨 얼어 죽을 예술가! 저는 예술을 사랑합니다! 그게 아니라면 무엇 때문에 저의 미래와 안정적인 직장을 걸고 아이스링크를 만들었겠습니까? 그저 세상만사 다 안다는 식으로 으스대는 녀석의 태도에 넘어가지 않았을 뿐이지요. 그놈이 전쟁을 겪어 보았다고요? 텔레비전에 두어 번 출연했다고요? 거시기가 30센티미터라고요? 아이고, 대단도 하네요! 미친 개떼들이 저를 못 잡아먹어서 안달하는 헛소리입니다! 예전의 부하 직원들, 관광 축제과와 아동 복지과의 핫바지들, 안전 행정과의 자원봉사자들, 예산 삭감 때문에 피해를 본 사람들, 무용지물은 필요 없다는 생각에 제가 한직으로 좌천시키거나 깔끔하게 퇴출시킨 분과 사람들…… 그 모든 사람들이 이제 원한을 갚는답시고 그 남미 놈에게 유리하고 저에게 불리한 이야기를 날조하고 있는 거라고요. 모란은 전쟁이라고는 구경도 못 한 허깨비나 다름없는 놈입니다. 지역 방송에 출연했을 수도 있지만 요즘에는 개나 소나 다 텔레비전에 나오지 않습니까. 그리고 제가 오래전에 깨달은 사실인데 크기가 전부는 아닙니다. 여자들의 사랑을 받는 것은 바로 다정다감한 남자예요! 설마 클리토리스를 애무하려면 그 정도 길이는 되어야 한다고 생각하시는 건 아니겠지요? 30센티미터는 되어야 G 스팟을 자극할 수 있다고 말입니다! 롤라가 아들(기억도 나지 않는 무슨 빌어먹을 인디오 이름을 붙여 주었더랬지요)의 손을 잡고 해변을 걷는 모습을 떠올리면 모란을 증오하지 않으려야 않을 수가 없습니다. 그래요, 솔직히 말씀드리면 녀석에게 본때를 보여 주려고 한 적도 있습니다. 그렇지만 언제나 합법적인 범위를 철저히 지키는 선에서였지요. 벤빈구트 저택에서 유감스러운 사건이 일어나기 전까지 제 평생 녀석을 세 번쯤 보았을 겁니다. 그때마다 녀석은 취업 허가서가 없는 외국인을 불법으로 고용하고 있다며 자랑을 늘어놓았지요. 제가 알기로 그런 식으로 불법을 자행하는 사람은 모란과 Z 변두리의 소작농들밖에 없습니다. 채소 재배 농가나 적어도 그중 몇몇 농부들의 경우에는 용인할 수는 없어도 이해가 가는 부분이 있었지요. 이를테면 상추를 수확할 때 일꾼으로 구할 수 있는 건 대개 불법 체류자인 흑인들이 전부이니까요. 저는 흑인들을 좋아하지 않습니다. 그중에서도 특히 이슬람교 신자들이 싫어요. 한번은 지나가는 말로 Z의 부랑아들을 다 모아서 농장 일을 시키면 어떻겠느냐고 사회 복지과에 제안했지요. 씨를 뿌리고 곡식을 거두고 트랙터를 모는 일뿐 아니라 아침마다 장에서 농작물을 판매하는 일까지 말입니다. 마약 중독자나 범죄자의 길로 갈 게 빤한 아이들이 농사를 짓는 광경은 참으로 볼만했겠지요. 당연히 제 의견은 농담으로 치부되어 안건으로 다루어지지도 않았어요. 저도 딱히 이렇다 할 확신이 있었던 건 아니었지만요. 노예 노동으로 보일 수 있는 측면도 있고 평판에도 좋지 않다고들 하더군요. 아무튼 이제 와서 이야기해 보았자 누가 알아주겠습니까. 아무튼 조금 전에 말씀드린 것처럼 농부들에게는 합당한 이유가 있었지요. 그러나 모란은 단지 골탕 좀 먹어 보라는 심보로 불법을 저지르는 것이었습니다! 롤라가 아직 녀석과 부부였을 때 이 일에 대해 넌지시 물어본 적이 있지요. 그때 롤라가 들려준 이야기가 지금도 생생합니다. 모란이 고용한 자들은 녀석이 열여덟 살 때 사귀던 시인 친구들이라는 거예요. 우여곡절 끝에 어쩌다 우리 모국에까지 흘러들어 온 인간 군상들이었습니다. 본인의 의지에다가 우연까지 겹쳤는지 모란은 옛 친구들과 재회했지요. 녀석은 그네들에게 일자리를 주고 강제로다가 돈을 모으도록 시켰답니다. 휴가철이 끝나면 한 명도 빠짐없이 아메리카의 고국으로 돌아갔지요. 아무튼 모란이 롤라에게 이야기한 바로는 그랬다는 것입니다. 롤라는 모란의 어릴 적 친구들과 도저히 친해질 수 없었다고 합니다. 하지만 직업적으로 관심을 갖고 지켜볼 대상으로 여겼지요. 마음에 상처를 입은 추저분한 자들, 사회에 적응하지 못하는 불만분자들, 도통 말이 없고 병색이 완연한 자들. 한마디로 한적한 거리에서 마주치고 싶지 않은 부류의 인간들이었습니다. 물론 저와 롤라의 남편 사이에 감정의 골이 깊었던 것은 사실이에요. 그러나 롤라와는 우정과 동료애로 맺어진 관계였고 지금도 그러리라 믿습니다. 시장님 다음으로 가장 신뢰하는 사람이었으니 롤라의 이야기라면 전혀 의심할 여지가 없었지요. 그런데 스페인은 물론 중남미에서 이름조차 없는 그 시인들의 숫자는 일부에 불과했습니다. 그나마도 각양각색의 오합지졸로 이루어진 다른 직원 사이에 섞여 있었지요. 실제로 저는 그중에서 시인이라는 작자를 한 사람도 만나지 못했습니다. 지금 그 이야기를 기억하는 것도 나중에야 찜찜한 구석이 느껴졌기 때문이지요. 마치 공포 영화를 보고 난 뒤에 잔상이 남는 것처럼 말입니다. 그런데 롤라한테도 이야기한 거지만, 모란의 행동을 어떻게 봐야 할지 모르겠습니다. 옛 동지들에게 우정을 베풀었던 것일까요? 아니면 귀찮은 짐짝들을 처리하려 했던 것일까요? 롤라는 그네들이 다 귀국한 것은 아닐 수도 있다고 생각했습니다. 그저 Z로 다시 돌아오지 않았을 뿐이라는 말이었지요. 하지만 출국일과 휴가철이 끝나는 날짜가 공교롭게 맞아떨어지더군요. 꼬리에 꼬리를 물고 의문이 생겨날 수밖에 없었습니다. 그네들은 그동안 힘들여 저축한 푼돈을 빼면 빈손으로 돌아갔던 것일까요? 혹시 여행을 가장해서 모란의 운반책이나 정보원으로서 일했던 게 아닐까요? Z에서 마약 거래가 이루어진다는 것은 공공연한 사실이었습니다. 모란이 그쪽 일에 관여하고 있다는 말을 여러 번 들었지요. 솔직히 말씀드리면 다 근거 없는 소문에 불과했지만 말입니다. 물론 롤라한테는 절대 그런 이야기를 입 밖에 내지 않았습니다. 그래도 모란이 롤라가 키우는 아이의 아버지라는 점을 배려했던 것이지요. 헤로나의 지인에게 두 번 전화를 걸어서 혹시 건수가 있나 물었습니다. 깨끗하더군요. 그래도 꼬리가 길면 언젠가는 잡히는 법입니다. 노동 감독관 나리들께서는 보나마나 헛물만 켜고 말았을 테지요. 애초에 그런 쪽으로는 아예 기대조차 하지 않았습니다. 그런 분들의 습성이야 제 몸으로 낳은 자식처럼 훤히 알고 있거든요. 불시에 현장을 급습하겠다는 생각은 하지도 못했을 겁니다. 전체 직원을 심문하고 이웃을 탐문하는 일도 마찬가지였겠지요. 고리타분한 방식을 고수해서는 절대로 모란을 잡을 수 없었습니다. 녀석은 명목상의 벌금을 무는 일도 없이 법망을 요리조리 빠져나갔지요. 노동자 총동맹이나 노동자 위원회에 고발하는 것도 한 방법이었겠지요. 하지만 저는 Z의 노동조합 관계자들과 그다지 원만한 사이가 아니었습니다. 이제껏 살아오면서 딱 한 번 주먹다짐을 한 적이 있습니다. 아마 5년이나 6년 전쯤의 일일 겁니다. 노동자 총동맹 건물 앞에서 과격분자들과 싸움이 붙었지요. 이제는 은퇴한 시경 한 분과 함께 파업대책위의 거구들에 맞서야 했습니다. 여덟인가 아홉이었는데 워낙 떼로 덤벼서 정확한 숫자는 기억나지 않습니다. 다행히 흉기는 없이 맨손이었고 사태는 금방 일단락이 되었지요. 실제로 주먹이 오고 갔다기보다는 그냥 밀치는 정도에 그쳤습니다. 그런데도 저는 코피를 흘리고 한쪽 눈썹이 찢어지는 부상을 당했어요. 필라르가 무슨 급한 용무를 제치고 한달음에 제게 달려왔었지요. 참 이상하지 않습니까. 저는 어릴 때 한 번도 남을 해코지하거나 남에게 해코지를 당한 적도 없습니다. 그런데

Z에 와서 노새처럼 일하고 사랑에 빠진 결과가 고작 그런 것이었다니. 누리아한테는 아무 말도 하지 않았다는 것을 확실히 말씀드리고 싶네요. 질책을 하거나 나무라는 것처럼 느껴질 만한 말은 한마디도 없었습니다. 분노와 질투(왜 없었겠습니까?) 그리고 그 모든 상황에서 비롯된 충격을 속으로만 삼켰지요. 누리아도 자기가 모란과 무슨 관계인 건지 잘 모르는 것 같았습니다. 몸짓이나 표정, 이야기를 꺼내는 방식을 보아하니 딱 알겠더군요. 괜히 제가 참견했다가는 긁어 부스럼만 만들 게 틀림없었지요. 누리아는 거짓말을 늘어놓았고 저는 그 말을 믿는 척했습니다. 하지만 그러한 고통 속에서도 저의 사랑은 전혀 식을 줄을 몰랐습니다. 오히려 새로운 정신적 즐거움을 발견하며 끊임없이 변신했지요. 거기다 이것저것 신경 쓸 일들도 한두 가지가 아니었습니다. 모란을 향한 적의에 소모한 감정은 고작 3퍼센트에 불과했으니 천만다행입니다. 그때쯤 다시 아이스링크가 등장하는 꿈을 꾸었습니다. 마치 이전 꿈의 연장선에 놓여 있는 것 같았지요. 바깥세상은 그늘에서도 40도가 넘는 더위가 기승을 부리고 있었습니다. 저택 내부는 낡은 거울들이 깨질 정도로 살을 에는 공기가 감돌았지요. 제가 스케이트를 신고 유유히 얼음 위를 미끄러져 가는 장면으로 꿈이 시작되었습니다. 매끈하고 하얀 빙판은 세상 무엇과도 비교할 수 없는 순수의 극치처럼 보였지요. 완벽한 적막이 사위를 온통 뒤덮고 있었습니다. 그러다 갑자기 관성 때문인지 아이스링크 바깥으로 몸이 밀려났

어요. 어쨌든 제가 링크라고 생각했던 것에서 벗어나 저택의 복도와 방을 돌아다녔습니다. 기계가 완전히 맛이 가서 저택이 전부 빙판으로 변했구나 생각했지요. 현기증이 날 만큼 엄청난 속도로 옥상에까지 도착했습니다. 도시의 한 구역과 송전탑들이 눈에 들어왔지요. 과부하가 걸려서 당장 폭발하거나 포구로 뛰어들 것만 같았습니다. 저 멀리 얕은 소나무 숲이 가풀막을 따라 까맣게 늘어서 있었지요. 그 위로는 살짝 입을 벌린 오리의 부리처럼 빨간 구름이 보였습니다. 오리 부리에 상어 이빨이었지요! 흙길을 따라 누리아의 자전거가 느릿느릿 모습을 드러내는 순간 Z 쪽에서 거대한 불길이 치솟으며 빛이 작열했습니다. 그렇게 얼마간 불길이 타오르다가 어느새 지평선은 암흑에 잠기고야 말았습니다. 〈정전이구나, 이제 어떻게 하지〉 하는 생각이 들었지요. 발밑의 얼음이 걷잡을 수 없이 녹아내리는 찰나에 꿈에서 깼습니다. 이 꿈을 생각하니 청소년 시절에 읽은 책이 한 권 떠오르더군요. 그 책의 저자(이름을 잊어버렸네요)에 따르면 선과 악의 투쟁에 얽힌 무슨 전설 같은 게 있답니다. 악과 악의 추종자들은 불의 군대로 세상을 집어삼키려 하지요. 악의 무리가 전쟁을 일으키고 승승장구하며 번창합니다. 운명을 가른 마지막 전투에서 선이 얼음을 내려 악의 군대를 얼어붙게 만들지요. 차츰 불길이 가라앉고 지상에서 불의 흔적은 자취를 감춥니다. 불은 더 이상 위험한 게 아니었지요. 최후의 승리는 선을 추종하는 자들의 몫으로 돌아갑니다. 하지만 언제든 전투가 재개될 것이라고 전설은 경고합니다. 지옥의 불길은 절대로 꺼지지 않기 때문이라는 것이었지요. 얼음이 녹기 시작했을 때 바로 그런 느낌이 들었습니다. 내가 벤빈구트 저택과 함께 지옥으로 곤두박질치고 있구나…….

레모 모란

저는 누리아의 집으로 찾아가기로 마음먹었습니다. 이전에는 한 번도 먼저 찾아간 적이 없었지요. 덕분에 그녀의 어머니와 여동생을 만나게 되었어요. 동생의 이름은 라이아였는데 아주 똑똑한 꼬마 숙녀였지요. 태양이 작열하는 무더운 오후였지만 사람들은 개의치 않고 밖을 나다니더군요. 아이스크림과 분식을 파는 노점상들이 길거리를 가득 메웠고 가게에서 내어놓은 갖가지 상품들이 인도를 점령했지요. 누리아보다 약간 작고 마른 아주머니가 문을 열어 주셨습니다. 오래전부터 제가 찾아오기만을 기다렸다는 듯이 다짜고짜 들어오라고 하더군요. 누리아는 집에 없었어요. 저는 그냥 나가려고 했지만 이미 한발 늦은 뒤였습니다. 아주머니가 정중하면서도 단호한 몸짓으로 문 앞에 버티고 서 계셨거든요. 저를 통해서 딸의 비밀을 캐낼 요량임을 금방 눈치챌 수 있었지요. 엉겁결에 거실로 떠밀려 들어갔더니 자그마한 인조 대리석 받침대 위에 세워 놓은 트로피들이 보이더군요. 벽난로 양쪽으로는 알루미늄 틀에 유리를 끼운

액자들이 걸려 있었어요. 액자 속에는 오래된 현상금 포스터 같은 사진과 신문 스크랩들이 있더군요. 누리아가 혼자서 또는 다른 선수들과 함께 스케이트를 타는 모습을 담은 것이었어요. 영어나 프랑스어, 또는 덴마크어인지 스웨덴어인지 모를 정체불명의 언어로 쓴 신문 기사들도 보였습니다. 〈제 딸은 여섯 살 때부터 스케이트를 탔답니다〉 하고 누리아의 어머니가 입을 여셨어요. 아주머니는 거실에서 널찍한 주방으로 이어지는 문설주에 서 계셨지요. 블라인드를 내린 주방은 어두운 숲, 자정의 숲 속 빈터 같은 분위기를 풍겼어요. 커튼 사이로 노란빛이 스며드는 거실은 아늑한 느낌이 들었지요. 아주머니가 〈우리 아이가 스케이트 타는 걸 보셨나요?〉 하고 카탈루냐어로 물으셨습니다. 그러고 제가 미처 대답을 하기도 전에 카스티야어로 질문을 반복하셨지요. 제가 〈아니요. 한 번도 못 보았습니다〉 하고 말하자 믿기 힘들다는 눈으로 쳐다보시더군요. 누리아처럼 짙은 푸른색이었지만 어머님의 눈에서는 따님과 같은 강철 같은 의지의 번득임을 찾아볼 수 없었지요. 커피를 권하시기에 한 잔 마시겠다고 했습니다. 집 뒤쪽에서 단조로운 소리가 규칙적으로 들려왔는데 땔감을 쪼개는 소리 같다는 터무니없는 생각이 들더군요. 〈중남미 출신이신가요?〉 아주머니가 회색 바탕에 세피아색 꽃무늬가 수놓인 팔걸이의자에 앉으며 물으셨지요. 저는 그렇다고 답했습니다. 〈누리아가 많이 늦을까요?〉 〈글쎄요, 누가 알겠어요?〉 아주머니는 뜨개바늘과 양모 실 꾸러

미가 비죽이 튀어나온 바구니를 보며 말씀하셨습니다. 저는 다른 일 때문에 시간이 없다고 거짓말을 했지만 간단히 자리를 뜨기 어렵다는 것쯤은 진즉 알고 있었지요. 〈어느 나라에서 오셨어요? 아르헨티나?〉 하고 아주머니가 미소를 지으며 물으셨어요. 아무런 감정이 드러나지 않았지만 솔직히 말해도 괜찮다며 제 어깨를 토닥이는 듯한 느낌이었지요. 저는 칠레 사람이라고 답했습니다. 〈아, 그렇군요, 칠레〉 하고 아주머니가 말씀하시더니 이어서 물으셨습니다. 〈무슨 일을 하시지요?〉 저는 〈조그맣게 장신구 가게를 하고 있습니다〉 하고 더듬더듬 말했지요. 〈여기, Z에서요?〉 저는 모든 걸 순순히 인정한다는 듯이 고개를 끄덕였어요. 〈참 이상하네요. 누리아가 당신에 관해 이야기한 적이 없거든요.〉 저는 뜨거운 커피를 단숨에 들이켰는데 등 뒤에서 누군가가 고함을 내질렀습니다. 곁눈질로 보았더니 사람의 형체가 주방 쪽으로 움직이고 있더군요. 그때 아주머니가 〈이리 와서 언니 친구분과 인사해라〉 하고 말했습니다. 코카 콜라 캔을 손에 든 마르티 가족의 막둥이가 제 눈앞에 나타났지요. 우리는 서로에게 미소를 지으며 악수를 건넸습니다. 라이아는 바구니를 사이에 두고 아주머니 곁에 바투 앉아 느긋하게 기다렸어요. 제 기억에는 반바지를 입고 있었는데 양쪽 무릎의 커다란 밤색 딱지가 눈에 띄더군요. 〈우리 남편은 딸내미가 스케이트 타는 걸 한 번밖에 못 보았지만 행복하게 세상을 떠났답니다〉 하고 누리아의 어머니가 입을 여셨지요. 저는 어리둥절

한 얼굴로 아주머니를 쳐다보았습니다. 처음에는 부군께서 누리아가 스케이트 타는 걸 지켜보던 중에 돌아가셨다는 말인가 싶었지요. 하지만 그건 어이없는 추측에 불과했고 자세한 설명을 바라는 것도 주제넘겠다 싶어서 고개를 끄덕이고 말았습니다. 그때 〈아빠는 병원에서 돌아가셨어요〉 하고 말하는 라이아의 목소리가 들렸어요. 그 아이는 징그러울 정도로 찔끔찔끔 콜라를 마시며 한시도 제게서 눈을 떼지 않고 있었지요. 곧이어 〈Z 종합 병원 304호에서요〉 하고 구체적인 장소까지 덧붙이더군요. 아주머니는 감탄의 미소를 지으며 막내딸을 바라보셨습니다. 〈커피 한 잔 더 드릴까요, 모란 씨?〉 저는 커피가 아주 일품이지만 더는 사양하겠다고 말했습니다. 자리에서 일어서느냐 마느냐는 제 손을 떠난 문제라는 묘한 느낌이 들더군요. 〈언니가 저기서 뭘 하는지 아세요?〉 저는 라이아가 실제로 살아 있는 누리아를 가리키는 줄 알고 깜짝 놀라며 몸을 돌렸습니다. 하지만 등 뒤로는 텅 빈 복도만 눈에 들어왔고 라이아의 검지손가락은 어떤 액자 속의 사진을 가리키고 있었지요. 저는 웃으면서 잘 모르겠다고 말했습니다. 아주머니가 이해한다는 듯이 함께 웃어 주셨어요. 저는 〈누리아가 바로 뒤에 있는 줄 알았어요. 참 바보 같지요?〉 하고 말했습니다. 〈저건 루프예요, 루프〉 하고 라이아가 설명해 주더군요. 〈저건 뭔지 아세요?〉 이번에는 관중석과 링크의 규모가 한눈에 들어오도록 멀리서 찍은 사진이었어요. 중앙에는 지금보다 머리가 짧은 누리아가 살짝 오른쪽으로 몸을 기울인 채 금방이라도 날아갈 듯한 자세로 멈추어 있었지요. 〈저건 브래킷이라고 해요〉 하고 라이아가 말을 이어 갔습니다. 〈저건 스리턴의 마무리 동작이고, 저건 《카탈라나》라고 카탈루냐 출신 여자 선수가 만든 기술이에요.〉 저는 대단하다고 칭찬의 말을 한 다음에 사진을 하나하나 뜯어보기 시작했어요. 몇몇 사진들 속에서 누리아는 기껏해야 열 살이나 열두 살 정도의 어린 소녀였습니다. 다리가 면봉처럼 가늘고 빼빼 마른 모습이었지요. 긴 머리에 탄탄한 체격의 남자아이와 팔짱을 낀 채 스케이트를 타는 사진들도 있었어요. 이를 하얗게 드러내고 집중한 표정으로 가식적인 미소를 짓고 있었는데 제 눈에는 두 사람 모두 진심으로 행복한 것처럼 보이더군요. 정신없이 여러 장의 사진들을 보다 보니 갑자기 지치고 서글픈 마음이 들었습니다. 〈언니가 언제쯤 올 것 같니?〉 하고 제가 볼멘소리로 묻자 〈늦게요. 훈련이 끝나면요〉 하고 라이아가 답했어요. 아주머니는 제가 눈치챌 틈도 없이 어느새 바늘을 꺼내 뜨개질을 하고 계시더군요. 이제 확인할 것은 다 확인했다는 듯 흡족한 표정을 지으시며 말입니다. 〈훈련? 바르셀로나에서?〉 하고 제가 묻자 라이아가 우리만의 비밀이라는 듯이 싱긋 웃었습니다. 〈아니요. Z에서요. 스케이트를 타거나 조깅을 하거나 테니스를 치거든요.〉 〈스케이트?〉 〈네, 스-케-이-트-요.〉 라이아는 그렇게 반복한 다음에 〈항상 늦게 들어와요〉 하고 덧붙였지요. 그러더니 아주머니가 우리 쪽에 신경을 쓰지 않는다는 것을 확인하고 제 귀에다 속삭였습니다. 〈엔리크 아저씨랑요.〉 〈아!〉 〈그 아저씨를 아세요?〉 〈응, 잘 알지. 그럼 매일 엔리크 아저씨랑 훈련하는 거니?〉 〈네, 매일요, 매일!〉 하고 라이아가 외쳤습니다. 〈일요일도요……〉

가스파르 에레디아

〈이 지옥 같은 도시에 갓 도착한 신병이라는 뜻이지.〉 어쩌다 그런 별명이 생겼느냐고 묻자 신병 아저씨가 답했습니다. 〈마흔여덟 살배기 신병이자 풋내기요 햇병아리라네. 덫을 피할 줄도 모르고 의지할 친구도 없는 어리보기지.〉 아저씨는 쓰레기 수거함을 뒤져서 재활용품을 수집해 푼돈을 벌었어요. 나머지 시간에는 관광객들의 발길이 뜸한 술집들을 전전했지요. Z로 드나드는 길목에 자리한 해변에서 멀리 떨어진 가게들 말입니다. 약주를 드시지 않을 때는 언제 어디로 튈지 모르는 할멈의 곁을 그림자처럼 붙어 다녔어요. 사실 아저씨에게 신병이라는 별명을 붙여 준 것도 바로 카르멘 할멈이었지요. 그래서인지 할멈이 아저씨의 별명을 부를 때면 입에 착착 감기는 맛이 났어요. 〈신병, 이것 좀 해봐. 신병, 저것 좀 해봐. 신병, 신세타령 좀 해봐. 신병, 한잔 걸치러 가자.〉 할멈이 〈신병〉이라고 말하면 안달루시아를 배경으로 하는 음악이 들리는 듯하더군요. 휴가를 받은 군인들이 거리를 가득 메운 풍경이 눈앞에 펼쳐졌어요. 악몽처럼 시달리던 재앙에서 벗어나고자 싸구려 여관이나 기차를 찾는 청춘들. 느릿느릿하면서도 또박또박한 카르멘 할멈의 억양을 아저씨는 눈이 뒤집힐 정도로 좋아했지요. 그 억양은 천장에 작은 구멍이 뚫린 남자 목욕탕을 연상시켰어요. 장군의 막내딸이 아침마다 냉수로 고문당하는 병사들을 훔쳐보는 장면이 떠올랐지요. 아닌 게 아니라 그즈음은 시원한 냉수마찰 같은 게 간절한 때이기도 했어요. 후텁지근한 공기 때문에 하루 종일 짜증이 나고 숨이 턱턱 막혔거든요. 그런데 할멈의 목소리에서 연상되는 것은 지독한 냉수 고문이었어요. 지독하기 그지없지만 효과 만점이자 달가운 고문이었지요. 신병 아저씨는 수거함을 뒤지거나 가게나 창고에서 직접 마분지 상자를 얻었어요. 그런 다음 고물상(Z의 하나뿐인 고물상은 불쌍한 사람들을 등쳐 먹는 지독한 작자였어요)에게 가져가서 물건을 팔면 하루 일과가 끝났지요. 남은 시간은 할멈과 함께 보내려 했으나 늘 뜻대로 되는 것은 아니었어요. Z는 그해가 처음이었지만 할멈과의 관계는 한두 해 전에 바르셀로나에서 시작된 터였지요. 〈내가 요 여편네 때문에 여기까지 떠들어온 거야〉 하고 아저씨는 입버릇처럼 말했어요. 〈억수로 퍼붓는 비를 뚫고 이 무정한 고장에 따라왔지. 그런데도 요 변덕쟁이 할망구는 밤에 나를 혼자 두는 때가 많다네.〉 그러면 카르멘 할멈이 자기는 남한테 얽매이는 것을 제일 싫어한다고 퉁을 놓았어요. 아저씨가 카탈루냐 사람들의 참을성을 배워야 한다고 핀잔도 주었고요. 문명인

답게 차분히 기다릴 줄 아는 태도가 필요하다는 말이었어요. 〈신병, 세상에는 알아서는 안 되는 일도 있는 거야. 꼬치꼬치 캐묻는 게 얼마나 꼴사나운지 알아?〉 아저씨는 낙심한 표정으로 고개를 주억이며 손을 끄덕였지요. 그러나 한눈에 보기에도 할멈의 설명을 곧이듣는 눈치는 아니었어요. 아저씨는 잠시라도 둘이 떨어진 사이에 죽음이 닥칠까 매우 두려워했지요. 하룻밤 사이에 두 사람이 한꺼번에 급사하면 어쩌느냐는 것이었어요. 〈혼자 죽으면 작별 인사를 할 수 없다는 게 제일 고약하지〉 하고 아저씨는 말했지요. 〈신병, 죽어 가는 마당에 무슨 얼어 죽을 작별 인사야? 사랑하는 사람들을 떠올리며 상상하면 그만이지.〉 두 분은 자주 죽음을 화제로 삼았고 때로는 격렬하게 말다툼까지 벌였어요. 하지만 대체로는 본인들과 상관없는 일인 양 무심한 말투였습니다. 세상의 쓴맛과 단맛을 다 본 사람들처럼 초연한 태도를 보일 때도 많았지요. 그러나 함께 자는 문제를 놓고서는 이따금씩 정말 심각한 언쟁이 오갔어요. 신병 아저씨는 카르멘 할멈과 매일 밤 함께 자기를 원했어요. 할멈이 거절하면 버림받은 아이처럼 씩씩대며 의심의 눈초리를 보냈지요. 아저씨와 할멈 사이에 처음 우정이 싹튼 곳은 어느 노숙자 쉼터였어요. 〈이후로 우리 사이에는 하나도 금이 가지 않았어〉 하고 두 분은 의기양양하게 말했지요. 한번은 할멈이 〈생명이라는 건 세상 그 무엇과도 비교할 수 없는 거야〉 하고 허두를 뗐어요. 〈이를테면 물 한 모금도 감사하게 여기는 식물들을 떠올려 봐. 떡갈나무나 잣소나무 같은 나무들은 또 어떻고. 화염에 재로 변했다가도 더러운 오줌을 먹고 다시 자라나잖아.〉 그러자 아저씨가 자기는 춥고 배고픈 것만 해결되면 다 괜찮다고 동을 달았지요. 할멈은 「숙녀와 건달」의 한 장면을 떠올리듯 몽롱한 목소리로 이렇게 대꾸했어요. 〈신병은 시골뜨기요 이 몸은 요조숙녀니 별 수 없는 일이지.〉 이런 거리를 좁히려는 생각에서였는지 두 분은 틈만 나면 이야기판을 벌였어요. 서로의 과거를 하나하나씩 되짚으며 시간 가는 줄도 모르게 수다를 떨었지요. 옆에서 보고 있노라면 다섯 살 때부터 서로의 인생 역정을 다 지켜본 불알친구 같았어요. 두 분은 미래에 대한 확신이 있었어요. 스페인의 앞날에는 영광만 있을 뿐이라고 입버릇처럼 말했지요. 각자의 미래에 대해서도 마찬가지였어요. 모든 일이 잘 풀려서 Z를 떠나지 않아도 될 거라고 했지요. 가을이 오더라도 괜찮을 터이고 겨울도 문제없다는 것이었어요. 오히려 그때쯤이면 멋들어진 집이 하나 생길지도 모른다고 하더군요. 추위를 대비한 벽난로와 전기난로에 여흥을 위한 텔레비전까지 딸려 있는 집이었지요. 신병 아저씨는 그동안 참고 기다린 보상으로 일자리를 얻을 거라고 했어요. 따분하고 험한 잡일이 아니라 번듯하고 안정적인 직장 말입니다. 노예 취급당하는 지긋지긋한 생활과는 영영 작별하는 셈이었지요. 상점이나 식당의 유리창을 닦거나 아파트 건물에서 경비를 보는 일도 괜찮을 터였어요. 자동차와 적절한 장비를 갖춘다면 지역 졸부들의 별장에서 정원사를 할 수도 있겠지요. 할멈이 이런 식으로 장밋빛 미래를 그리자 아저씨는 두 눈을 휘둥그레 뜨며 물었어요. 〈그럼 할멈은 무슨 일을 할 건데?〉 〈성악 교실을 열어서 애들에게 발성이나 가르치며 여유작작하게 사는 거지.〉 〈이거 아주 기똥차구먼! 이래서 여자들이 좋다니까. 천당과 지옥을 왔다 갔다! 올라가는 것은 언젠가 내려오기 마련이요, 바닥을 치면 수면 위로 다시 떠오르는 법이지〉 하고 아저씨는 흥분하며 외쳤지요. 한번은 할멈이 몰래 계획하고 있는 일이 있다고 털어놓더군요. 죽는 한이 있더라도 절대 입 밖에 낼 수 없는 비밀이라는 것이었어요. 그러나 마음보다 입이 앞섰거나 말하면 안 된다는 것을 잊은 모양이지요. 어느 날 오후에 크게 얼개를 잡아 저희에게 계획을 설명해 주었거든요. 우선 할멈은 정식으로 Z에 주민 신고를 할 생각이었어요. 그다음에 시장의 오른팔을 찾아가 부탁이 아닌 요구를 하는 것이었지요. 30년 동안 할부로 갚는 공영 주택을 내놓으라고 말입니다. 그리고 그자에게 최후의 결정타를 날려서 아퀴를 짓겠다고 했어요. 할멈이 가진 정보가 믿을 만한 것임을 증명하는 사실을 몇 개 퉁겨 주는 것이었지요. 시장에게 직접 말할지 아닐지는 전적으로 사내의 선택에 달린 문제인 셈이었어요. 〈그런데 시장님의 오른팔을 이녁이 어떻게 알아?〉 하고 아저씨가 물었지요. 할멈은 다 아는 수가 있다면서 녹색 빗으로 머리를 넘기며 이야기를 시작했어요. 그것은 예전에 할멈이 Z에 머물 때 겪었던 일련의 사건들이었지요.

2년 또는 3년 전의 일인지, 4년 전의 일인지는 분명치 않았어요. 그러나 도움을 청하려고 매일 시청을 방문했던 것은 또렷이 기억했지요. 연옥과 다름없는 나날들. 당시에 할멈은 죽을병에 걸렸다는 생각에 잔뜩 겁을 먹은 상태였어요. 아저씨의 표현대로 보살펴 주는 사람 없이 혼자 죽을까 두려웠던 거지요. 하지만 다행히 죽지는 않았어요. 〈그때 공무원이라는 이 벌레 같은 놈들의 본색을 깨달았지! 재규어나 독수리처럼 잔인하고 무자비한 것들! 뭐, 민주주의를 위해서라면 목숨을 바치겠다고? 사람이 죽어 가는데 팔짱만 끼고 있는 것들이 무슨 민주주의야! 내가 농담을 하거나 몬세라트 카발예[1] 흉내를 내는데 웃지도 않았다고! 관청에서 일하는 놈들은 절대로 믿을 게 못 된다네, 총각. 공무원은 죄다 개새끼고 어떻게든 칼 맞아서 뒈질 놈들이야. 사회 복지사로 일하는 젊은 처자 하나만 진심으로 힘을 써주었지. 얼굴이 아주 예쁘장한 데다 클래식까지 줄줄 꿰는 아가씨였어. 그럼, 당연히 오페라 클래식이지. 그런 식으로 시장의 오른팔이 어떤 놈인가 알게 되었어. 우물보다 시커먼 그놈의 속내를 속속들이 꿰뚫었다는 뜻이지. 간단히 말하자면 일이 이런 식으로 진행된 거야. 내가 하도 보채니까 시장의 비서가 나를 오른팔한테 넘겼지. 그러자 오른팔이 사회 복지사 아가씨한테 다시 일을 떠넘겼어. 위에서 훼방만 놓지 않았다면 그 처자가 문제를 해결해 주었을

1 Montserrat Caballé(1933~). 바르셀로나 출신의 스페인 오페라 소프라노 가수.

거야. 어떻게 아느냐고? 내가 아침마다 아동 복지사와 사회 복지사 사무실 앞에서 진을 쳤거든. 그네들의 근무 시간이 노래 부르기에는 적당하지 않은 때라 어쩔 수 없었지. 대기실에서 에어컨을 틀어 준다는 이유도 있었지만 말이야. 내가 또 에어컨이라면 사족을 못 써요, 총각. 아무튼 그때 사무실 안에서 오른팔의 목소리가 들려오더군. 자기가 무슨 천둥의 신 제우스라도 되는 양 마구 고함을 내질렀지. 사사건건 트집을 잡는 와중에 나를 콕 집어서 욕설을 늘어놓았어. 내가 Z의 주민이 아니라는 사실이 치명적인 오점이었지. 신분증도 없지, 가진 거라곤 카리타스 회원증이랑 적십자 헌혈 증서뿐이었으니. 어디에도 내 이름이 주민으로 등록되어 있는 곳은 없을 거야. 그렇지만 경찰한테 붙잡혀도 그런 것쯤은 눈감아 주는 법이라고. 결국은 혼자서 병을 이겨 냈고 더는 그놈의 도움이 필요치 않았지. 건강이 회복되면 몸도 가뜬해지고 지난 일은 다 잊기 마련이지만 그놈의 추악한 상판은 한순간도 내 머릿속을 떠나지 않더군. 지금은 내 쪽에서 유리한 패를 쥐고 있는 상황이지. 확실한 정보원을 통해서 몇 가지 사실을 알게 되었거든. 생각나는 건 내키는 대로 전부 다 요구할 생각이야. 병원 침대가 아니라 집, 새 출발을 위해 필요한 각종 지원 등등. 이제는 녀석이 호되게 당해 보라지.〉 공갈 협박의 냄새가 풍겼지만 할멈이 그런 일을 할 사람은 아니었어요. 신병 아저씨는 집보다 캠핑카가 낫지 않겠냐고 제안했지요. 캠핑카가 있으면 아무 데나 마음껏 돌아다닐 수 있다는 말이었어요. 그러자 할멈이 30년 할부 공영 주택이 아니면 안 된다고 못을 박더군요. 한동안 우리는 집을 화제로 삼아 수다를 떨며 신나게 웃었어요. 그러다 문득 생각이 나서 카리다드는 어떻게 되는 건지 물어보았지요. 〈카리다드는 머리가 아주 비상한 아이야〉 하고 할멈이 한쪽 눈을 찡긋하며 말했어요. 〈지금은 몸이 조금 망가진 상태라서 내가 돌봐 주고 있지. 하지만 집이 생기면 나랑 같이 살 거야.〉 〈태양처럼 마음씨도 넓으시지〉 하고 아저씨가 질투 난다는 투로 말했어요. 〈신병, 요즘 세상에 나 같은 사람이 어디 있겠어〉 하고 할멈은 대꾸했지요. 〈그런데 사람들이 무시하면 어떻게 하실 건데요?〉 〈누가 나를 무시한다는 거야, 귀염둥이 총각?〉 〈시청 직원들, 시장의 오른팔, 그리고 다른 사람들이요…….〉 그러자 카르멘 할멈은 이를 벌씬 드러내며 웃기 시작하더군요. 이빨이 깨져서 들쭉날쭉하고 어금니도 하나 성한 게 없었어요. 그에 반해 탄탄하고 반듯한 턱뼈는 위기가 닥쳤을 때 빛을 발할 만한 것이었지요. 〈총각은 내 얘기가 뭔지 모를 거야〉 하고 할멈이 답했어요. 〈그놈들을 어떻게 골탕 먹이는지 앞으로 두고 보라고.〉 〈카리다드랑 함께요?〉 〈그럼, 당연하지〉 하고 할멈이 말했어요. 〈백지장도 맞들어야 나은 법이니까…….〉

엔리크 로스켈러스

사람들의 원망 어린 시선이야 예전부터 늘 익숙한 것이었어요. 하지만 Z에서의 마지막 여름이었던 올해 미묘한 변화가 느껴졌습니다. 그런 식으로 기대감이 뒤섞인 음흉한 눈초리는 처음이었지요. 처음에는 선거일이 가까워져서 그러려니 생각하고 말았습니다. 시청 내부에는 4년 내내 필라르와 제가 동반으로 추락하기만을 기다렸던 사람들도 없지 않았으니까요. 한참이 지나서야 이번에는 무언가 심상치 않다는 것을 깨달았습니다. 휴가를 떠나지 않은 공무원과 직원들의 마음에 정체불명의 의혹이 싹튼 것 같았지요. 아니, 마음속이 아니라 피부에 의혹이 뿌리를 내리고 자라는 듯했습니다. 일부러 사람들을 상냥하게 대하려고 노력했으나 아무런 소용이 없더군요. 창문과 책상, 세면대나 계단까지 의심의 시선이 따라다녔습니다. 누군가 제게 무례한 말을 하거나 가시 돋친 농담을 던진 것도 아니었습니다. 하지만 비난의 화살을 받고 있다는 느낌을 도무지 떨칠 수가 없더군요. 여느 때처럼 스트레스, 과중한 업무 시간, 개

인적인 문제 탓으로 돌리고 말았습니다. 결국 따지고 보면 저한테 비난으로 느껴질 만한 말을 한 사람은 아무도 없었으니까요. 아첨꾼들은 제가 추진한 사업이 결실을 맺으면 평소대로 아낌없이 칭찬을 늘어놓았지요. 식물의 비유를 이어 가자면, 꽃이 피기도 전에 시들어 버린 사업마저 위로나 격려의 말과 함께 호의적인 반응을 얻었습니다. 그런 일을 추진하기에는 아직 도시의 기반이 탄탄하지 못하다는 식으로 말이지요. 어쨌든 경계를 늦춘 탓에 의미심장한 징후들을 무심코 지나친 건 사실입니다. 이제는 낯설지 않은 가벼운 추궁의 시선이라 치부하고 말았으니까요. 그걸 제대로 읽어 낼 수 있었더라면 나중에 호되게 당하는 일은 없었을 테지요. 당시 필라르는 업무 겸 휴가 삼아 마요르카에 갔다가 돌아온 참이었습니다. 그런데 거기서 당의 유력자 한 분이 농담 반 진담 반(그때 마요르카의 전반적인 분위기가 그런 식이었습니다)으로 넌지시 제의를 했던 것이죠. 그녀가 카탈루냐 의회에 입성한다면 훌륭한 역할을 할 수 있을 거라고 말입니다. Z에 돌아온 필라르가 흥분에 휩싸인 상태였던 건 당연한 이치였지요. 전화통에 불이 날 정도로 바르셀로나 쪽 사람들에게 연락을 취하더군요. 사실 도시에 머물고 있거나 휴가에서 돌아온 사람들은 아직 얼마 되지도 않았습니다. 그러나 필라르는 아랑곳없이 사전 공작을 펼쳤지요. 한자리씩 차지하는 입김 있는 친구들의 의중을 떠보면서 말입니다. 필라르가 열에 들떠 있었기에 제가 일을 처리하는 데 수월한 면도 없지 않았어요. 하지만 그러면서 방심하는 탓에 결국에는 된통 값을 치르고야 말았습니다. 제가 초보자들에게 교훈을 하나 알려 드릴까요? 한순간도 절대 긴장의 끈을 놓지 마십시오. 우유부단하고 초조한 우리 시장님은 믿을 만한 사람과의 대화가 필요했습니다. 그리고 언제나 그랬듯이 필라르의 선택을 받은 사람은 저였지요. 필라르는 도덕적으로 진퇴양난의 상태에 빠져 있는 터였습니다. 몇 달 뒤에 사임할 것을 알면서도 재출마를 하는 게 옳은 일일까? 지역 의회에 진출하는 것이 주민들에 대한 모욕으로 비치지 않을까? 의회 활동을 통해 Z의 이익을 대변하리라고 이해할 수도 있지 않을까? 필라르와 저는 머리를 맞대고 다각도로 사안을 검토했습니다. 그러다 제가 도덕적으로 문제가 없음을 입증하자 필라르가 무릎을 탁 치더군요. 표현을 그대로 옮기자면 이제 미래에 대한 확신이 생겼다는 말이었습니다. 그 확신이 어찌나 강했던지 미리 축배를 든다며 저녁 식사 자리까지 마련했지요. Z에서 최고로 치는 해산물 전문 식당에 소수의 측근들을 초대했습니다. 그곳은 코스타 브라바 지역에서도 가장 비싼 식당 중 하나였지요. 그런데 거기서 저는 두 번째 실수를 저지르고 말았습니다. 인간이라면 누구나 범할 수 있는 실수였지요. 하지만 저는 저 자신을 영원히 용서할 수 없을 것입니다. 다름이 아니라 누리아를 데리고 식당에 간 것이었지요. 얼마나 정신없고 흥겨운 밤이었는지 모릅니다! 별과 눈물이 쏟아지고 음악이 바다를 수놓은 밤이었어요! 제가 누리아와 팔짱을 끼고 나타났을 때의 표정들이 아직도 눈에 선합니다. 시장님 부부, 문화부 의원 부부, 관광부 의원 부부까지 네 쌍이 있었지요. 그중에 누리아와 저는 아무도 예상하지 못한 한 쌍이었습니다. 처음에는 모든 게 순조로웠지요. 우리 시장님의 남편은 그날따라 유난히 쾌활하고 재치가 넘쳤습니다. 냉소적인 사람이라면 아내가 집을 자주 비울 테니 좋겠다고 한마디 했겠지요. 저와 이름이 같은 그 친구의 이야기를 듣고 있으면 정말 재미있었습니다. 저는 입이 험한 사람을 싫어하는데 우리 시장님의 남편은 예외였지요. 멍청하기로 소문난 지인들이나 친구들에 대한 악담을 쏟아 내는 통에 전채 요리가 들어오기 전부터 다들 배꼽을 잡고 웃었습니다. 엔리크 지베르가 Z에서 지식인이자 사교가로 명성이 자자한 것도 다 이유가 있었지요. 평소에는 진지하고 점잖은 사람이었지만 즐기는 자리에서는 또 달랐습니다. 누리아가 자리에 있어서 그동안 꼭꼭 숨겨 왔던 기지를 발산했던 것인지도 모르지요. 어쨌든 누리아의 미모 앞에서는 양자택일을 하는 수밖에 없습니다. 저녁 내내 침묵을 지키고 앉아 있든지 똑똑하고 명랑한 이야기꾼이 되든지. 필라르는 제가 누리아와 함께 오는 모습을 보고 기분이 좋았을 겁니다. 누리아의 아름다운 외모가 승리를 예견하는 하나의 상징처럼 느껴졌을 테지요. 그러나 무엇보다 저의, 충직한 심복의 행복을 곧 자신의 행복처럼 여겼을 거예요. 필라르는 여러 단점이 있었지만 은혜를 모르는 사람은 아니었지요. 그리고 전에도 말씀드렸듯이 필라르는 저한테 빚진 게 많았습니다. Z의 전통 음식인 해물 수프가 첫 번째 요리로 식탁에 올랐어요. 그러면서 식당 사장의 조카가 우리 시장님의 남편을 대신해 대화를 이끌었지요. 특산 포도주를 두 병 들고 오더니 필라르에게 마요르카 여행은 어땠냐고 묻더군요. 두 사람은 동갑내기에다가 학교도 같이 다닌 것으로 알고 있습니다. 식당 사장의 조카는 Z의 민주 연합당 소속의 적극적인 활동가였어요. 그렇지만 필라르와 허물없는 우정을 나누는 데 문제될 건 없었습니다. 얼마 전까지는 정치적으로 경쟁하는 사이라 해도 서로 지킬 것은 지켰습니다. 그러다가 추문이 터지면서 예절도 사라지고 미친개 같은 본색이 만천하에 드러났지만요. 아무튼 그 무렵만 하더라도 사람들의 관계에는 상식이라는 게 존재했습니다. 하지만 며칠이 지난 뒤에는 모든 게 달라지고 말았지요. 아니, 정확히 말하면 며칠이 아니라 몇 시간 뒤였습니다…….

레모 모란

시체를 발견하기 전의 며칠은 참으로 이상하기 그지 없었습니다. 모두들 재앙이 임박했음을 느끼고 있는 듯 안팎을 침묵의 페인트로 칠한 나날들이었지요. Z에서 두 해째를 나고 있을 때 어떤 여자의 시신이 발견되었던 사건이 기억나네요. 어린아이나 다름없는 10대 소녀를 살해하고 강간한 뒤에 공터에 버린 것이었습니다. 살인자가 누구인지는 끝내 밝혀지지 않았지요. 그 무렵 동일범의 소행으로 짐작되는 유사한 수법의 살인이 연쇄적으로 발생했습니다. 타라고나에서 시작한 죽음(어린 소녀들을 살해한 다음에 강간한 것이었어요)의 행렬은 해안을 따라 핏자국을 남기며 포르부까지 길게 이어졌지요. 마치 어떤 관광객이 자신의 고국으로 돌아가는 길에 살인을 저지르고 있는 것처럼요. 그랬다면 아주 여유로운 관광객이었을 겁니다. 첫 번째와 마지막 사건 사이에 휴가철이 다 지나가 버렸으니까요. 사업상으로는 괜찮은 여름이었어요. 수입도 짭짤했고 아직은 경쟁이 치열하지 않을 때였으니까요. 쉽게 짐작할 수 있듯이 경찰이 몇 건의 사건을 해결하기는 했습니다. 정신에 이상이 있는 10대 소년들, 나무랄 데 없이 평범한 회사원들, 독일인 트럭 운전사 등이 범인으로 지목되었지요. 어떤 사건은 경찰이 살인자로 밝혀져서 세상을 떠들썩하게 만들었습니다. 하지만 적어도 세 건의 사건이 미결로 남았는데 그중 하나가 Z에서 벌어진 살인이었어요. 시체(제가 발견한 시체가 아니라 10대 소녀를 말하는 거예요)가 발견된 날 사건의 소식을 전해 듣기도 전에 도시에서 무언가 심상치 않은 일이 일어났음을 느꼈던 기억이 납니다. 사람들이 종종 어린 시절의 기억으로 떠올리는 것처럼 거리마다 온통 빛이 가득했지요. 후덥지근한 여름이었지만 그날 아침은 새것 같은 느낌이 들 만큼 삽상했어요. 집, 물을 끼얹은 보도, 희미하지만 완벽하게 귀에 들어오는 소리들까지 상쾌한 기운이 전파되었지요. 그러다가 저는 라디오를 통해 뉴스를 들었고 이내 사람들 사이에서 그 소식이 유일한 화젯거리가 되었습니다. 현실이 정지되어 있는 듯한 불가사의한 느낌은 차츰 사라져 갔지요. 꼭 그처럼 예사롭지 않은 날들이 시체를 발견하기 전의 나흘 혹은 닷새 동안 이어졌습니다. 단편적인 시간의 연속이 아니라 하나의 강박적인 빛이 지배하는 딱딱한 덩어리 같았지요. 무슨 일이 있어도 눈과 귀를 틀어막고 희미한 신음 소리조차 내지 않으며 끝까지 버티려는 의지. 물론 여기에는 저를 불안정한 우울 상태로 몰아넣은 누리아의 부재와 아무리 애를 써도 그녀와의 관계는 실패로 끝나고 말리라는 거의 분명한 확신도 한몫을 담당했지요. 그녀를 많이 좋아하게 되었다는 사실을 겨우 그때서야 깨달았던 것 같습니다. 하지만 사실을 안다고 해서 도움이 되는 건 아니었지요. 오히려 그 반대였습니다. 지금은 그때의 오후들을 떠올리며 웃지만 당시에는 전혀 웃을 수 없었어요. 솔직히 말씀드리면 아직도 시원하게 터놓고 웃을 수 없을 때가 더 많아요. 주로 방 안에만 처박혀서 로키요[1]의 음악을 들었는데 이왕이면 슬픈 노래가 좋았지요. 한동안 제 방과 호텔의 술집, 그리고 알렉스의 친구인 네덜란드 남자와 스페인 여자가 임시로 운영하던 캠핑장 근처의 술집이 이루는 삼각형 밖을 거의 벗어나지 않았어요. 그런데 말입니다, 관광객들이 법석대는 해변 도시에서 마시는 술은 진짜 술이 아니에요. 머리만 지끈지끈 아플 따름이지요. 바르셀로나나 멕시코시티의 술집들이 그리웠습니다. 물론 저에게는 더할 나위 없는 아지트였던 그 가게들이 이미 흔적도 없이 사라졌다는 것을 잘 알고 있었지요. 두어 번 캠핑장에 들러서 가스파린을 찾았던 것도 어쩌면 그런 이유 때문인지 모르겠어요. 하지만 한 번도 녀석을 만나지 못했지요. 두 번째 갔을 때는 접수처에서 일하는 여자가 물어보지도 않았는데 먼저 이야기를 꺼내더군요. 제 친구가 참 괴짜 소년(소년이라니!)이고 자기가 셈하기로는 벌써 2주 넘게 잠을 자고 있지 않다는 것이었어요. 주간조는 사람이 달랐기 때문에 여자는 일

1 Loquillo(본명은 José María Sanz Beltrán, 1960~). 바르셀로나 출신의 스페인 록 가수.

손을 구할 요량으로 여러 번 녀석을 직접 찾아갔더랍니다. 그런데 텐트에는 항상 아무도 없었지요. 녀석이 일을 시작한 이후로 겨우 서너 번만 보았으니 아무래도 비정상적이라는 말이었습니다. 저는 그 멕시코 친구가 시인이라고 설명하며 안심시키려 했지만 여자는 페루 사람인 자기 애인도 시인인데 그렇게 행동하지는 않는다고 되받아치더군요. 〈마치 좀비 같아요.〉 딱히 반박하고 싶은 생각은 들지 않았어요. 여자가 자기 손톱을 뜯어보며 시는 아무짝에도 쓸모없다고 말할 때는 더더욱 그랬지요. 맞는 말입니다. 행복한 고자들과 좀비들로 가득한 행성에서 시는 아무런 쓸모가 없는 것이니까요. 접수처 여자와 페루 사내는 지금 한집에서 살고 있습니다. 저는 두 사람의 결혼식에 참석하지 못했지만 롤라의 추천을 받아 최신식 압력솥을 선물로 보냈어요. 이따금씩 우리는 아이의 물건을 쇼핑한다는 핑계로 만나 헤로나 시내의 가게에서 밀크 커피를 마시며 수다를 떨거든요. 결국에는 가스파린을 찾지 못했던 게 오히려 나았던 것 같습니다. 저는 철저히 이기적인 의도로 녀석을 만나려 했던 것이니까요. 제 이야기를 하면서 허심탄회하게 속을 털어놓고 녀석이 맞장구만 쳐주면 옛 시절(좋았던 옛 시절)에 함께 거닐었던 황금빛 거리들을 떠올리고 싶었지요. 그렇지만 그런 것들은 모두 회피의 수단일 뿐이었고 진짜 문제는 따로 있었습니다. 바로 누리아가 실제 그녀의 모습과 전혀 상관없는 일련의 이미지들로 변해 버렸다는 것이었지요. 제 은밀한 목적을 위해서는 스포츠 마니아를 만나는 편이 유용했을 것입니다. 그러나 제가 알 만한 사람은 이발사 호세뿐이었고 그나마 그 친구도 피겨 스케이팅 쪽에는 문외한이었어요. 그렇게 결국 이야기할 사람을 찾지 못했지만 도리어 전화위복이라는 생각이 들더군요. 체면을 유지하면서 시간이 흐르기만을 기다리는 데는 그게 최선의 길이었으니까요. 전에 이야기했던 것 같지만 혹시나 해서 다시 말씀드리겠습니다. 제가 시체를 발견했던 것은 그때가 처음이 아니었습니다. 이전에도 두 번 경험이 있었지요. 첫 번째는 칠레 남부의 주도 콘셉시온에서의 일이었습니다. 저는 1백 명 정도의 수감자들이 갇혀 있던 체육관의 바라지창을 통해 밖을 내다보던 중이었어요. 밤, 정확히 말하자면 보름달이 빛나던 1973년 11월의 어느 밤이었지요. 마당에서 어떤 뚱뚱한 남자가 경찰들에게 에워싸인 모습이 보였어요. 경찰들은 닥치는 대로 손과 발, 고무 진압봉을 휘두르며 남자를 때렸어요. 이내 남자의 입에서는 비명 소리마저 흘러나오지 않았지요. 그러다가 땅으로 고꾸라졌는데 전 그제야 남자가 맨발 차림이었다는 것을 알게 되었습니다. 경찰 하나가 남자의 머리채를 잡고 잠시 얼굴을 살펴보았어요. 다른 경찰이 남자가 죽은 게 분명하다고 말하더군요. 그러자 세 번째 경찰이 남자가 심장이 좋지 않다는 얘기를 어디선가 들었다고 말했어요. 이어서 경찰들은 남자의 다리를 붙잡고 질질

2 Hans Henny Jahnn(1894~1959). 독일의 표현주의 극작가이자 소설가.

끌어내 갔어요. 이편의 체육관에서는 저와 다른 수감자 한 명만 그 장면을 지켜보고 있었지요. 나머지 사람들은 몸을 포갠 상태로 아무 데서나 잠을 청하는 중이었어요. 코 고는 소리와 한숨 소리가 점점 심해져서 나중에는 숨이 막힐 정도였습니다. 두 번째로 시체를 발견한 것은 멕시코 북부 노갈레스라는 도시의 변두리에서였어요. 저는 두 명의 친구와 함께 그중 한 친구의 차로 여행을 하던 중이었어요. 어떤 여자아이 둘과 만나기로 약속하고 가는 중이었는데 여자아이들은 결국 나타나지 않았지요. 약속 장소에 도착하기 전에 저는 소변을 보려고 차에서 내렸어요. 그러다가 차도에서 멀리 떨어진 곳까지 걸어갔던 것 같아요. 오렌지색 흙이 쌓인 두 개의 둔덕 사이에 시체가 있었습니다. 얼굴은 하늘로 향한 채 양팔을 벌리고 있는 모습이었지요. 코에서 바로 이어지는 이마 부분에 자그마한 구멍이 보였습니다. 마치 송곳으로 뚫은 듯했지만 사실은 22구경 총알에 맞은 것이었지요. 친구 중 하나가 22구경은 호모들이나 쓰는 무기라고 말하더군요. 다른 친구는 바로 가스파린이었는데 녀석은 시체를 흘낏 쳐다보더니 아무 말도 하지 않았지요. 가끔씩 아침에 혼자 밥을 먹다가 탐정이 되는 것도 나쁘지 않았을 것 같다는 생각을 할 때가 있어요. 저는 관찰력이 좋은 편이고 추리력도 갖춘 데다 탐정 소설 애독자이기까지 하거든요. 그런 게 다 무언가 쓸모가 있으면 좋으련만……. 막상 실제로 일이 닥치면 아무 소용도 없겠지요……. 한스 헤니 얀[2]이 쓴 책에 이 상황에 적절한 표현이 있었던 것 같네요. 살해당한 사람의 시신을 발견하는 자는 마음의 준비를 단단히 하시라. 이제부터 수많은 시체들이 비처럼 마구 쏟아질 테니까…….

가스파르 에레디아

저는 해변에 있는 카르멘 할멈과 신병 아저씨를 멀리서 지켜보았습니다. 두 팔을 휘두르며 서로에게 달려들었다가 떨어지기를 반복하고 있더군요. 헛손질을 하는 품이 화가 나서 싸우는 게 아니라 상형 문자를 그리는 것 같았지요. 해수욕을 즐기던 사람들은 두 분에게 관심도 없이 하나둘씩 호텔로 돌아갔어요. 어느새 물보라에 휩싸인 모래사장에 할멈과 아저씨만 덩그러니 남게 되었지요. 그러다 카르멘 할멈이 갑자기 해변에서 멀어지더니 파세오 마리티모를 따라 걷기 시작했어요. 신병 아저씨는 몸을 돌리고 잠시 머뭇거리다가 그냥 모래 위에 주저앉더군요. 점점 파도가 높게 밀려왔어요. 제 위치에서는 아저씨가 간밤에 느닷없이 해변에 나타난 이끼로 뒤덮인 암초처럼 보였지요. 저는 오래 지체하지 않고 발길을 옮겼어요. 2백 미터쯤 앞에서 〈이 몸은 아르카디아의 목동이요〉 하고 노래하는 할멈의 목소리가 들리더군요(일사불란하게 움직이는 관광객 틈에서 할멈을 찾기란 불가능한 일이었어요). 할멈이 제자리에 멈춘 줄 알고 앞으로만 나아가면 따라잡겠거니 싶었는데 아니었어요. 목소리만 들으며 한참 파세오 마리티모를 걷다 보니 어느새 둔치에까지 이르더군요. 궁전으로 돌아가는 여왕처럼 느긋한 할멈의 걸음걸이에 보조를 맞추어서 조금씩 속도를 늦추었지요. 이제 할멈은 〈나는야 지옥문 앞에서 지저귀는 상처 입은 한 마리 지빠귀〉 하고 새로운 노래를 불렀어요. 맞은편에서 걸어오는 몇몇 사람들의 얼굴에 조소나 실소가 번뜩이는 것을 엿볼 수 있었지요. 카르멘 할멈이 범접할 수 없는 위용을 떨치며 주변을 휩쓸고 지나갔다는 증거였어요. 제가 어떻게 할멈을 미행했는지 구체적인 설명은 생략하겠습니다. 카리다드의 뒤를 좇았던 첫 번째 미행과 크게 다르지 않았거든요. 한층 느린 속도로 다른 거리를 따라 이동했을 뿐 최종 목적지는 같았어요. Z의 외곽에 있는 고택이었지요. 도시를 벗어나 해안 도로에 접어들어서야 할멈이 술에 취했다는 것을 알아챘어요. 할멈은 열 걸음마다 발을 멈추고 주머니에서 병을 꺼내 한두 모금씩 술을 홀짝였지요. 그러다 재차 길을 재촉했지만 시간이 지날수록 점점 비틀거리며 갈지자로 걸음이 바뀌더군요. 암초를 휘감으며 소용돌이치는 저녁 바람을 타고 간간이 할멈의 목소리가 들려왔어요. 〈이녁은 눈 내리는 고장의 종이오, 딸랑, 딸랑, 딸랑〉 하는 영롱한 소리가 마치 성가처럼 울려 퍼졌지요. 저택에 도착하기 바로 전에 저는 할멈이 앞서 가도록 발길을 멈추고 생각에 잠겼어요. 나는 도대체 무엇 때문에 여기까지 찾아왔지? 뒷일이 어떻게 되든 간에 카리다드를 만나고 싶은 걸까? 그 애를 만나면 무슨 이야기를 할 수 있을까? 내 감정을 털어놓을 마음의 준비가 되어 있나? 자동차들이 거침없는 속도로 Z나 Y로 향하는 커브를 지나는 동안 그렇게 한참 머리를 궁굴렸지요. 그러다 결국에는 몸을 일으켜 뚜렷한 목표도 없이 혼란스러운 감정으로 사유도로에 들어섰어요. 아이스링크를 다시 보고 싶은 욕망과 호기심, 두 여자를 지켜야 한다는 막연한 확신만을 안은 채 말입니다. 그러나 저택의 문턱을 넘어서서 「불의 무도」를 듣는 순간 모든 고민이 싹 사라졌어요. 그때부터는 마치 마약에 취한 것처럼 완전히 다른 세상이 눈앞에 펼쳐졌지요. 방금 전까지의 모든 근심과 걱정이 하잘것없는 듯 느껴졌어요. 견고한 낡은 벽에 숨겨진 무모한 모험의 광채에 비하면 아무것도 아니었지요. 뚱보 사내가 수첩과 만년필을 손에 든 채 아이스링크 옆에 서 있더군요. 마지막으로 갔을 때와 비교해서 상자의 배치가 상당히 많이 달라져 있었어요. 그래서 벽에 바싹 붙은 채 발전기 쪽으로 슬금슬금 걸어가야 했지요. 들키지 않고 한눈에 링크를 지켜볼 수 있는 장소는 거기밖에 없었거든요. 〈동작에 힘이 없어〉 하고 뚱보가 거의 입을 열지도 않고 말했어요. 스케이트 소녀가 제 시야 바깥에 있는 링크 한쪽에서 바람처럼 나타났다가 사라졌어요. 두 사람을 보니 문득 바닷가에서 다투던 카르멘 할멈과 신병 아저씨가 떠오르더군요. 폐가에 있으면서도 태연자약한 태도가 어딘지 두 분과 비슷한 구석이 있었어요.

〈내 말 못 들었어? 동작에 힘이 없다니까〉 하고 뚱보가 다시 말했습니다. 스케이트 소녀는 사내가 있는 링크 가장자리 옆에 멈추어 섰어요. 그러더니 상체는 움직이지 않은 채 엉덩이와 골반을 흔들며 춤을 추었지요. 한눈에 보기에도 「불의 무도」와는 아무 상관없는 율동인 것 같았어요. 뚱보 사내가 행복에 겨운 표정으로 헤벌쭉 입을 벌리더군요. 막간의 휴식이 끝나자 소녀는 가볍게 목례를 하고 아무 말 없이 연습을 계속했지요. 뚱보 사내는 다시 수첩 쪽으로 관심을 돌리더니 곧이어 이렇게 물었어요. 〈참 나, 올해 민속춤 공연을 하는 데 돈이 얼마나 드는지 알아?〉 〈아니요, 관심 없어요〉 하고 스케이트 소녀가 외쳤지요. 뚱보는 여러 번 고개를 끄덕이거나 가로젓기를 반복했어요. 고갯짓 사이사이에는 휘파람을 불거나 뺨에 뽀뽀를 하듯이 입술을 삐죽거렸지요. 왠지 모르게 호감이 느껴지는 사내였어요. 사각의 링크는 마지막으로 보았을 때보다 더 환하게 조명이 반짝였어요. 발전기 또는 발전기들도 이제 한계에 달했다는 신호를 보내듯 더 큰 소리로 윙윙거렸지요. 〈이렇게 허튼 데다 돈을 낭비하다니〉 하고 뚱보 사내가 중얼거렸어요. 스케이트 소녀는 옆을 지나가면서 사내 쪽을 흘겨보았어요. 그리고 조명이 매달려 있는 들보를 보며 고개를 젖히더니 눈을 감더군요. 속도는 조금씩 느려졌지만 오히려 동작은 복잡해지고 점점 자신감이 묻어났어요. 회전을 하거나 자세를 바꾸는 동작은 여러 번 연습한 흔적이 역력했지요. 마지막으로 소녀는 링크 중앙으로 이동해 점프를 시도했어요. 공중에서 여러 번 회전을 한 뒤에 깔끔하게 착지하고 동작을 이어 가더군요. 〈브라보〉 하고 뚱보 사내가 속삭이듯 감탄사를 내뱉었어요. 제 평생 피겨 스케이팅은 술집에서 한 번 텔레비전으로 「홀리데이 온 아이스」라는 방송을 본 게 전부였어요. 하지만 그런 저 같은 문외한이 보기에도 소녀의 연기는 완벽한 것 같았어요. 소녀는 계속 눈을 감은 상태로 이전에 연습했던 기술을 다시 시도했지요. 원래는 수평으로 뻗어 T 자 형태로 만든 몸을 오른발로 지탱한 채 링크를 반으로 가르며 도는 동작이었어요. 그렇지만 팔과 다리가 뒤죽박죽 꼬이더니 결국에는 빙판 위에 큰대자로 넘어지고 말더군요. 바로 그때 링크의 다른 쪽 구석에서 저처럼 상자 사이에 숨어 있는 카리다드의 윤곽이 보였어요. 〈다친 거 아니야?〉 하고 뚱보가 빙판 위로 올라가려는 동작을 취하다가 멈추었지요. 〈괜찮아요〉 하고 스케이트 소녀는 일어나려고 하지도 않고 대답했어요. 두 팔을 펼치고 다리를 살짝 벌린 채 그냥 바닥에 누워 있었지요. 빙판과 머리 사이에 흩어져 있는 머리카락이 마치 베개처럼 보였어요. 얼굴에서 아프다거나 동작이 틀려서 불만이라는 표정은 찾아볼 수 없었지요. 하지만 저는 스케이트 소녀와 카리다드 양쪽을 모두 신경 쓰느라 정신이 분산된 상태였어요. 링크 구석에 비치는 윤곽이 비쩍 마른 거대한 쥐의 그림자 같아서 한순간 식겁했지요. 〈왜 그렇게 누워 있니, 어디 아파?〉 하고 뚱보 사내가 물었어요. 링크 끝자락에 까치발로 서 있는 모습에서 진심으로 걱정하는 마음이 느껴졌지요. 〈정말 괜찮아요, 입 좀 다물어요, 집중이 안 되잖아요〉 하고 소녀가 빙판 위에서 답했어요. 〈입 좀 다물라고? 내가 무슨 말을 했다고 그러니〉 하고 뚱보 사내가 대꾸했지요. 〈큰 소리로 서류를 읽었잖아요〉 하고 소녀가 말했어요. 〈일 때문에 그런 거야, 누리아, 너무 예민하게 굴지 마〉 하고 사내가 징징대는 목소리로 말했어요. 〈게다가 큰 소리로 읽은 것도 아니야.〉 〈정말 그랬다니까요.〉 〈그냥 몇 마디 했을 뿐이야, 누리아, 이제 그만 일어나자. 계속 누워 있으면 등이 아플지도 몰라.〉 〈왜요?〉 〈바닥이 차갑잖아요, 이 아가씨야.〉 〈그럼 이리 와서 저 좀 일으켜 주세요〉 하고 소녀가 말했어요. 〈뭐라고?〉 하고 뚱보 사내는 애석하다는 표정을 짓더군요. 스케이트 소녀는 말없이 누워서 기다렸어요. 〈정말 일으켜 줄까? 몸이 안 좋은 거야? 다친 건 아니지, 누리아?〉 뚱보 사내의 몸이 빙판 끝에서 아슬아슬하게 휘청거렸어요. 마치 시계추가 움직이는 것처럼 이상하게 불안한 느낌이 있었지요. 빙판 한쪽 끝에서 카리다드의 머리가 상자 위로 고스란히 드러났어요. 〈이리 와서 옆에 누워요, 생각만큼 차갑지 않아요〉 하고 스케이트 소녀가 말했지요. 〈차갑지 않을 리가 있니!〉 〈하느님을 걸고 맹세할게요〉 하고 소녀가 대꾸했지요. 뚱보 사내가 몸을 돌리는 순간 카리다드의 머리가 사라졌어요. 두 사람이 카리다드를 발견했던 것일까요? 〈자, 이제 장난은 그만하고 연습하자〉 하고 뚱보가 어둠 속을 뚫어지게 노려본 다음에 말했어요. 스케이트 소녀는 아무 대답이 없었지요. 또다시 상자 위로 칼을 가진 소녀의 머리카락이 삐죽삐죽 튀어나왔어요. 뚱보 사내가 카리다드를 보았을 리는 없을 거라는 생각이 들었어요. 하지만 방금 전에 사내가 뒤에 무언가 있다는 느낌에 몸을 돌린 건 분명했지요. 〈겁먹지 말고 이리 한번 와봐요〉 하고 스케이트 소녀가 말했어요. 〈네가 오지 그러니〉 하고 사내가 기어들 듯 작은 목소리로 답했어요. 소녀는 지붕에서 시선을 떼지 않은 채 벙싯 웃더니 또박또박 힘을 주어 말하더군요. 〈겁-쟁-이.〉 뚱보 사내는 골이 나서 한숨을 내쉬고는 기운이 다 빠진다는 동작을 취했어요. 특별히 누구를 향한 것은 아니었지만 속에서부터 저절로 우러나온 것이었지요. 사내는 의자 주위를 돌다가 소녀에게 등을 지고 앉아 상자 쪽을 쳐다보는 척했어요. 스케이트 소녀는 뚱보의 행동에 신경도 쓰지 않은 채 빙판 위에 앉더니 묻더군요. 〈몇 시예요?〉 뚱보가 손목시계를 들여다보고 뭐라고 답했는데 제게는 들리지 않았어요. 〈별거 아닌 거 가지고 그래요. 한두 번 넘어진 게 다예요, 엄살쟁이〉 하고 소녀가 말했어요. 〈그럴지도 모르지, 너도 엄살쟁이인 건 마찬가지야〉 하고 사내가 애증이 묻어나는 목소리로 대꾸하더군요. 〈어릴 적부터 그랬대요〉 하고 스케이트 소녀가 덧붙였지요. 〈있잖아〉 하고 뚱보 사내가 의자에서 일어나며 행복한 얼굴로 말했어요. 〈내가 코치는 아니지만 훈련이 끝나고 빙판 위에 눕는 게 나쁘다는 것쯤은 알아. 땀을 흘리고 난 상태라 자칫

하면 감기에 걸릴 수도 있거든.〉 〈나도 알아요, 내가 그렇게 바보인 줄 알아요?〉 하고 스케이트 소녀가 말했어요. 〈지금 장난으로 이야기하는 거 아니야, 누리아〉 하고 사내가 말했지요. 한동안 두 사람은 각각 아이스링크 한가운데와 시멘트 가장자리에서 말없이 서로를 톺아보았어요. 사내는 주머니에 손을 찔러 넣은 채 까치발로 균형을 잡고 있는 상태였지요. 그러다 별안간 스케이트 소녀가 자지러지게 웃음을 터뜨렸어요. 〈아저씨가 스케이트 타는 게 보고 싶네요〉 하며 배꼽을 잡더군요. 얼음처럼 차갑고 느닷없이 터져 나오는 웃음이었어요. 〈그래, 아주 우스운 광경이겠지. 분명히 넘어지고 말 거야〉 하고 뚱보가 말했지요. 〈바로 그 장면을 상상하고 있었어요〉 하고 소녀가 말을 이었어요. 〈내가 아니라 아저씨가 바닥에 꽈당 하고 넘어지는 거지요. 저는 아저씨가 빙판 위에서 잠들 때까지 여덟 시간 동안 연습을 시킬 거예요.〉 〈에이, 네가 그렇게 심하게 할 리가 있니〉 하고 뚱보 사내가 말했지요. 〈무슨 옷을 입히는 게 좋을까? 아, 주름이 달린 파란 치마가 좋겠다! 제가 얼마나 혹독한지 두고 보세요. 아저씨는 나를 잘 몰라서 그래요.〉 뚱보 사내는 연신 고개를 크게 주억거리며 화를 내는 시늉을 했어요. 하지만 터져 나오는 폭소를 억누르지 못하겠다는 듯 가끔씩 킥킥 거렸지요. 〈언젠가는 스케이트를 타고 말 거야…… 너를 위해서〉 하고 사내가 우물거리며 말했어요. 〈아저씨는 못 할 거예요〉 하고 스케이트 소녀가 말했지요. 〈약속할게, 누리아〉 하고 사내가 문을 열거나 잠꼬대를 하듯 괴상한 동작으로 왼손을 내밀었어요. 빙판 위에 앉은 소녀는 이제 웃음기가 사라진 얼굴로 사내를 빤히 쳐다보았지요. 무슨 고백의 말이라도 기다리는 것 같았지만 끝내 사내는 입을 열지 않았어요. 갑자기 스케이트 소녀가 딸꾹질을 했어요. 〈이게 무슨 소리야?〉 하고 사내가 빙판은 생각 못 한 채 주변을 돌아보며 말했지요. 〈아이 씨, 딸꾹질이 나네〉 하고 스케이트 소녀가 말했어요. 〈그것 봐, 내가 뭐랬어. 그래도 빨리 안 일어날래?〉 하고 사내가 말했지요. 〈너무 웃어서 그래요. 다 아저씨 잘못이에요〉 하고 소녀가 답했어요. 〈이리 와, 물 한 잔 마시면 괜찮을 거야〉 하고 뚱보가 말했지요. 〈나는 그게 안 통해요. 물을 거꾸로 마시라고 하려고 그랬죠?〉 하고 소녀가 물었어요. 뚱보 사내가 놀란 표정으로 소녀를 바라보았지요. 〈예전에 우리 할머니가 쓰시던 방법이에요〉 하고 소녀가 말을 이었어요. 〈하마터면 이빨이 부러질 뻔한 적도 있었어요.〉 두 사람은 조용히 다음 딸꾹질을 기다렸습니다. 심지어 「불의 무도」의 음악 소리도 작아진 것 같았지요. 링크 한쪽 끝에서 카리다드가 상자 위로 목을 길게 내뺐어요. 쉽게 눈에 띄는 건 아니었지만 이제 상체가 전부 시야에 들어왔지요. 캠핑장에서 보았을 때보다 더욱 앙상해진 모습이었어요. 그림자와 각진 모퉁이 때문에 야윈 몸매가 두드러지는 면도 있었지요. 스케이트 소녀의 딸꾹질 소리가 사방에 울려 퍼졌어요. 〈어쨌든 나한테는 항상 이 방법이 통했어〉 하고 뚱보가 말했지요. 〈아저씨는 워낙 신중하고 조심스러운 사람이잖아요. 유리잔을 깨물어서 이빨이 부러지는 일은 없겠지요〉 하고 소녀가 말했어요. 〈잔 끝에 살짝 입술만 갖다 대면 되는 거야.〉 〈내가 어떻게 딸꾹질을 멈추는지 보여 줄까요?〉 사내는 링크 한복판에서 사자라도 본 듯 그 자리에 얼어붙었어요. 그러다 정신을 차리고 고개를 가로저으려고 했지만 이미 늦은 일이었지요. 소녀는 스케이트 날을 마주 비비더니 얼음 위를 미끄러져 사내 앞에서 멈추었어요. 사내는 커다란 수건을 든 채 발을 동동 구르며 간절한 얼굴로 기다리고 있었지요. 〈춥겠다, 살짝 몸을 문질러 줄게〉 하고 사내가 말했지요. 〈음악이나 꺼요.〉 스케이트 소녀가 말했어요. 뚱보는 수건을 소녀의 팔에 걸어 주고 즉시 명을 받들었습니다…….

엔리크 로스켈러스

저녁을 먹은 다음에 하필이면 무도회장에 가게 되었습니다. 무슨 바람이 불었는지 필라르가 남편과 춤을 추고 싶다며 고집을 부렸지요. 두 사람이 그런 시간을 보낸 것도 까마득한 옛날이라고 말입니다. 다들 쌍수를 들고 환영했지만 저는 생각이 달랐지요. 그때 누리아를 데리고 바로 그 자리에서 사라졌어야 했습니다. 하지만 하루쯤은 누리아가 기분 전환을 하는 것도 괜찮겠다 싶었어요. 피겨 스케이팅을 화제로 꺼내는 사람이 있으리라 예상치 못한 건 제 실수였습니다. 누리아가 있는 이상 그럴 수밖에 없었고 우려했던 상황이 현실로 닥쳤지요. 우리는 탁자에 앉아 사람들이 망가지며 춤추는 모습을 구경하고 있었습니다. 아직은 무대로 뛰쳐나가 그 우스꽝스러운 광경에 동참할 엄두가 나지 않았지요. 그때 문화부 의원인가 그 사모님인가 둘 중 한 사람이 포문을 열었습니다. 가까운 시일에 열리는 대회가 있느냐는 질문이었지요. 누리아는 마냥 순진한 말투로 그렇다고 대답했습니다. 처음에는 누리아가 Z의 대표 선수라는 것에 대한 당부의 말들이 오고갔지요. 아무쪼록 상위에 입상해서 Z의 위상을 드높여 달라는 것이었습니다. 달리 마땅한 화제가 없었는지 피겨 스케이팅을 놓고 대화가 이어졌어요. 섬세한 기술과 고된 훈련이 필요한 스포츠라는 의견이었습니다(〈강철 나비로구먼!〉 하고 문화부 의원이 소리쳤지요. 그런 비유를 생각해서 뿌듯하다는 기색이 역력했습니다). 누리아의 입장에서는 옳은 말씀이라고 맞장구를 칠 수밖에 없었지요. 순수한 열정이 묻어나는 목소리로 힘주어 말하더군요(불쌍한 우리 누리아). 하루에 적어도 다섯 시간은 꼬박 연습을 하고 있다고 말입니다. 〈바르셀로나에서요?〉 하고 저와 이름이 같은 엔리크 지베르가 묻자, 〈아니요, Z에서요〉 하고 누리아가 딱 잘라 답했습니다. 마치 빼도 박도 못 하게 관 위에다가 뚜껑을 덮는 것 같았어요. 그리고 관 속에 누워 있는 사람은 다름 아닌 바로 저였습니다. 다행히 저는 사리 판단이 빠른 편이라 바로 누리아에게 춤을 청했지요. 무대 쪽으로 걸어 나가다 뒤를 보았더니 필라르가 뚫어지게 쏘아보고 있더군요. 다른 사람들이 웃고 떠드는 와중에도 송곳처럼 검은 두 눈을 거두지 않았어요. 부주의하고 덜렁거리는 것처럼 보여도 필라르는 절대 바보가 아니었습니다. 저는 영영 그 탁자로 돌아가고 싶지 않은 심정이었지요. 땀이 비 오듯 쏟아졌는데 춤을 추느라고 그런 건 아니었습니다. 예전부터 춤에는 소질이 없었지만 그 미지의 세계에 그냥 몸을 내던졌어요. 어쩌면 재앙의 순간을 잠시라도 늦추고 싶었던 마음이었는지도 모릅니다. 누리아를 가까이서 느끼는 것도 이번이 마지막이라 생각했을 수도 있지요. 그렇지만 솔직히 제가 생각해도 그렇게 못 추지는 않았습니다. 무대의 열기와 더불어 예전에 느끼던 모든 두려움들이 사라졌거든요. 어떻게 그럴 수 있었는지 제 나름의 설명이 가능할 것도 같습니다. 바로 춤을 잘 추려면 자기 자신의 몸을 잊어야 한다는 것이지요. 그러니까 몸이 있다는 생각 자체를 버려야 한다는 뜻입니다. 일반적인 미의 기준으로는 비만에 가까운 제 몸이 앞뒤로 좌우로 흔들리더군요. 이쪽저쪽 다리를 들고 팔다리를 동시에 올렸다가 점프도 회전도 했습니다. 이 모든 게 다 제 의지와는 상관없이 벌어진 일이었지요. 오히려 제 진정한 자아는 안구 뒤쪽의 어딘가에 웅크리고 있었습니다. 득실을 따지면서 상황을 가늠하고 텔레파시로 필라르의 생각을 읽으려고 했지요(솔직히 약간 제정신이 아니었습니다). 머릿속으로 예상 질문지를 뽑아 보고 그에 대한 모범 답안을 작성하며 말입니다. 자리로 돌아왔을 때는 말 그대로 온몸이 땀으로 흠뻑 젖은 상태였지요. 사모님들은 제 춤 실력에 대해 한마디 안 하고는 못 배기겠다는 눈치였습니다. 어쩌면 그리 감쪽같이 숨길 수가 있었느냐고 놀림조의 말을 던지더군요. 저는 사모님들의 놀림 섞인 칭찬을 기분 좋게 받아들였습니다. 단 몇 초라도 유예 시간을 벌 수 있었기 때문이었지요. 그러나 필라르는 전혀 이야기할 기분이 아닌 것 같았습니다. 남편은 막 화장실에 가서 아직 자리에 돌아오지 않은 터였지요. 위원 부부들이 저를 본떠서 무대 위로 걸음을 옮겼습니다. 불길한 어둠이 감도는 탁자에는 필라르와 누리아와 저만 남았지요. 볼레로인가 아무튼 느린 템포의 음악을 연주했던 것 같습니다. 방금 전까지 조명을 받으며 뛰던 사람들이 어깨를 축 늘어뜨렸습니다. 갑자기 나른해지기라도 한 듯 서로의 품에 몸을 맡기더군요. 그 암담한 와중에도 무대 위에 있지 않은 것에 대해 하느님께 감사했습니다. 땀내를 풍기는 제 어깨나 가슴에 누리아가 머리를 기댄 모습(사모님들을 비롯해 모든 여자들이 그런 자세였지요)은 상상만 해도 끔찍했으니까요. 언제나 남에게 좋게 보이려고 노력하는 건 제 타고난 성격입니다. 저에게서 발 냄새가 난다느니 입 냄새가 심하다느니 하는 소문도 있겠지요. 다 거짓말입니다. 저는 심하다 싶을 정도로 철저히 위생에 신경을 쓰는 사람이에요. 10대 때부터 죽 그래 왔을뿐더러 앞으로도 마찬가지일 것입니다. 아무튼 본론으로 돌아와서, 그렇게 세 사람이 탁자에 앉아 있었습니다. 서로 눈을 마주치지 않으려고 춤추는 사람들만 뚫어지게 쳐다보았지요. 시장님의 남편께서는 그때까지도 자리에 돌아오지 않았습니다. 조금 과장해서 말씀드리자면 필라르의 숨소리가 귀에 들릴 정도였지요. 저와 매한가지로 필라르도 숨을 거칠게 몰아쉬고 있었습니다. 그러나 무도회장이라 음악이 시끄러웠을 텐데 그럴 리는 없었겠지요. 저는 큰맘 먹고 필라르의 얼굴로 시선을 돌렸다가 기겁하고 말았습니다. 두개골이 블랙홀처럼 얼굴의 살

가죽과 이목구비를 빨아 삼킨 것 같았어요. 이마의 주름살과 시선에 서린 결의의 흔적만을 남긴 채 말입니다. 아무튼 골치 아픈 일이 벌어지리라는 것을 짐작할 수 있었지요. 제가 장담하는데 누리아는 무슨 일인지 영문조차 몰랐을 겁니다. 연거푸 춤을 춘 참이라 눈부실 정도로 완벽한 얼굴이 달아올랐을 뿐이었지요. 거뭇한 형체들 사이로 엔리크 지베르의 늘씬한 자태가 다시 모습을 드러냈습니다. 〈저 애랑 춤이나 추지그래요〉 하고 필라르가 남편에게 명령조로 말하더군요. 저와 단둘이 남아 있으려는 속셈이 틀림없었습니다. 누리아는 사양하지 않았고 저는 자리에서 두 사람을 지켜보았지요. 날렵하기 그지없는 엔리크가 누리아를 뒤따라가더니 무대에서 서로 몸이 얽혔습니다. 속이 부글부글 끓어오르는 게 온몸으로 느껴지더군요. 질투에 눈이 멀 계제는 아니었지만 도리가 없었어요. 혼자서 머릿속으로 온갖 상상의 나래를 펼쳤습니다. 누리아와 시장님의 남편이 벌거벗고 애무하는 모습이 보였지요. 사람들이 집단으로 몸을 섞는 장면도 눈앞에 그려졌습니다. 핵폭탄이 터지는 바람에 무도회장을 벗어날 수 없는 것 같았지요. 저급한 욕정과 본능을 억누를 방법이 없는 듯했습니다. 필라르와 저만 제외하고 모두 발정한 짐승으로 변한 터였어요. 난교가 펼쳐지는 가운데 우리 둘만 차분하게 냉정을 유지하고 있었습니다. 그때 필라르가 제게 말을 걸고 있는 걸 깨닫고 소스라치게 놀랐어요. 저는 바짝 정신을 차리고 목소리에 귀를 기울였습니다. 아이스링크는 어디 있는 거냐고 묻는 것이었지요. 저는 화제를 돌리기 위해 공연히 애를 썼습니다. 의회에 입성하면 달라질 게 많겠다는 말까지 꺼냈지만 소용이 없었지요. 무슨 중대사라도 되는 듯이 아이스링크의 위치만 반복해서 캐묻더군요. 저는 〈무슨 상관이야, 어차피 어디선가 훈련은 해야 하잖아〉 하고 답했습니다. 그러자 필라르가 쌍시옷을 써가며 험한 욕설을 내뱉었습니다. 립스틱 아래로 훈기를 내뿜는 필라르의 입술이 귓가에 느껴지더군요. 〈어디냐고, 이 개새끼야?〉 〈벤빈구트 저택, 당신도 아는 줄 알았어〉 하고 제가 말했지요. 탁자 밑에서 필라르의 하이힐이 제 사타구니를 찍어 뭉갰습니다. 그때 제가 아파서 죽겠다는 표정이라도 지었나 봅니다. 필라르가 제 귀에다 대고 또 한 번 욕지거리를 퍼부었으니까요. 저는 〈제발 흥분을 가라앉히라고〉 하고 소곤댔습니다. 다행히 그 순간에 나머지 일행이 자리로 돌아왔습니다. 다들 분위기가 심상치 않다는 것을 대번에 알아챘지요. 우리 시장님의 불편한 심기가 얼굴에 고스란히 드러났으니까요. 그런데 무슨 일인지 묻기는커녕 더욱 흥에 취한 모습이더군요. 시장님의 남편은 유독 신이 나서 누리아에게 쉴 새 없이 농담을 던졌습니다. 의원 부부들은 코가 빠질 때까지 진탕 술을 퍼부을 기세였지요. 그 순간만 떠올리면 지금도 땀이 흐르고 숨이 막힐 것만 같습니다. 물론 당당히 고개를 들고 사람들의 대화에 끼려고 노력했지요. 탁자에서는 세 명씩 짝을 이루어(엔리크와 누리아와 문화부 의원의 사모님, 그리고 문화부 의원과 관광부 의원 부부) 이야기꽃을 피우고 있었습니다. 그러나 어느 쪽이건 간에 한마디도 귀에 들어오지 않았지요. 웃음소리와 괴상망측한 의성어가 뒤섞인 혼란의 도가니였습니다. 탁자 위에는 먹다 남은 술잔들이 여기저기 어지럽게 나뒹굴고 있었어요. 필라르가 의원들 틈에서 대화를 나누는 듯싶더니 불쑥 자리에서 일어났습니다. 떡하니 버티고 선 모습이 꼭 한 그루의 나무 같았지요. 그러더니 무슨 말인가를 하면서 저더러 무대로 따라오라고 손짓하더군요. 아직도 느릿한 춤곡이 흘러나오고 있는 게 저로서는 천만다행이었습니다. 다른 건 둘째치고 정말로 온몸에 힘이 하나도 없었거든요. 거기다 음악에 상관없이 어쨌든 필라르에게 끌려 나갔을 게 빤하니까요. 솔직히 그 상황에서도 필라르를 존경하고 아끼는 마음은 그대로였습니다. 절대 굽히지 않는 강직하고 완고한 그녀의 성격은 찬사를 받아 마땅하지요. 그런 성격을 빼고 나면 필라르는 시체나 마찬가지일 것입니다. 하지만 그런 존경심(분명 서로에 대한 존경심이었지요)과는 다르게 제 인생 최악의 춤이 이어졌지요. 필라르는 마음 내키는 대로 아무 데나 저를 끌고 다녔습니다. 이제껏 한 번도 보지 못한 삐딱한 미소를 지어 보이더군요. 다리가 꼬이거나 얽힐 때도 있었지만 결국 필라르가 하자는 대로 따랐지요. 우리가 춤추는 모습을 보았는지 차마 누리아에게 물어볼 엄두가 나지 않더군요. 아니, 그토록 꼴사나운 광경이 또 어디 있었겠습니까! 필라르가 구체적으로 알고 싶었던 문제는 단 하나였습니다. 아이스링크가 있다는 걸 아는 사람이 더 있느냐는 것이었지요. 무슨 돈으로, 언제, 왜 지었는가에 대해서는 관심이 없었습니다. 비밀을 공유하고 있는 사람이 누구인지가 유일한 관심사였지요. 저는 링크를 본 사람(사실 얼마 되지도 않았지요) 가운데 전모를 아는 사람은 없다고 자신 있게 말했습니다. 휴가철이 끝나고 9월이나 10월쯤 모든 걸 낱낱이 공개하겠다고 덧붙였지요. 12월 크리스마스에 맞추어서 링크를 개방할 수도 있겠다고 했습니다. 어린이들에게 반값 할인 혜택을 제공하고 성대한 개막식을 열자는 것이었지요. 그렇게 다양한 전망과 명분을 늘어놓았지만 필라르는 좀처럼 화를 삭이지 못했습니다. 한참 뒤에 작별 인사를 주고받을 때 필라르가 다가와 볼에 입을 맞추더군요. 유다의 입맞춤 같다고 생각하는 찰나에 속삭이는 목소리가 들려왔어요. 〈너 때문에 하마터면 인생 종칠 뻔했어, 이 개자식아.〉 그래도 아까보다는 조금 평정심을 되찾은 것 같았습니다…….

레모 모란

〈그 할머니는 당신이랑 같은 과야.〉 그날 오후에 사무실에서 만났을 때 롤라가 했던 말입니다. 이 한마디를 신호로 모든 일이 시작된 셈이지요. 하지만 그보다 앞서서 정오에 아들놈이 펠로폰네소스 반도에서 보낸 엽서를 받았어요. 물론 한눈에 딱 보아도 롤라가 쓴 엽서라는 것을 알 수 있었지요. 다른 건 둘째 치고라도 아이는 아직 글을 쓸 줄 몰랐으니까요. 제 전처는 그렇게 약간 별쭝맞다 싶게 행동할 때가 있었어요. 다운 증후군에 걸린 아이나 악마처럼 심술궂은 아이의 목소리를 흉내 내거나 자기 발이 개구리라고 발가락을 움직이며 〈안녕, 나는 개구리야, 잘 지내니?〉 하고 말하는 식이었지요. 그런데 생각해 보니 지금까지 만났던 여자들의 대다수는 아예 몸 전체가 암사자, 흡혈귀, 돌고래, 독수리, 미라, 노트르담의 꼽추로 변하는 경우가 아니라면 신체의 일부(손, 발, 무릎, 배꼽 등)를 개구리, 아기 코끼리, 삐악삐악하다가 쪼아 대는 병아리, 만물박사 뱀, 흰 까마귀, 거미, 천방지축 아기 캥거루로 변형시키는 재주를 지니고 있었군요. 한 사람도 빠짐없이 전부 그랬습니다. 그러나 누리아는 예외였어요. 그녀의 손가락은 언제나 손가락이었고 무릎도 항상 무릎 그대로였으니까요. 오래 만나지 않아서 친밀감이 없었던 탓이거나 아니면 그저 유머 감각이 부족했던 것이겠지요. 아무튼 다른 여자들과는 달리 어떤 경우에도 제 모습을 유지하는 하나의 거대한 돌덩이 같았어요. 그것은 누리아가 쥐새끼 같은 것으로 둔갑하지 않았다는 뜻만이 아닙니다. 때로는 사람들이 그녀를 떠올릴 때 으레 생각하는 모습으로 변해 있는 것조차 상상하기 힘들었거든요. 바로 피겨 스케이팅 올림픽 대표이자 Z에서 가장 예쁜 여자아이 누리아 마르티 말입니다. 어쨌든 제가 받은 엽서의 표지에는 발기한 목신의 사진이 담겨 있었어요. 아이가 사진에 대해 아주 웃기면서도 조금은 신랄한 농담을 적어 놓았더군요. 롤라가 엽서를 쓴 게 틀림없었고 잘 지내고 있다는 생각이 들었지요. 그러고 네 시간 쯤 뒤에 어디선가 전화가 걸려 왔어요. 놀랍게도 수화기 저편의 목소리는 롤라였습니다. 처음에는 그리스에서 전화를 건 것이라 생각했어요. 아이에게 무슨 일이 생겼다는 직감이 머리를 스치더군요. 하지만 둘 다 아니었어요. 어떤 사고가 발생한 것도 아니었고 그리스에서 걸려 온 전화도 아니었지요. 롤라와 아이는 대략 일주일 전에 집으로 돌아온 터였습니다. 여행은 환상적이었고 아이도 이냐키와 함께 즐거운 시간을 보냈지요. 휴가 기간이 겨우 보름이었던 게 너무나 아쉬웠다고 하더군요. 롤라는 제게 할 말이 있어서 전화를 했던 것이었습니다. 부탁할 게 있는데 급한 건 아니지만 정말 특별한 일이라고 강조했지요. 다른 동료들이 휴가만 아니었어도 연락하지 않았을 거라며 귀찮게 굴어서 미안하다고 했어요. 사회 복지과 사무실에는 최근에 계약직으로 들어온 젊은 여성 보육 교사랑 자기밖에 없었답니다. 그래서 어떻게 해야 할지 난감한 상황이었는데 딱히 떠오르는 사람이 저뿐이어서 전화를 걸었다는 말이었어요. 부탁할 일이 무엇인지는 전화로 이야기하지 않는 편이 낫겠다고 하더군요. 저는 수화기를 내려놓기 전에 좀 더 일찍 연락할 시간이 없었냐고 물었습니다. 그러자 롤라는 왜 그러냐고 되물었지요. 제가 〈애 얼굴이나 좀 보게〉 하고 대답하자 〈지금 방학 캠프 갔어〉 하더군요. 어째 말투를 듣자 하니 신경에 거슬렸거나 화가 난 것 같았어요. 저는 오후 7시 30분에 사회 복지과 사무실을 향해 걸어갔습니다. 사회 복지과는 다른 시청 분과들과 동떨어져서 바다를 등진 노동자 거주 지역에 위치해 있었어요. 사실은 1960년대에 지은 소형 주택을 사무실로 쓰는 것으로, 관리도 안 하고 방치하는 건물이나 다름없었지요. 한참 뜸을 들이며 기다리게 만드는가 싶었는데 롤라가 직접 문을 열어 주더군요. 그러더니 시멘트가 깔린 마당이 내다보이는 안쪽 방으로 저를 데려갔습니다. 마당에는 빨래 통이 잔뜩 널려 있었는데 이제는 아무도 사용하는 사람이 없는지 안에다 화분을 넣어 놓았더군요. 복도와 방은 조명이 다 꺼진 채였습니다. 보육 교사의 기척을 느낄 수 없었기에 건물 안에 둘만 있는 거라고 짐작했지요. 사무실에 들어서자 롤라는 피곤함과 행복감이 뒤섞인 표정을 지었습니다. 한순간 우리가 헤어지지 않았다면 저도 그런 표정을 지었으리라는 생각이 들더군요. 피곤하지만 행복한 표정. 갑자기 그녀를 어루만지며 사랑을 나누고 싶다는 욕망이 밀려왔습니다. 하지만 그럴 생각이 있느냐고 묻는 대신에 자리를 잡고 앉아 롤라가 입을 열기만을 기다렸지요. 처음에 우리는 그녀의 그리스 여행과 아이를 화제로 삼아 이야기를 나누었어요. 그렇게 평소처럼 한참 웃고 떠든 뒤에 드디어 롤라가 문제의 할머니를 입에 올렸지요. 그녀가 제게 들려준 이야기는 대강 이런 것이었습니다. 사회 복지과 이용자 명단에 이름을 올리고 드문드문 찾아오는 할머니가 한 분 계셨답니다. 정해진 주소지는 없지만 Z에 일시적으로 거주하며 동냥으로 먹고사는 노파였지요. 그런데 이 할머니가 전날 오후에 문제가 생겼다며 사무실로 찾아왔던 것입니다. 함께 사는 여자아이가 병에 걸렸는데 어떻게 해야 할지 막막하다는 말씀이었지요. 아이는 병원에 가기 싫어했고 할머니가 자기를 위해 발 벗고 나선 것도 모르는 상태였습니다. 소녀는 할머니와 마찬가지로 Z 출신이 아니었고 아마도 여름이 시작될 무렵에 바르셀로나에서 온 것 같았습니다. 평소에 구걸을 일삼는 것은 아니었지만 이따금씩 노파를 따라서 거리를 돌아다니며 동냥을 구했다더군요. 할머니의 얘기로는 소녀가 매일 코와 입으로 피를 토해 낸다는 것이었습니다. 입이 짧아서 잘 먹지도 않으니 그렇게 있다가는 틀림없이 죽게 되리라는 것이었지요. 노파는 롤라가 직접 찾아가서 아이를 병원으로 데려가는 게 좋겠다는 의견이셨어요. 그러면 소녀가 반항하지 않고 고분고분 따라올 거라고요. 그러나 할머니는 이 부분에 있어서 아주 분명한 전제 조건을 달았습니다. 반드시 롤라나 롤라가 믿을 만한 사람이 찾아가야 한다는 것이었지요. 그러지 않으면 아이는 폐가에서 한 발짝도 나오지 않으리라고 말입니다. 저는 할머니가 언급하신 폐가가 벤빈구트 저택임을 나중에야 이해했어요. 그 순간부터 이 일이 제 관심을 끌기 시작했지요. 할머니와 소녀는 휴가철이 시작될 무렵부터 저택에 살고 있었습니다. 노파의 표현을 그대로 옮기자면 〈둘 다 무슨 짓이라도 할 준비가 되어 있는〉 상태였지요. 할머니는 소녀가 커다란 식칼까지 가지고 있다며 어디 가서 떠벌리지 말고 입단속 잘하라고 경고했어요. 물론 롤라는 노파가 무슨 의도로 그런 말을 하는지, 누구한테 떠벌리지 말라는 건지 물어보지 않았습니다. 〈그 할머니가 약간 미친 사람 같거든〉 하고 롤라가 덧붙였지요. 결국 롤라는 소녀를 찾아가기로 약속하고 정확한 날짜와 시간까지 입을 맞추었습니다. 일이 잘 갈무리되자 노파는 기뻐서 펄쩍펄쩍 뛰며(연세를 고려할 때 믿기지 않는 일이었지요) 격렬하게 웃어 댔다고 합니다. 심장 발작을 일으키거나 그 자리에서 숨이 막혀 돌아가시지나 않을까 걱정될 정도로 말이지요. 롤라의 말에 따르면 〈마치 맹인 복권에 당첨된 사람〉 같았다더군요. 그런데 얼마 뒤에 롤라는 문제가 생겼다는 사실을 깨달았어요. 급하게 약속을 잡다 보니 다른 일정을 미처 살피지 못했던 것이지요. 수첩에는 절대 빠뜨릴 수 없는 약속들이 빼곡히 적혀 있었습니다. 결국에는 어쩔 수 없이 벤빈구트 저택에 갈 수 없는 상황이 되어 버린 셈이지요. 그렇다고 롤라는 노파에게 무시당했다는 느낌을 주고 싶지는 않았던 모양이에요. 제가 〈유독 그 할머니에게 관심을 갖는 이유가 뭐야?〉 하고 묻자, 롤라는 〈모르겠어〉 하고 허두를 떼더니 〈행운을 가져다주는 매력적인 할머니야. 임신한 뒤에 바로 그분을 만났거든〉 하고 답하더군요. 저는 〈아, 그렇구나〉 하고 말했습니다. 까닭을 알 수 없는 눈물이 두 눈을 가득 채웠습니다. 홀로 고아가 된 느낌이었지요. 〈괜찮다면 내가 갈게〉 하고 저는 가족에게 마지막 작별 인사를 건네는 사형수처럼 말했지요. 〈안 그래도 부탁하려고 했지〉 하고 롤라가 말을 받더군요. 제가 할 일은 간단했습니다. 아침 10시에서 11시 사이에 벤빈구트 저택에 도착해서 할머니와 소녀를 병원으로 데려가면 그만이었지요. 나머지는 롤라가 다 알아서 처리하기로 약속했습니다. 그때쯤이면 볼일이 끝나니까 병원 입구에서 기다리겠다고 했거든요. 그게 전부였습니다. 저는 〈여자아이가 식칼을 가졌다는데 위험하지 않을까?〉 하고 물었어요. 심각한 질문은 아니었고 그녀와 조금 더 같이 있고 싶은 마음에 그저 농담으로 던진 말이었지요. 롤라는 〈괜찮을 거야〉 하고 입을 떼더니 〈할머니 말씀에 따르면 아이는 산

송장이나 다름없을 테니까〉 하고 말하더군요. 제가 〈그런데 당신이나 당신이 믿을 만한 사람이 가라는 것은 무슨 뜻일까?〉 하고 묻자, 그녀는 〈그냥 별생각 없이 던진 말이겠지. 당신도 분명히 호기심을 느낄 거야. 참, 그 할머니는 당신이랑 같은 과야〉 하고 답했습니다. 〈나랑 같은 과?〉 〈응, 그분도 왕년에는 예술가였어…….〉

가스파르 에레디아

뚱보 사내와 스케이트 소녀가 자리를 떠난 다음에 저는 날이 밝을 때까지 저택에서 기다리기로 마음을 먹었어요. 아이스링크가 있는 창고는 물론이고 안에 있기가 싫어서 저택을 에워싼 드넓은 정원에서 은신처를 물색했지요. 발소리를 죽이고 슬금슬금 걷다가 곧 마땅한 장소를 찾아냈어요. 잎이 무성한 나무 아래 아늑한 공간이 하나 있더군요. 거기에 자리를 잡고 앉아 동살이 터오기를 기다렸어요. 밤 근무에 인이 박인 마당인지라 눈을 붙이려는 생각은 없었는데 저도 모르는 사이에 곯아떨어졌던 모양입니다. 눈을 떴더니 양다리가 뻐근하더군요. 자줏빛으로 물든 하늘에는 오렌지색 줄무늬가 수놓여 있었어요. 마치 제트기들이 꼬리를 그리며 지나간 것 같았지요. 제가 있던 곳에서 현관문이 정면으로 보이던 터라 더 후미진 장소를 찾기로 했어요. 카리다드가 밖에 나와 대화를 나눌 수 있으면 좋겠다는 헛된 소망을 품었지요. 숨을 공간을 찾으러 다니는 동안 심장이 쿵쾅쿵쾅 뛰던 기억이 나네요. 하지만 그런 걸 빼면

대체로는 침착하게 행동했던 것 같아요. 두 시간쯤 지나자 어느덧 하늘은 은은한 푸른빛으로 변했어요. 거대한 먹장구름이 수평선 위로 몰려드는 모습이 보였지요. 그 순간 카르멘 할멈이 현관문을 열고 밖으로 나왔습니다. 한 손에 가방을 든 자태가 영락없이 장을 보러 나가는 음전한 가정주부였어요. 이마와 왼쪽 눈썹을 살짝 가린 앞머리만 제외하면 머리는 전부 뒤로 넘겼더군요. 할멈은 현관 앞에서 득의양양한 태도로 멈춰 서더니 좌우를 살피고 자신 있게 계단을 내려갔어요. 정원에 들어서자 다시 걸음을 멈추고 주위를 둘러보았지요. 그러다 매처럼 날카로운 시선을 제 쪽으로 향했어요. 손짓으로 자기를 따라오라는 신호를 보내더군요. 저는 숨어 있던 장소에서 나와 할멈과 함께 사유 도로를 따라 아침 산책이라도 즐기는 양 느릿느릿 걸어갔어요. 할멈은 저를 마주친 게 전혀 놀랍지 않은 모양이었어요. 오히려 제가 더 일찍 모습을 드러내지 않아서 서운하다는 눈치였지요. 할멈은 제가 카리다드에게 구혼을 하는 중이라고 굳게 믿고 있었어요. 조만간 빠른 시일 안에 카리다드가 청을 받아들이면 모두 함께 행복하게 살 수 있으리라는 것이었지요. 가풀막을 오르며 차츰 저택에서 멀어지는 사이에 할멈이 상쾌한 아침을 튼튼한 몸에 비유했어요. 이렇게 어려운 시기를 사랑 없이 이겨 내려면 건강이 필수라고 말하더군요. 그건 사랑하는 사람이 있는 경우에도 마찬가지라는 얘기였지요. 할멈은 또다시 시청에서 지원받게 될 집을 입에 올렸어요. 놀랍게도 저더러 함께 살자는 제안까지 하더군요. 〈경비원이 한 명 필요해〉 하고 웃으며 말했어요. 〈우리 둘을 지켜 줄 만한 남자 말이야.〉 저도 할멈을 따라 그저 웃고 말았지요. 벼랑 끝에 매달린 소나무에 새들이 앉아 있는 게 보였어요. 제게는 무척 거대해 보이는 그 새들도 우리를 따라 웃는 것 같았지요. 모퉁이를 지나 Z가 눈앞에 나타나자 할멈은 갑자기 풀이 죽었어요. 그러다 기운을 되찾으려는 생각에서인지 카리다드를 화제로 삼아 수다를 떨었습니다. 할멈도 딱히 아는 건 없었지만 저보다는 사정이 나았기에 귀를 쫑긋 세우고 들었지요. 카리다드가 얼마나 착하고 다정하며 또 얼마나 논리적이고 똑똑한지 칭찬을 늘어놓더군요. 연신 감탄사를 내뱉으며 갈수록 심각한 어조로 이야기를 이어 나갔지요. 그러다 나중에는 한 가지에만 초점을 맞추었는데 할멈이 진심으로 걱정하는 게 느껴졌어요. 바로, 카리다드가 식욕이 너무 없다는 것이었습니다. 아예 식사를 제대로 하지도 않는다는 말이었지요. 처음 만나서 캠핑장에 같이 살 때부터 카리다드는 쿠키나 딸기 맛 요구르트만 먹었다고 합니다. 카르멘 할멈을 따라 동냥을 다닐 때는 밀크 커피나 맥주를 마시기도 했지만 그것은 극히 예외적인 경우였고 그마저도 몸이 잘 받지 않았어요. 어째 평소보다 더 시무룩하고 말이 없어졌다더군요. 할멈은 여러 번 햄 같은 것을 억지로 먹여 보려 했지만 말짱 헛일이었습니다. 카리다드, 아니 그녀의 불가사의한 위장은 도넛, 마들렌, 크림빵, 코코넛 빵, 커스터드, 페이스트리,

초콜릿 쿠키 따위의 단것만 소화할 수 있었거든요. 그럼 아침 식사로는 무얼 먹었느냐고요? 카리다드는 아침에 물 한 모금도 마시지 않았어요. 점심요? 오후 1~2시나 되어야 일어났으니 점심도 걸렀지요. 간식? 쥐와 개미가 들끓는 곳을 피해 저택의 한 방에 숨겨 놓은 식량 상자에서 도넛이랑 마들렌을 하나씩 꺼내 먹는 게 전부였어요. 저녁 먹기 전까지는? 요구르트나 한 스푼 떠먹고 말았지요. 설마 저녁까지 거른 건 아니냐고요? 저녁 식사는 보통 할멈과 같이 먹었는데 도넛 두세 개와 요구르트 몇 스푼이 전부였어요. 카리다드는 도넛이라면 아주 환장을 했습니다. 요구르트도 마찬가지였지요. 당연히 갈비뼈가 앙상히 드러날 정도로 살이 빠졌지만 소식하는 버릇이 완전히 몸에 배어서 어쩔 도리가 없었습니다. 카르멘 할멈은 사람이 그렇게 코딱지만큼 먹고 버틸 수 있다는 게 도무지 이해가 안 된다고 했어요. 그런데 카리다드는 말짱하게 살아 있을 뿐 아니라 갈수록 예뻐지기까지 한다는 것이었지요. 도심에 접어들었을 때 저는 할멈에게 아침을 사겠다고 했어요. 카르멘 할멈은 추로스와 핫 초콜릿을 주문했지요. 10대로 보이는 직원이 그런 건 안 판다고 하더군요. 졸려서 농담할 기분이 아닌 것 같았어요. 결국 할멈은 카스텔라 한 조각과 맥주를 마시기로 했지요. 말을 많이 해서 그런지 목이 말랐던 모양이에요. 저는 밀크 커피와 도넛 두 개를 주문했어요. 헤어지기 전에 할멈이 저택 안에 들어가 보았냐고 묻더군요. 저는 아니라고 답했어요. 할멈은 잘했다며 고개를 끄덕였지만 제 말을 믿는 눈치는 아니었지요…….

엔리크 로스켈러스

이튿날 그 빌어먹을 할망구가 시청 사무실로 들이닥쳤습니다. 물에 젖은 고요한 수건에 감싸인 듯 평온한 가을 아침이었지요. 그러나 그 평온함은 표면적이고 부분적인 것에 불과했습니다. 이를테면 아침의 왼편만 그랬을 뿐이지 오른편은 혼돈이 들끓고 있었지요. 저 혼자만 그 혼돈을 귀로 듣고 피부로 느낄 수 있었습니다. 솔직히 말씀드리면 눈을 뜨는 순간부터 불안이 밀려오기 시작했지요. 심지어 방 안의 공기에서도 재앙의 냄새를 맡을 수 있었습니다. 낯설지 않은 그 느낌은 샤워를 하고 아침을 먹은 다음에 Z로 차를 몰고 가면서 점차 잦아들었지요. 하지만 차 안에는 물론 사무실에서도 설명할 수 없는 무언가 마음에 걸렸습니다. 그러니까 한마디로 어떤 희미한 예감 같은 것을 떨쳐 낼 수 없었던 것이지요. 주변의 사물들과 사람들이 매 순간 낡고 늙는 모습이 눈에 보이는 것 같았습니다. 고난과 고통의 종착역으로 향하는 가차 없는 세월의 흐름에 휩쓸려 가고 있었지요. 그때 둔탁한 소리와 함께 사무실 문이 열리며 할망구가 모습을 드러냈습니다. 비서가 따라와서 당황하고 짜증 난 얼굴로 할멈을 대기실에 돌려보내려고 끙끙댔지요. 할망구는 삐쩍 마른 몸에 들쑥날쑥 지저분한 머리를 하고 있었습니다. 뱁새눈으로 잽싸게 저를 톺아보더니 용건이 있어서 왔다고 하더군요. 처음에 저는 자리에서 아예 일어설 생각조차 하지 않았습니다. 혼자만의 예감에 푹 빠져 있던 터라 그런 일에 신경 쓸 틈이 없었지요. 무엇보다 직업적인 특성상 한두 번 겪어 본 일도 아니었으니까요. 책임자를 찾아가면 문제가 해결되리라 생각하는 분들이 많습니다. 그럴 경우에 저는 최대한 인내심을 가지고 좋은 말로 고객을 달래지요. M 지역의 사무실로 가면 사회 복지사와 아동 복지사가 도와 드릴 거라고 말입니다. 그렇게 말하려던 차에 할멈이 한쪽 눈을 찡긋하며 주문을 외우듯 속삭였지요. 책상 저편에서 차분한 시선을 보내는 사람이 바로 저라는 걸 확인한 다음이었습니다. 다름 아니라 시장님이나 저와 함께 아이스링크 건을 상의하고 싶다는 것이었지요. 오전 내내 불길한 마음으로 우려했던 것이 순식간에 현실로 드러났습니다. SF 영화처럼 파괴적인 힘을 발휘하는 실체가 되어 나타난 것이지요. 다리가 후들거려서 쓰러질 뻔했다고 말해도 과언이 아닐 겁니다. 하지만 단단히 마음을 부여잡고 제정신을 잃지 않도록 노력했지요. 갑자기 흥미가 생긴 척하며 비서에게 자리를 좀 비켜 달라고 지시했습니다. 비서는 할멈을 붙들던 팔을 놓고 자기 귀를 못 믿겠다는 듯 쳐다보더군요. 한 번 더 똑같은 지시를 듣고 나서야 문을 닫고 자리를 떠났지요. 저와 노파 사이의 그 유명한 말다툼은 수없는 헛소문 가운데 하나일 뿐입니다. 고함을 치지 않는 한 비서의 책상에서는 사무실에서 하는 말을 들을 수 없지요. 그러나 고함을 치거나 협박을 하거나 비명을 지른 일은 단연코 없었습니다. 문도 계속 잠겨 있었지요. 그때 제 정신 상태가 어떠했을지는 익히 짐작이 가실 겁니다. 할멈을 상대하느라고 혼이 다 나갔다는 말이 딱 들어맞는 표현이겠지요. 하지만 할멈은 저와 반대로 주체하지 못할 만큼 활력이 넘쳤습니다. 평범한 어조로 말할 때나 속삭일 때나 손을 가만 놔두는 법이 없더군요. 손짓을 하는 품새가 꼭 파라오와 피라미드가 나오는 영화를 연상시켰지요. 터무니없는 헛소리가 난무하는 와중에도 저는 할멈이 원하는 바를 알아들었습니다. 공영 주택, 연금 또는 재정적인 지원 그리고 정체 모를 위인의 일자리였지요. 저는 그런 부탁을 들어줄 만한 권한이 없다고 말했습니다. 그랬더니 할멈이 시장님을 만나야겠다고 큰소리를 치더군요. 필라르와 제가 아이스링크와 연관되어 있다고 생각한 모양이었습니다. 저는 할멈에게 시장을 만나면 무슨 뾰족한 수라도 생기겠느냐고 물었지요. 거기에 대한 할멈의 대답은 제 불안한 마음에 쐐기를 박았습니다. 시장은 자신의 요구에 더 호의적인 반응을 보이리라는 말이었지요. 저는 그럴 필요까지 없으니 제 선에서 방법을 찾아보겠다고 했습니다. 바로 지갑을 꺼내 10만 페세타를 건넸더니 할멈이 잽싸게 주머니에 챙겨 넣더군요. 저는 애써 무덤덤한 목소리로 공영 주택 건은 당장 해결하기 힘들다고 설명했습니다. 여름이 지나고 9월 중순쯤 되면 해결책을 궁리해 보겠다고 덧붙였지요. 그러자 이 할망구가 연금은 어떻게 할 거냐고 물었습니다. 저는 종이 한 장을 꺼내 세부 사항을 적어서 보여 주었습니다. 공영 주택과 마찬가지로 담당자들이 휴가를 떠난 이상 어쩔 수 없다고 말입니다. 할멈은 잠시 생각에 잠겨 있었지만 곧 한 가지 사실이 분명해졌지요. 당분간은 한숨을 돌릴 수 있게 된 것이었습니다. 떠나기 전에 할멈이 이번 일로 해묵은 감정을 청산하자고 말하더군요. 저는 놀란 기색을 감추지 못하며 초면에 그게 무슨 말씀이냐고 했습니다. 그러자 할멈은 기억을 더듬어 몇 년 전에 사회 복지과에 들른 일을 떠올리더군요. 세세한 것 하나까지 짚어 내는 정확한 묘사에 온몸에 전율이 느껴질 정도였어요. 책상에 앉아서 할멈의 이야기를 듣고 있던 제 모습을 상상해 보십시오. 그 요망한 할멈은 일필휘지로 한 치의 오차도 없이 그림을 그려 나갔습니다. 그림 속에는 할멈과 저만 있었고 도저히 빠져나갈 구멍은 보이지 않았지요. 〈근데 이제 깨끗이 정리하고 없던 일로 치자고〉 하고 할멈이 눈을 번득이며 말했습니다. 저는 대답 대신에 고개를 주억거렸지요. 할멈이 제 거짓말에 속아 넘어가지 않았다는 건 분명했습니다. 여러분이 제 입장이었다 해도 마찬가지였겠지만 저는 그때 덫에 걸린 기분이었지요…….

레모 모란

저는 오전 10시 정각에 자동차를 타고 벤빈구트 저택으로 출발했습니다. 구름이 잔뜩 낀 날이었던 데다 Y로 향하는 구불구불한 지방 도로가 사고로 악명이 높았기에 각별히 조심하며 차를 몰았지요. 차량은 드문 편이었고 별다른 어려움 없이 저택을 찾을 수 있었어요. 벤빈구트 저택은 종잡을 수 없는 구조뿐만 아니라 그 건물을 건축하고 처음으로 소유했던 사람에 얽힌 전설 때문에 항상 제 호기심을 자극했던 곳이었지요. 이제는 폐가나 다름없었지만 코스타 브라바와 마레스메 지방에 널려 있는 다른 빈집들처럼 저택은 여전히 아름다웠어요. 정원의 쇠살문이 열려 있었는데 자동차가 지나가기에는 공간이 부족하더군요. 그래서 차에서 내려 문을 활짝 열었지요. 귀에 거슬리는 쇳소리가 진동했어요. 처음에는 그대로 걸어갈 요량이었지만 금세 후회하고 차로 돌아왔지요. 자갈이 섞인 흙길로 이어져 있는 정문과 본채 사이의 거리가 상당히 멀었거든요. 진입로 양쪽에는 비실비실한 관목들과 망가진 화단들이 나란히 늘어서 있었지요. 정원의 안쪽에는 커다란 나무 몇 그루가 하늘 높이 솟아 있었어요. 나무들 뒤편으로 부서진 정자와 분수들을 둘러싼 덤불들이 있었습니다. 무성하게 자라난 덤불들은 마치 촘촘한 암녹색 벽처럼 보였지요. 그런데 건물 정면에 어떤 문구가 적혀 있는 것이 눈에 들어왔어요. 소가 뒷걸음질하다가 쥐 잡은 격이었지요. 누군가 비문을 찾으라고 일러 주었더라면 오히려 아무것도 발견하지 못했을 테니까요. 돌에 새겨 놓은 문구는 마치 저택이 방문자에게 건네는 말 같았습니다. 〈벤빈구트 선생께서 저를 낳으셨습니다.〉 햇살이 닿지 않은 푸르른 건물의 색조가 그러한 단언을 뒷받침하는 듯했지요. 〈지금 저희의 모습은 그분께서 만드셨던 그대로입니다.〉 저는 베란다 옆에 차를 세워 놓고 문을 두드렸어요. 아무런 대답이 없더군요. 사람이 없는 빈집이라는 생각이 들었습니다. 문 앞에 서서 기다리는 저라는 인간의 존재도 사방에서 자라는 잡초와 별반 다를 게 없었지요. 저는 잠시 머뭇거리다가 건물 뒤쪽을 살펴보기로 마음먹었습니다. 닫혀 있는 1층의 창문들 아래로 이어지는 좁은 돌길을 따라갔더니 홍예문이 나타나더군요. 홍예문을 통과하니까 이미 지나왔던 것보다 한층 낮은 곳에 또 다른 정원이 있었어요. 계단 형태의 테라스들과 성벽처럼 쌓아 올린 돌담들이 정원을 에워싸고 있었습니다. 토막 난 조각상의 잔해가 테라스 여기저기에 흩어져 있는 게 보이더군요. 테라스로 올라가는 계단마다 풍요의 뿔을 장식한 것이 눈에 띄었습니다. 바닥에 닿을 듯한 돌에 자그마한 크기로 새겨 넣은 것이었지요. 정원 끝에 있는 나무 격자문은 바다가 보이는 마당을 향해 곧장 열려 있었습니다. 저택의 일부분은 암석 위로 솟아오른 모습이었어요. 아니, 절벽 속으로 잠수하고 있었다는 표현이 맞겠군요. 도무지 알 수 없는 이유로 낭떠러지와 포옹을 하면서 말입니다. 한편에는 해변으로 내려가는 달팽이 계단 옆에 창고가 하나 있었어요. 들보가 비죽비죽 튀어나온 거대한 목조 건축물이었지요. 농장에 있는 곡물 창고와 개신교 교회를 섞어 놓은 형태였습니다. 오래전에 지은 데다 관리가 소홀해서 좀이 슬었지만 건물 자체는 아직 튼튼했어요. 커다란 두 개의 금속판으로 잇대어 만든 창고의 문이 열려 있는 게 보였지요. 저는 안으로 들어갔습니다. 그런데 어떤 유치한 작자가 건물 안에다 고약한 솜씨를 마음껏 부려 놓았더군요. 수많은 종이 상자를 이용해 서로 연결된 어설픈 통로들을 만들었던 것이지요. 처음에는 1.5미터쯤 되는 높이였는데 갈수록 낮아져서 나중에는 50센티미터 정도가 되더군요. 원을 그리며 이어지는 통로를 따라갔더니 중심에 아이스링크가 있었습니다. 링크 한가운데 마치 탁 트인 하늘을 가로지르며 번득이는 몇 개의 들보처럼 시커먼 형체가 웅크리고 있는 게 보였어요. 바닥에 쓰러져 있는 시신의 여러 부위에서 피가 흘러나온 모양이었습니다. 처음에는 핏물이 사방으로 퍼지며 만들어 낸 기하학적 무늬와 형상들을 그림자로 착각했어요. 거의 링크의 가장자리까지 핏자국이 흘러나온 부분도 있었지요. 저는 현기증이 밀려오고 욕지기가 치밀어서 무릎을 꿇고 앉아 얼음이 어떤 식으로 굳으면서 살육의 현장을 집어삼켰는지 관찰했어요. 그러다가 링크의 한쪽 구석에 놓여 있는 칼을 발견했습니다. 물론 가까이 가서 자세히 살펴보거나 손으로 만지지는 않았어요. 제 위치에서도 플라스틱 손잡이에 널찍한 날이 달린 식칼임을 한눈에 알 수 있었으니까요. 칼날에 묻은 핏자국이 멀리서도 선명히 보였지요. 잠시 뒤에 저는 몸뚱이가 있는 쪽으로 살금살금 발을 옮겼습니다. 행여나 얼음 위에서 미끄러지거나 핏덩이를 밟지 않도록 주의하면서 말입니다. 처음 보았을 때부터 시체일 거라 직감했지만 가까이서 보니 그냥 자고 있는 사람 같더군요. 자세를 바꾸지 않고도 언짢다는 듯 살짝 눈꼬리를 추어올린 시신의 한쪽 눈을 볼 수 있었습니다. 저는 그것이 롤라를 찾아왔던 할머니의 시체일 거라고 짐작했습니다. 한참 동안 최면에 걸린 듯 그 자리에 쭈그려 앉아 노파의 몸뚱이를 지켜보았지요. 터무니없게도 누리아가 범죄 현장에 나타나기만을 기다리면서 말입니다. 그 순간에는 아이스링크가 자석처럼 사람을 끌어 모으는 공간처럼 느껴졌어요. 하지만 링크를 이용하려고 찾아왔을 법한 사람들은 자취도 없이 사라진 지 오래였지요. 보아하니 제가 마지막으로 현장에 나타난 사람인 게 틀림없었습니다. 자리에서 다시 몸을 일으켰을 때는 다리가 얼어붙어 있더군요. 밖에서는 먹구름이 하늘을 완전히 뒤덮었고 바다 쪽에서 거친 바람이 불어오기 시작했어요. 물론 저는 길을 되짚어서 Z로 돌아가 경찰에 신고해야 한다는 걸 알고 있었습니다. 하지만 그렇게 하는 대신에 여러 번 심호흡을 하면서 가볍게 몸을 움직였어요. 다리가 얼어붙은 것도 모자라 이제 쥐까지 오르기 시작했거든요. 저는 저항할 수 없는 힘에 이끌려 다시 창고 안으로 들어갔습니다. 그런 다음 원형의 통로들을 따라 돌아다니며 상자들을 건성으로 살펴보고 링크 쪽으로 향한 조명기의 개수를 세었지요. 도대체 이 차가운 얼음의 집 안에서 무슨 일이 벌어졌던 것인지 머릿속에 그려 보며 말입니다. 저는 손으로 아무것도 건드리지 않도록 유의하며 상자 더미 위로 올라가 주위를 둘러보았어요. 눈앞에 펼쳐진 광경은 흡사 위에서 내려다본 미로의 모습과도 같았지요. 미로 한가운데 펼쳐진 유리에 뚫린 검은 구멍, 바로 시체가 또렷이 눈에 들어왔어요. 그런데 한쪽 벽면에 상자들로 반쯤 가려진 또 다른 문이 보였습니다. 지체 없이 그쪽으로 발길을 향했지요. 계단을 몇 칸 오르고 테라스식 정원으로 열려 있는 회랑을 가로지른 뒤에 저는 벤빈구트 저택의 끝없는 복도들을 이리저리 헤매고 다녔습니다. 침실이 몇 칸이고 거실이 몇 개인지 세었지만 너무 많아서 금세 숫자를 까먹었어요. 짐작대로 대다수의 방들은 온통 먼지와 거미줄로 뒤덮여 있었습니다. 페인트칠이 벗겨진 벽면들이 폐허의 모습을 고스란히 드러냈지요. 바람 때문에 유리창의 걸쇠가 완전히 떨어져 나간 방들도 있었어요. 지난 30년간 방으로 들이쳐 온 빛줄기가 바닥과 벽에 남긴 흔적들이 보였지요. 몇몇 방들에서는 창문을 틀에다 완전히 고정시켜서 참을 수 없는 악취가 진동했습니다. 하지만 놀랍게도 2층에서 최근에 페인트칠을 마친 두 개의 방을 발견했습니다. 방 바깥의 복도에는 목공용 연장들이 어지럽게 흩어져 있었지요. 도대체 집 전체를 샅샅이 조사하도록 저를 충동질한 것이 무엇인지 아직도 모르겠습니다. 건물의 꼭대기 층에는 독서실로 짐작되는 편자 형태의 방이 있었어요. 바다가 내다보이는 창문 아래 너덜너덜한 격자무늬 모포를 뒤집어쓴 사람의 형체가 보이더군요. 잠이 든 게 분명한 여자아이 곁에 누워 있는 남자의 정체는 가스파린이었습니다. 며칠이 지난 뒤에, 녀석은 제 발소리를 들었던 그때 꼼짝없이 경찰한테 붙잡힌 줄 알았다고 털어놓았지요. 그런데 방 안쪽에 하나밖에 없는 커다란 유리창 위의 벽면에 다음과 같은 문구가 적혀 있었어요. 〈배짱을 가지라고 이 쫌보 새끼야.〉 오랜 세월에 흐릿해진 글씨는 모두 대문자였고 저택의 다른 부분과 마찬가지로 괴상한 모양이었기에 그런 문구를 적어 놓은 장본인이 누구인지는 추호도 의심할 여지가 없었지요. 바로 신대륙 출신의 벼락부자 벤빈구트였습니다. 하지만 언뜻 이해가 가지 않는 구석도 있었어요. 제가 알기로 벤빈구트가 살면서 여행하고 재산을 모았던 곳은 쿠바와 멕시코, 미국이었는데 벽면의 문구는 아르헨티나나 우루과이에서만 사용하는 표현이었거든요. 그보다 더욱 이상했던 점은 라틴어나 희랍어 경구가 어울릴 법한 독서실에 그런 상스러운 표현을, 게다가 방문을 열면 한눈에 들어오는 장소에다가 떡하니 써놓았다는 것이었지요. 거기까지 생각하고 보니 과연 그 방을 정말 독서실로 사용했던 것인지 의문이 들더군요. 어쨌거나 가스파린이 앞으로 닥칠 운명을 기다리며 그 방에 숨어 있었던 것은 전혀 놀랍지 않았어요. 우리는 꿀 먹은 벙어리처럼 아무 말도 없이 서로를 바라보기만 했습니다. 저는 문지방에 선 채로, 녀석은 한 팔로 잠자는 소녀를 그러안고 문구가 적힌 벽 아래의 바닥에 누운 채로 말이지요. 행복한 표정으로 평온한 잠을 청하는 여자아이를 차마 제 목소리로 깨울 수가 없었습니다. 그 순간의 기억 중에서 가장 선명하게 떠오르는 것이 무엇이냐고요? 가스파린의 두 눈과 피로 얼룩진 소녀의 볼입니다. 저는 마침내 입을 열기로 마음먹고 가스파린에게 물었어요. 밑에 있는 아이스링크에 무엇이 있는지 아느냐고 말입니다. 녀석은 말없이 고개를 끄덕였지요. 한순간 가스파린이 노파를 칼로 찌르는 장면이 머릿속을 스쳤습니다. 하지만 곧바로 녀석이 그랬을 리 없다는 것을 마음으로 알 수 있었지요. 저는 녀석에게 어서 일어나 자리를 뜨라고 말했어요. 그러자 녀석은 여자아이를 놓아두고 갈 수 없다고 하더군요. 그럼 같이 가라고 했지요. 녀석은 약간 빈정대는 말투로 어디로 가느냐고 물었습니다. 그래서 〈우선 캠핑장에 가서 나를 기다려〉 하고 말해 주었습니다. 소녀는 여전히 꿈속을 헤매는 듯했어요. 저는 저택을 떠나는 두 사람의 등 뒤에다 대고 〈가능하면 사람들 눈에 띄지 않도록 조심해〉 하고 말했어요. 그러고는 아이스링크로 돌아가 손수건으로 칼에 묻은 지문을 닦았지요. 그런 뒤에 자동차를 몰고 Z로 향했어요. 가스파린과 소녀가 덮고 있던 낡은 모포는 트렁크에 다 실었습니다. 도시에 도착하기 전에 두 사람의 모습이 나타났어요. 서로를 부둥켜안은 채 차도를 따라 걷고 있더군요. 비가 쏟아질 것을 염려하는 듯이 발길을 재촉하는 품이었지요. 저는 그때까지 가스파린이 여자를 안고 있는 모습을 한 번도 보지 못했어요. 녀석이 열아홉 살, 제가 스무 살 때부터 서로 아는 사이였는데도 말입니다. 드넓은 도로와 넓디넓은 바다를 배경으로 꿋꿋이 걸어가는 두 명의 난쟁이 소경. 아마 두 사람은 제 차를 알아보지 못했을 것입니다. 사실 자동차 따위에는 아무런 관심도 없었겠지요. 길이 막히는 바람에 병원에는 늦게 도착했습니다. 롤라는 가버리고 없더군요. 저는 사무실에서 롤라를 만나 사건의 전말을 이야기했습니다. 가스파린과 잠자는 소녀를 마주친 장면만 빼놓고 말이지요. 우리는 잠시 동안 무엇을 해야 할지 의논했어요. 롤라는 수심이 가득한 얼굴로 〈당신한테 그런 부탁을 하는 게 아니었어〉 하고 말하더니 〈칼을 가졌다는 소녀가 할머니를 죽인 걸까?〉 하고 묻더군요. 저는 〈칼을 가진 소녀는 없었던 것 같아〉 하고 답했습니다. 그런 뒤에 경찰에 사건을 신고했지요…….

가스파르 에레디아

영감이 잠들기 전까지 우리는 온갖 주제로 대화를 나누었어요. 여자, 음식, 직장, 아이, 질병, 그리고 죽음……. 영감이 코 고는 소리가 들릴 때 저는 불을 끄고 밖으로 나갔어요. 머릿속으로 생각을 이어 가다가 동틀 무렵에 접수처로 돌아왔지요. 저는 영감에게 특별한 일은 없다고 전하고 바로 나가 보겠다고 말했어요. 영감은 아직 잠에서 덜 깬 목소리로 알아듣지 못할 말을 중얼거리더군요. 거대한 눈물이라느니 거인족의 눈물이라느니 하는 식의 말이었어요. 꿈속에서 노래 가사를 읊고 있으리라는 생각이 들었지요. 이윽고 영감이 눈을 뜨더니 어디에 가는 거냐고 물었어요. 저는 산책이나 한 바퀴 돌 생각이라고 답했지요. 영감은 잘 다녀오라고 말하고는 다시 잠이 들었어요. 총총걸음으로 서두르면 벤빈구트 저택에 도착하는 데 45분쯤 걸리겠다 싶더군요. 시간이 넉넉해서 도시를 벗어나기 전에 어부들이 득실대는 술집에 들러 아침을 먹었습니다. 딱히 사람들의 대화에 귀를 기울이지는 않았지만 간밤에 무슨 일이 생긴 모양이었어요. 여러 척의 고깃배가 고래를 목격했고 어부 하나가 실종되었다는 이야기였지요. 안쪽에는 작업복 차림의 사내들이 열네 살쯤 되어 보이는 소년을 둘러싸고 있었어요. 녀석은 과장된 손짓으로 깔깔대고 끙끙대며 이미 다른 이들이 했던 말을 반복했어요. 〈불운〉, 〈고래〉, 〈미남〉, 〈파도〉 같은 단어들이 복권 당첨 번호처럼 울려 퍼졌지요. 저는 음식 값을 치르고 사람들 눈에 띄지 않게 슬그머니 자리를 떠났어요. 저택까지 가는 동안 Y나 Z 쪽으로 이동하는 차량은 한 대도 보이지 않았지요. 양방향의 인도를 따라 걸어가는 사람도 한 명 눈에 들어오지 않았어요. 포구에서 내려다본 도시는 아직 잠을 자고 있는 것 같았어요. 오로지 어부들만 잠에서 깨어난 게 틀림없었지요. 고깃배 몇 척이 아직도 해변 부근에서 조업에 한창이었어요. 마침내 저택에 도착하자 아이스링크 쪽으로 저절로 발길이 향했습니다. 조명이 켜져 있길래 뚱보 사내와 스케이트 소녀가 있는 줄 알았지요. 그런데 제 예상과 다르게 링크 위에 있는 것은 불쌍한 카르멘 할멈이었어요. 평소에 사내가 서 있던 링크 가장자리에서 카리다드가 시체를 보고 있더군요. 예전에 캠핑장에서 밤에 보았을 때처럼 두 눈이 흐리멍덩했습니다. 피 칠갑이 된 얼굴에서는 아직도 코피가 줄줄 흐르고 있었지요. 제가 어깨를 붙잡을 때까지 그 애는 저를 의식하지 못했어요. 카리다드는 당장이라도 링크 안으로 걸어 들어갈 것 같았지요. 발이 얼음에 닿으면 그 애는 영영 사라지고 말 거라는 생각이 문득 들더군요. 카리다드의 티셔츠와 두 손에도 피가 잔뜩 묻어 있었어요. 우리는 동시에 몸을 벌벌 떨었어요. 카리다드의 어깨를 붙잡은 제 손이 전선처럼 흔들렸어요. 이가 딱딱 마주치는 소리가 절묘하게 상황에 어울렸습니다. 카리다드도 저처럼 떨고 있는 것은 마찬가지였어요. 하지만 그것은 폐쇄 회로처럼 몸속에서만 순환하는 떨림이라 저처럼 그 애를 만지고 있어야만 떠는 것을 느낄 수 있었지요. 제가 떨고 있는 게 카리다드의 떨림이 전해져서 그런 거라는 생각까지 들더군요. 손을 놓으면 떨림이 멈출 것 같았지만 그냥 가만히 있었어요. 카리다드는 어깨에 손이 느껴지는 순간 딱 한 번 저를 쳐다보았습니다. 웬 낯선 사람이냐는 표정으로 보아 제가 할멈을 죽인 살인자라 생각하는 듯했지요. 〈무슨 일이 생긴 거야?〉 하고 제가 물었어요. 그러나 카리다드는 아무 대답이 없었지요. 칼, 얼음, 아침, 할멈의 시신, 저택, 카리다드의 눈……. 모든 게 어지러울 정도로 제 주위에서 빙글빙글 돌았어요. 저는 혹여나 카리다드가 사라지지 않을까 어깨를 꼭 붙들었어요. 할멈과 카리다드가 얼마나 각별한 사이였는지 떠올렸습니다. 두 사람은 Z에서 타향살이를 하며 여름 내내 최선을 다해 서로를 돌보았지요. 한동안 얼음 위에 누워 있는 시신에서 눈을 뗄 수가 없더군요. 그러다 가자고 말했지만 마땅히 갈 곳이 있는 것도 아니었지요. 저는 카리다드의 몸을 저택 안쪽으로 살며시 떠밀었어요. 카리다드는 의외로 순순히 제가 이끄는 대로 따라오더군요. 〈네 물건을 챙기러

가자〉 하고 제가 말했지요. 어느새 우리는 복도와 계단을 이리저리 돌아다니고 있었어요. 시간이 지날수록 점점 걸음이 빨라졌지요. 건물 전체를 샅샅이 훑어야만 범죄 현장을 영원히 떠날 수 있다는 듯 말입니다. 그렇게 쉬지 않고 움직이던 와중에 카리다드에게 귓속말을 했던 게 기억나요. 제가 캠핑장 야간 경비원이고 저를 믿어야 한다는 말이었지요. 그러나 카리다드는 제 말을 듣지 못한 것 같았어요. 2층에 카르멘 할멈과 카리다드가 침실로 쓰던 방이 있었습니다. 겨우 찬방만 한 크기였는데 다른 두 개의 방을 거쳐야만 들어갈 수 있었어요. 덕분에 쉽게 사람들 눈에 띄지 않고 찾기도 힘든 곳이었지요. 저는 카리다드에게 티셔츠를 갈아입으라고 말했어요. 그 애는 가방에서 검은 티셔츠를 꺼내더니 피 묻은 옷을 바닥에 던졌어요. 저는 몸을 숙여 피 묻은 티셔츠를 비롯해 그 애의 소지품을 모두 챙겨서 가방에 넣었습니다. 빈 병, 양초, 옷가지를 넣은 비닐봉지, 만화책, 접시, 컵 등 나머지는 할멈의 물건이었어요. 카리다드가 굳이 서두를 필요는 없다고 말하더군요. 희미한 어둠에 잠긴 그 애의 모습이 눈에 들어왔어요. 그 방에서 어느 날 밤 두 여자는 「불의 무도」의 장단을 들었겠지요. 틀림없이 등골이 오싹할 정도로 놀랐을 거예요. 음악에 이끌려 계단을 내려가는 둘의 모습이 눈에 선하더군요. 한 사람은 칼을 손에 쥐고 다른 사람은 막대나 술병을 들고 있었겠지요. 세상에 두 사람만 따로 버려진 기분이었을 것입니다. 그러다 아이스링크의 눈부신 광경에

넋을 잃었을 테지요. 사실은 그와 달랐을 수도 있지만 이제 아무래도 상관없는 일이었어요. 방에서 나가면서부터는 카리다드가 앞장섰습니다. 아래로 내려가지 않고 3층의 어떤 방으로 올라가더군요. 사람들이 올 때까지 같이 있어 달라고 그 애가 말했어요. 저는 경찰이 도착하기를 기다리자는 말로 이해했습니다. 나락으로 빠지는 한이 있더라도 끝까지 함께할 거라고 생각했어요. 우리는 얼음장처럼 차가운 몸에 이불을 덮고 마루에 누웠어요. 창문 틈으로 새어 드는 희미한 빛줄기가 보이더군요. 마치 바깥에서 야영을 하는 기분이었어요. 온기 탓이었는지 어느새 저도 모르게 잠이 들었습니다. 그러다 아래층에서 들리는 발소리에 눈을 떴지요. 누군가 문을 열고 닫으며 방을 돌아다니고 있었어요. 참 어이없게도 경찰이 아니라 할멈 생각이 먼저 나더군요. 할멈이 피 웅덩이에서 일어나 우리를 찾고 있는 거라고 말입니다. 그러나 복수를 하거나 겁을 주려는 게 아니었어요. 그저 따뜻한 이불 속에 함께 누워 있고 싶었던 것이었지요. 몇 시쯤이나 되었는지 전혀 감이 잡히지 않더군요. 문이 열리고 레모가 나타났을 때도 크게 놀라지는 않았어요. 녀석이 금발 여자와 디스코텍에서 나오던 밤이 떠올랐어요. 바로 그 여자가 스케이트 소녀였으니 거기까지 찾아온 게 이상할 것 없었지요. 〈자네가 내 하느님이네, 나 좀 살려 주게〉 하는 생각이 들더군요. 레모는 카리다드도 죽은 게 아닐까 걱정했던 것 같아요…….

엔리크 로스켈러스

오후에 필라르가 제 사무실로 전화를 걸어 소식을 전해 주었습니다. 딱딱하고 사무적인 목소리로 벤빈구트 저택에서 시신을 발견했다고 하더군요. 수화기를 손에서 떨어뜨렸다가 다시 집었을 때는 전화가 끊긴 뒤였습니다. 누리아의 번호를 누르며 손이 떨리는 것을 느꼈지요. 하지만 이내 마음을 다잡아서 라이아가 전화를 받았을 때는 그런대로 침착한 목소리로 누리아가 집에 있는지 물을 수 있었습니다. 누리아는 집에 없었어요. 평소라면 누리아가 집에서 잤는지 물어볼 생각일랑 꿈에도 상상하지 못했을 겁니다. 그러나 상황이 상황인 만큼 어쩔 수 없었지요. 수화기 저편에서 라이아가 살짝 골리는 듯 웃더니 답하더군요. 〈그럼요, 당연히 집에서 잤지요.〉 저는 안도의 한숨을 내쉬며 누리아에게 최대한 빨리 연락하라는 말을 전해 달라고 부탁했어요. 30분 안에 소식이 없으면 제가 직접 집으로 찾아가겠다고 말입니다. 〈아저씨, 질투하시는 거예요?〉 하고 라이아가 묻더군요. 저는 〈아니야, 그런 게 아니야〉 하고 답했습니다. 아무것도 모르는 라이아는 무슨 일이 있는 거냐고 캐묻기 시작했지요. 그렇지만 저는 더 이상 견딜 수가 없어서 수화기를 내려놓았습니다. 생각을 정리하고 싶은 마음이 간절해서 깊게 숨을 들이쉬며 차분함을 되찾으려고 했지요. 이만하면 괜찮아졌다 싶었을 때 문을 두드리는 소리가 들리더니 Z 시 경찰청장 가르시아가 나타났습니다. 손에 서류 뭉치를 든 채 잠깐 앉아도 괜찮겠냐고 묻더군요. 평소와 다름없이 순박한 얼굴이었지만 약간 경직된 표정이 엿보였습니다. 저는 문간에 있지 말고 들어와서 집처럼 편안히 앉으라고 말했지요. 그때 살짝 언성을 높였던 것도 같습니다. 청장은 어깨를 한 번 으쓱하더니 제가 권하는 의자 쪽으로 걸어왔지요. 잠시 두 사람 사이에 침묵이 흘렀습니다. 청장은 다리를 쩍 벌린 채 의자에 앉아 있었고, 저는 창문으로 거리를 내다보았지요. 〈이봐, 용건이 뭔가, 말해 보게〉 하고 제가 단도직입적으로 물었습니다. 가르시아 청장이 제게 목소리를 낮추라고 충고하더군요. 비서가 들으면 어쩔 거냐는 말이었는데 목소리가 너무 작아서 다시 말해 달라고 부탁해야 했지요. 저는 낙담한 상태였지만 한결 평온해진 마음으로 자리에 앉았습니다. 그리고 눈 한 번 깜빡하지 않고 청장의 두 눈을 정면으로 노려보았습니다. 예상대로 청장은 바로 시선을 돌리더니 벽에 걸린 상장들을 관찰하더군요. 〈학력이 화려하시네요〉 하고 가르시아 청장이 웅얼거리듯 말했어요. 저는 시선을 거두지 않은 채 고개를 까닥였습니다. 그렇습니다.

저의 지성과 노력을 증명하는 전리품들이 거기에 있었지요. 심리학 학위증 사본(원본은 어머니가 액자에 넣어서 보관하고 계시지요)을 비롯해 온갖 강좌의 수료증들이 벽면을 가득 채웠습니다. 특수 교육, 아동 복지, 교도소 교육, 응급 구조, 청소년 시설, 청소년 범죄 및 마약, 문화 행사 조직, 도시 심리학, 범죄 심리학(파리에서 이틀 동안 교육을 받았지요), 사회 교육학(쾰른에서 주말 동안 나치 냄새를 풍기는 강사들의 수업을 들었어요), 심리 사회 치료, 환경 심리학, 노령화 문제, 재활 센터 및 캠프, 사회주의 유럽으로 나아가는 길, 스페인 정치 및 경제, 스페인 정치와 스포츠, 제3세계 정치학, 소도시 문제와 해결 방안 등등. 〈이렇게 공부를 많이 하셨는지 몰랐습니다〉 하고 청장이 한숨을 쉬며 말하더군요. 저는 아무런 대꾸도 하지 않았습니다. 식상한 표현이지만 제 영혼은 현실에서 벗어나 환상의 나라를 떠돌고 있었거든요. 저도 모르는 사이에 「불의 무도」를 흥얼거리기 시작했지요. 〈제가 찾아온 용건을 아시리라 믿습니다〉 하고 가르시아 청장이 헛기침을 하며 말했습니다. 중간에 그렇게 방해를 받고 기분 좋을 사람은 세상에 없겠지요. 무례하기 짝이 없다 싶었지만 경찰관한테 무얼 더 바라겠습니까. 〈본론만 말하게, 본론만〉 하고 저는 다시 언성을 높였습니다. 청장의 얼굴이 시뻘게져서 심장 발작이나 뇌경색, 아니 두 개가 동시에 일어나는 줄 알았어요. 〈선생님을 체포하겠습니다〉 하고 청장이 땅으로 시선을 떨군 채 말하더군요. 〈거 보게, 얼마나 간단한가〉 하고 저는 미소를 지으며 말했지요. 얼굴에 미소를 띄우느라 어찌나 혼신의 힘을 기울였는지 모릅니다. 이어서 저는 웃음기를 거두고 죄목이 무엇이냐고 물었지요. 〈한 여성을 죽이고 시청 예산을 횡령한 혐의입니다〉 하고 청장이 답했습니다. 속으로 짚이는 바가 없지는 않았지만 정말로 궁금해서 어떤 여자냐고 물었지요. 〈카르멘 곤살레스 메드라노라는 비렁뱅이 할멈입니다〉 하고 청장이 서류를 훑어보며 말했습니다. 저는 청장이 혼자 추론한 것인지 아니면 단체로 수사를 한 것인지 물었어요. 가르시아 청장은 무슨 말인지 모르겠다는 듯 어깨를 으쓱했습니다. 〈혐의를 뒤집어씌워서 성과를 올릴 생각이라면 오산이네〉 하고 저는 경고했지요. 청장은 자신은 성과 따위는 생각지도 않으며 저를 체포하게 되어 유감이라고 하더군요. 의무를 다하는 것뿐이니까 부디 이해해 달라고 말입니다. 환호작약하는 두 눈을 보아하니 청장의 말을 한 마디도 믿을 수가 없었지요. 그 개자식이 생애 처음으로 중앙 경찰과 민경대보다 먼저 건수를 올린 것이었습니다. 〈신문에 자네 이름이 대문짝만 하게 날 거라 생각하나〉 하고 제가 호통을 쳤지요. 〈그러다가 자네는 물론 다른 사람들까지 호된 대가를 치를 걸세.〉 청장이 우물우물 대답을 하려는 차에 전화벨 소리가 울렸어요. 저는 목숨이라도 걸려 있는 일인 양 달려들어 수화기를 낚아챘습니다. 추위에 벌벌 떠는 새처럼 가느다란 누리아의 목소리가 들렸지요. 하늘에 맹세컨대 그때만큼 누리아를 가깝게 느껴 본 적이 없었습니다. 〈누리아, 누리아, 누리아〉 하고 저는 그녀의 이름을 되뇌었어요. 그래도 가르시아 청장은 최소한의 예의는 지킬 줄 아는 사람이었습니다. 자리에서 일어나 제게 등을 돌린 채 상장들 쪽을 바라보더군요. 제 의지와는 상관없이 어느샌가 울음이 터졌습니다. 누리아가 어떻게 눈치를 챘는지 미심쩍어하면서도 매우 걱정스러운 목소리로 제게 울고 있느냐고 물었어요. 저는 서둘러 아니라고 부정하면서 바로 눈물을 그쳤습니다. 가르시아 청장이 한쪽 구석에서 제 쪽을 흘끔흘끔 쳐다보더군요. 밖에서 고성이 오가는 소리가 들렸습니다. 비서와 낯선 사람들이 옥신각신하는 소리였지요. 한바탕 소동이 벌어지고 있는 게 분명했습니다. 그 순간에 벼락을 맞아 쓰러진다 하더라도 한이 없었어요. 전화선을 통해 하나로 이어진 누리아와 저의 숨소리가 시간을 초월한 결혼처럼 느껴졌습니다. 영혼과 육체의 궁극적인 결합이자 평온한 비밀의 나날들에 종지부를 찍는 것이었지요. 소름이 끼칠 정도로 이가 덜덜 떨리더군요. 〈대체 무슨 일이에요?〉 하고 누리아가 물었습니다. 가르시아 청장이 다시 제게 다가오더니 알 수 없는 우거지상을 지었어요. 대기실은 더욱 소란스러워졌습니다. 의자가 무더기로 넘어지는 소리, 여러 사람의 몸이 벽에 부딪치는 소리, 〈그만 입 다물고 진정하세요, 이러시면 공무 집행 방해입니다〉 하고 누군가 외치는 소리. 그 순간 저는 수화기에 대고 또박또박 한 글자씩 말했습니다. 〈누-리-아-이-제-끊-어-야-겠-어-무-슨-일-이-있-어-도-

이-거-하-나-만-기-억-해-줘-내-가-너-를-사-랑-한-다-는-거-너-를-사-랑-한-다-는-거…….〉

레모 모란

경찰관들은 젊은 축이었고 그다지 빠릿빠릿한 인상들은 아니었습니다. 그런데 차를 타고 가는 길에 한 친구가 경제학 학위를 취득했다고 말하더군요. 다른 친구는 기계를 잘 만지고 오토바이에 환장하는 청년이었지요. 틈날 때마다 카탈루냐나 발렌시아 주에서 벌어지는 레이싱에 참가한다더군요. 두 사람 모두 결혼해서 아이까지 있었어요. 그네들은 롤라의 사무실에 도착하자 갑자기 말수가 줄어들었습니다. 다만 제 이야기를 들으며 썩 깨끗하지 않은 수첩에 무언가를 휘갈겨 쓰더니 서로 마주 보더군요. 마치 오늘 큰 건 하나 잡았다고 하는 듯한 표정이었습니다. 경찰들은 당장 벤빈구트 저택으로 출발하기로 결정했지요. 불안한 구석이 있었는지 제게 함께 가자고 부탁하더군요. 롤라가 저를 혼자 보낼 수 없다면서(또 무슨 상상을 했는지 모를 일이지만) 기어코 일행에 합류했어요. 어쨌든 그녀가 시체의 신원을 확인할 수 있는 유일한 사람이기도 했으니까요. 롤라는 두툼한 서류 뭉치 사이에서 피해자의 신상 기록 카드를 찾아냈습니다. 그런 다음 우리 네 사람은 순찰차를 타고 범죄 현장으로 이동했어요. 얼마 지나지 않아 순찰차를 타고 갔던 것을 후회했지만요. 롤라의 사무실로 다시 돌아가 제 차를 끌고 와야 할 테니까요. 그때쯤에는 그럴 시간도 없고 그럴 기력조차 없게 될 게 뻔했지요. 벤빈구트 저택은 마지막으로 보았을 때의 모습 그대로였습니다. 집과 건물 주변에 감도는 초가을의 기운 때문에 황량한 풍경이 한껏 도드라졌지요. 시체도 그 자리에 그대로 있었는데 빨간 핏자국이 이전만큼 선명하지 않았고 불길한 느낌도 한결 덜했어요. 롤라는 링크 안쪽으로 몇 발짝 걸어 들어가 피해자의 신원을 간단히 확인했습니다. 카르멘 곤살레스 메드라노, 노숙자. 조금 뒤에 경찰서장이라는 사람이 나타나서 부하 경관들에게 대놓고 축하 인사부터 건네더군요. 이어서 검시관 비슷한 사람 하나와 적십자 소속의 젊은 남자 세 명이 현장을 찾았어요. 마지막으로 등장한 사람은 지방 판사라고 자신을 소개하는 서른 살가량의 여성이었지요. 지방 판사와 롤라는 안면이 있는 사이였는데 노파의 신상 기록 카드를 두고 가벼운 언쟁을 벌였어요. 지방 판사가 신상 기록 카드를 가져가겠다고 하는 것을 롤라가 단호하게 거절했거든요. 혈기가 왕성한 두 젊은 여성이 논쟁하는 모습을 지켜보고 있자니 이런 생각이 들더군요. 이것이야말로 미래를 향해 큰 걸음으로 성큼성큼 나아가는 스페인의 모습이 아니겠는가. 두 사람에 견주자면 할머니나 저 같은 사람들은 과거를 향해 거꾸로 날아가는 화살이나 다름없었어요. 한쪽은 쏜살같이 날아갔고 한쪽은 굼벵이처럼 기어갔지만 추억 타령이나 일삼는 고분고분한 병자들이기는 매한가지였지요. 결국에는 검시관이 나서서 두 사람의 의견을 조율한 끝에 롤라가 신상 기록 카드를 가져가고 복사본을 판사에게 보내기로 결론이 났어요. 그동안 저는 두어 번 똑같은 이야기를 반복해야만 했습니다. 그러다 마침내 현장을 떠나도 괜찮다는 허락이 떨어졌지요. 하지만 롤라와 저를 데려다 줄 만한 사람을 찾을 수 없었어요. 그래서 우리는 걸어서 Z로 돌아가기로 했습니다. 롤라의 얼굴은 약간 창백했지만 아주 예뻤어요. 처음에 그녀는 할머니에 관한 얼마 안 되는 정보를 되풀이해서 이야기하더군요. 그러다 나중에는 얼마 전의 그리스 여행과 아이의 근황을 화제로 삼았어요. 오후에 저는 여러 번 누리아와 연락을 시도했는데 여의치가 않더군요. 그래서 다시 한 번 집으로 찾아가 그녀의 행방을 알아보기로 했습니다. 누리아의 어머니가 문을 열어 주셨는데 이번에는 들어오라는 말씀이 없었지요. 두 눈이 벌겋게 충혈된 모습을 보니 대화할 기분이 아닌 게 분명했어요. 누리아는 이미 바르셀로나로 떠난 터였습니다. 아주머니는 딸이 언제 돌아올는지 모른다고 하시더군요. 호텔에서는 알렉스가 깜짝 놀랄 만한 뉴스를 듣고 저를 기다리는 중이었습니다. 엔리크 로스켈러스가 살인 사건의 용의자로 경찰에 체포되었다는 소식이었지요. 저는 오전에 수백 번도 더 되풀이한 이야기를 또다시 반복해야 했습니다. 그러고 잠시 숨을 돌리다 생각을 정리할 요량으로 방으로 올라갔지요. 하지만 생각에 잠길 새도 없이 소파에 앉아 있다가 그대로 잠들었어요. 여자들의 얼굴을 한 새들의 무리가 발코니 근처에 옹기종기 모여 있는 꿈을 꾸었습니다. 새들은 뜨겁고 축축한 공기 속에서 조용히 날개를 퍼덕이며 유리창을 통해 저를 바라보았지요. 저는 새들의 얼굴 하나하나를 알아볼 수 있었어요. 롤라, 누리아, 그리고 Z에 사는 다른 여자들. 얼굴의 윤곽이 흐릿했기 때문에 확실치는 않았지만요. 할머니는 마치 여왕처럼 무리의 한가운데서 날개를 퍼덕이고 계셨지요. 실제로 두 눈으로 저를 똑바로 바라보고 있는 것도 할머니뿐이었고요. 갑자기 바람이 건듯 불더니 창문이 열리고 노파의 목소리가 들려왔어요. 바로 그 순간 새들의 무리가 하늘로 드높이 날아올랐고 한 떼의 구름들이 내려오며 도시를 뒤덮었지요. 그런 상황에서도 할머니는 발코니의 창문이 흔들릴 정도로 소리를 내질렀어요. 노래를 부르시는 것이었지요. 노랫말이라고는 하나의 문장을 반복하는 게 전부였어요. 〈복수해 줘, 복수해 줘, 복수해 줘. 사랑하는 친구야, 복수해 줘, 복수해 줘, 복수해 줘.〉 저는 복수하겠다고 약속하는 제 목소리를 들으며 잠에서 깨어났어요. 하지만 그 전에 우선 살인자부터 찾아야 한다고도 말했지요. 저는 저녁에 샤워를 마치고 스텔라 마리스 쪽으로 산책을 나갔어요. 가스파린과 카라히요, 티셔츠를 입은 야영객이 접수처 밖에 앉아 음료수를 마시고 있더군요. 저는 그 자리에 잠시 같이 있다가 가스파린과 노인장에게 따라오라고 말했어요. 그리고 캠핑장의 통행로에 우리밖에 없는 것을 확인하고 여자아이는 어디에 있느냐고 가스파린에게 물었지요. 녀석은 소녀가 자기의 야외 텐트에서 자고 있다고 답하더군요. 저는 노인장을 보며 〈어디서 여자애를 찾았는지 아세요?〉 하고 물었지요. 노인장은 〈익히 짐작이 갑니다〉 하고 대답했어요. 저는 〈아예 잊으세요〉 한 뒤에 〈잠잠해질 때까지는 입 밖에 내지 말든가요〉 하고 덧붙였어요. 노인장은 〈저야 아무런 문제가 없겠지만……〉 하고 허두를 떼더니 〈경찰이 여자를 체포하면 골치 아플 겁니다〉 하고 말하더군요. 저는 〈그럴 일은 없어요〉 하고 답하며 〈혹시 여자가 잡히더라도 우리를 걸고넘어지지는 않을 겁니다〉 하고 말했지요. 〈믿을 만한 아이지?〉 하고 가스파린에게 물었는데 녀석은 가타부타 대답이 없더군요. 저는 한 번 더 질문을 반복했습니다. 가스파린은 〈음…… 사람에 따라 다르겠지〉 하고 답했어요. 제가 〈예를 들어 나는 어떨까?〉 하고 묻자 가스파린은 〈너라면 괜찮지. 분명히 믿을 수 있을 거야. 노인장도 마찬가지고〉 하더군요. 제가 〈너는 어때?〉 하고 물으니까, 녀석은 〈잘 모르겠어〉 하더니 〈오히려 그 아이에게 내가 과연 믿을 만한 사람일까 재어 보는 중이야〉 하고 말을 맺었어요. 우리는 가스파린과 소녀가 아예 쥐 죽은 듯이 지내는 게 상책이라는 데 의견을 모았습니다. 저는 가스파린에게 〈경찰이 여자아이의 소행에 너를 연루시킬지도 몰라〉 하고 말을 던진 후에 〈상황이 진행되는 꼴을 보아하니 그럴 일은 없을 테지만〉 하고 안심시켰지요. 가스파린은 불법 체류자였고 녀석의 애인은 정체조차 불분명했으니 참 난감하더군요. 접수처에 돌아왔더니 티셔츠를 입은 남자가 여전히 그 자리에 죽치고 앉아 있었습니다. 제게 벤빈구트 저택에서 벌어진 사건에 대해 꼬치꼬치 캐어묻더군요. 저는 그 남자를 통해 TV3 뉴스에서 사건이 보도되었고 추문이 꼬리를 물고 이어질 거라는 말을 들었습니다…….

가스파르 에레디아

카리다드는 캠핑장에서의 생활에 별 무리 없이 적응했어요. 처음에는 잘 지내고 있다는 것을 알아채기도 쉽지 않았지요. 워낙 말수가 적었던 데다 제 쪽에서도 거의 말을 걸지 않았거든요. 우리는 한 텐트에 같이 살았지만 실제로는 돌아가며 따로 사는 셈이었어요. 제가 잠들 시각에는 카리다드가 잠에서 깨었고, 제가 일어날 시각에는 카리다드가 막 꿈나라에 간 뒤였거든요. 우리는 하루에 한 번 아침에 밥을 같이 먹었어요. 저한테는 저녁 식사였고 카리다드에게는 아침 식사였지요. 치즈, 요구르트, 과일, 살짝 데친 햄, 덩어리 빵 하나. 카리다드가 혈색을 되찾을 수 있도록 마련한 식단이었지요. 그러나 그 애는 마지못해 음식을 입에 갖다 대는 게 전부였어요. 어쩌다 우연히 술집에서 마주치면 함께 맥주를 마셨지요. 대화는 드물었지만 저는 곧 한 가지 사실을 깨닫게 되었어요. 그 애의 목소리만큼 불안한 목소리는 평생 처음 듣는다는 것이었지요. 텐트로 기어 들어가 옷 더미에서 카리다드의 냄새를 맡으면 기분이 참 좋았습니다.

그보다 더 좋았던 건 잠에서 깨어나 그 애가 근처에 있는 모습을 볼 때였지요. 텐트에서 몇 발짝 떨어진 땅바닥에 앉아 가스등 아래서 책을 읽는 카리다드. 오페라 가수 할멈이 그 애가 건강이 나쁘다고 말한 적이 있었지만 코피를 자주 흘리는 것만 빼면 별다른 증상은 없더군요. 그마저도 카리다드는 햇빛 탓이라며 대수롭지 않게 생각했어요. 피가 흘러내려 턱을 타고 뚝뚝 떨어지는 줄도 모르고 있을 때는 끔찍했습니다. 피로 얼굴을 칠갑한 꼴이 영문을 모르는 사람이 보면 기겁할 광경이었지요. 이틀에 한 번 꼴로 코피가 날 때마다 카리다드는 콧마루에 젖은 수건을 올리고 텐트 옆의 땅바닥에 드러누워 피가 멈추기를 기다렸어요. 저는 그 틈을 이용해서 신중에 신중을 기해 대화를 시도했지요. 날씨에 관한 것으로 시작해서 끝에는 그 애의 건강을 화제에 올렸어요. 그러나 제가 병원에 가자는 뜻을 내비칠 때마다 카리다드는 딱 잘라서 거절했지요. 학교, 경찰서, 요양원만큼이나 병원을 싫어한다는 것을 나중에 알게 되었어요. 입에서 피가 흐르거나 객혈을 하는 경우는 없었기에 할멈의 말에 의문을 품게 되더군요. 제가 관심을 보이니까 일부러 과장해서 말했던 건지도 모를 일이지요. 카리다드에게 부모님이나 형제, 친지가 있는지는 끝내 의문으로 남았어요. 그 애는 자기의 과거에 대해서만큼은 철저히 침묵을 지켰어요. 아직 스물도 넘지 않은 어린 여자치고는 요상한 구석이 있었지요. 하루는 카리다드가 오토바이 청년과 함께 캠핑장 술집에 앉아 있더군요. 저는 멀찍이서 두 사람을 발견하고 가까이 가지 않기로 했어요. 대신 그다지 멀리 떨어지지 않은 곳에서 둘을 지켜보았지요. 카리다드와 오토바이 청년은 10여 분 동안 대화를 나누었어요. 사내아이가 주로 말했고 카리다드는 드문드문 입술을 움직였지요. 재충전한 한 쌍의 배터리 같더군요. 이어서 둘은 항로가 다른 두 우주선처럼 각자 다른 쪽으로 사라졌어요. 두 사람이 떠나고 진동하는 빈 공간이 술집의 다른 손님들을 죄다 집어삼킬 듯했지요. 어느 날은 카리다드와 맥주를 마시고 있는데 오토바이 청년이 다가오더니 말을 걸더군요. 스페인어로 말했지만 카리다드와 둘만 통하는 단어를 사용하는 것 같았어요. 자리를 뜨기 전에 제 쪽을 보더니 알쏭달쏭한 미소를 짓더군요. 다음에 녀석은 오토바이를 타고 접수처에 나타나 대화를 청했어요. 그저 카리다드를 챙겨 줘서 고맙다는 뜻을 표시하려는 것이었지요. 〈개가 정신은 오락가락하지만 알고 보면 착한 애에요〉 하고 말하더군요. 밤 시간이라 오토바이 엔진 소리가 유난히 시끄러웠어요. 시동을 끄고 텐트로 가져가라고 말했더니 고분고분 말을 따르더군요. 카리다드와 저는 식료품을 살 때만 제외하면 한동안 캠핑장을 떠나지 않았어요. 의도한 것은 아니었고 그저 각자 다른 이유로 밖에 나가기가 싫었을 뿐이었지요. 저 같은 경우에는 평생 그런 식으로 산다 해도 상관없었어요. 그런데 매일 오후만 되면 오토바이 청년이 우리를 찾아오더군요. 이제는 이런저런 구실을 댈 것도 없이 다짜고짜 텐트 안으로 쳐들어왔지요. 저는 몽롱한 상태에서 녀석이 도착해 카리다드와 대화를 나누는 것을 들었어요. 그 시간쯤에 카리다드는 술집에 있는 경우가 아니면 주로 밖에 앉아 있었어요. 손에 책을 든 채 딱히 하는 일 없이 생각에 잠겨 있기가 십상이었지요. 하루는 오후에 사내아이가 오토바이를 몰고 나타났어요. 몇 분간 둘이 목소리를 죽이며 대화를 나누는가 싶더니 밖으로 나가더군요. 카리다드를 영영 다시 보지 못하리라는 생각이 들었어요. 새벽 3시인가 4시에 두 사람이 캠핑장으로 돌아왔지요. 저는 그때 캠핑장 입구에 있는 차단막 옆에 앉아 있었어요. 카리다드가 옆을 지나가면서 고갯짓으로 인사를 건네더군요. 이틀 뒤에 사내아이는 캠핑장을 떠났고, 카리다드는 계속 제 곁에 머물렀지요. 노인장이 도시가 발칵 뒤집혀서 흥분에 싸여 있다는 소식을 전해 주었어요. 벤빈구트 저택 횡령 사건이 살인 사건보다 더 큰 반향을 일으키는 중이었지요. 저는 세상일이 어떻게 돌아가고 있는지도 몰랐어요. 신문을 사서 읽지도 않았던 데다 라디오를 듣는 일도 없었고 접수처에서 간간히 텔레비전을 보는 게 전부였으니까요. 그사이에 레모가 몇 번 저를 찾아왔어요. 온갖 애를 다 써보았지만 도통 대화를 이어 가기가 힘들더군요. 참 애잔한 광경이었습니다. 심지어 서로 눈을 마주치지도 못했어요. 녀석이 멕시코에서의 추억을 지겹도록 곱씹을 때면(저는 듣기만 하는 쪽이었어요) 그나마 이야기에 조금 흥이 붙었지만 그래도 안쓰럽기는 매한가지였어요. 최근에 쓴 시를 읽어 준다는 식으로 막장으로 치닫지 않은 게 천만다행이었지요. 어쩌면 그런 시 자체가 없었기 때문에 그 지경을 면할 수 있었는지도 몰라요. 어느 날 밤에 그 뚱보가 텔레비전에 나왔습니다. 양쪽에서 경찰의 호위를 받으며 차에서 나와 법정 안으로 사라지더군요. 그이는 외투나 수갑을 채운 두 손으로 얼굴을 가리려고 하지도 않았어요. 도리어 호기심 어린 눈으로 무심하게 카메라를 응시할 뿐이었지요. 마치 그 모든 게 자신과 아무 상관 없는 일이라고 말하는 것 같았습니다. 살인과 횡령을 저지른 장본인들은 카메라 렌즈 바깥에 있다는 듯이 말입니다. 하루는 제가 자고 있는데 카리다드가 텐트로 들어와서 옷을 다 벗더군요. 우리는 텔레비전 속의 뚱보와 비슷하게 마치 그것이 우리와는 아무 상관 없는 일이고 진짜 연인들은 죽어서 땅에 묻힌 것처럼 사랑을 나누었어요. 그렇지만 어쨌든 처음으로 둘이 몸을 섞는 것이었고 기분이 좋았지요. 그날 이후로 카리다드와 대화를 나누는 시간이 늘어났어요. 딱히 많은 이야기를 나눈 건 아니었지만 어쨌든 조금 나아졌습니다…….

엔리크 로스켈러스

하늘에 맹세코 저는 노파를 죽이지 않았습니다. 겨우 한두 번 보았을 따름인데 무슨 원한이 있었겠습니까? 할멈이 사무실에 찾아왔고 제가 돈을 건네준 건 사실입니다. 할멈 쪽에서 저를 협박했다 치더라도 그깟 이유로 사람을 죽이다니요. 저는 카탈루냐 사람이고 여기는 카탈루냐이지 시카고나 콜롬비아가 아니라고요. 게다가 칼로 찔렀다니! 일평생 꿈속에서도 남에게 칼을 휘둘러 본 적이 없습니다. 설령 그랬다고 하더라도 스무 번이나 난도질을 했겠습니까? 죄송합니다. 정확히 말하면 서른네 번이지요. 도저히 상상조차 할 수 없는 일입니다! 게다가 아이스링크 한가운데서라니요! 그랬다면 바로 제 손으로 목숨을 끊었을 것입니다. 저택에서 시신이 발견되면 유력한 용의자로 몰릴 게 빤하니까요. 그리고 노파를 죽여서 제가 무슨 이득을 보겠습니까? 안 그래도 복잡한 상황을 더욱 복잡하게 만들 뿐이지요. 그 불쌍한 할멈이 세상을 떠난 날부터 제 인생은 악몽으로 변했습니다. 사람들이 모두 등을 돌렸지요. 직장에서 해고

당하고 당에서도 제명되었습니다. 사건과 관련해서 저의 이야기에 귀를 기울이는 사람은 없었어요. 그렇게 열심히 보좌했건만 필라르는 얼마 전부터 저를 의심했다는 말을 하고 있고요. 뻔뻔한 거짓말이지요. 헤로나의 당비서도 예전부터 제게 수상쩍은 구석이 있었다고 말합니다. 이것도 거짓말이지요. 말도 안 되는 거짓말입니다! 제 행동이 수상하다는 걸 알면서 횡령과 살인 사건이 벌어지기 전에 왜 아무런 조치도 취하지 않았을까요? 여러분께 진실을 알려 드리지요. 그들은 무언가 낌새를 채거나 수상하게 여기기는커녕 아무것도 몰랐기 때문입니다. 지금이라도 당장 입을 다물고 본인들 앞가림이나 잘하는 편이 나을 겁니다. 제가 벤빈구트 저택에 아이스링크를 만드는 데 공금을 이용한 건 사실입니다. 그러나 여기 수익률이 적힌 서류를 보시면 효과적으로 운영할 경우 7년 안에 원금을 상환할 수 있다고 나와 있습니다. 거기다 마땅한 연습 시설이 없어서 미아 신세나 다름없던 주변 지역과 도 전체의 동계 스포츠 선수들도 톡톡히 덕을 보는 거지요. 제가 알리바이를 만드느라 명분을 급조한다고 생각하시는 분들께 한 말씀 드리겠습니다. 벤빈구트 저택의 아이스링크는 가로 56미터, 세로 26미터로 표준 규격의 최소 크기에 해당합니다(최대는 가로 60미터, 세로 30미터). 여기다 규격에 명시된 대로 품격 있고 깔끔한 탈의실과 간소하지만 편안한 객석을 추가한다고 생각해 보십시오. Z는 하룻밤 사이에 주변 도시들의 선망의 대상이자 유럽의 여느 경기장에 뒤지지 않는 보석을 하나 갖게 되는 것입니다. 제가 공식적인 허가를 받지 않고 운동 시설에 공금을 낭비했다고요? 민주 연합당과 공산당 당원을 비롯한 모든 사람들을 감쪽같이 속였다고요? 한 여자 스케이트 선수의 환심을 얻으려고 사리사욕을 꾀했다고요? 과대망상증에 걸린 미친놈이고 증거만 없다 뿐이지 살인자나 마찬가지라고요? 진실로 안타까운 심정을 담아 말씀드리지만 그 어떤 것도 사실이 아닙니다. 저는 괴물이 아니라 좋은 뜻으로 일을 진행한 뚝심 있고 진취적인 공무원일 뿐이지요. 이를테면 아이스링크를 설계하는 데 돈은 한 푼도 들어가지 않았습니다. 1932년에 무솔리니의 지령으로 로마 최초의 아이스링크를 설계한 저명한 건축가 해럴드 페터슨의 작업을 참고해 제 손으로 설계도를 작성했어요. 냉열판도 마찬가지로 운동 시설 전문가인 기능주의 건축가 존 F. 미첼과 제임스 브랜든의 저비용 냉열판에 창안해 제가 직접 고안한 것입니다. 땅은 새로 팔 필요도 없이 저택의 낡은 수영장을 메우는 것으로 대신했지요. 빙설 장치는 거의 다 바르셀로나에 있는 친구에게서 헐값으로 구입했습니다. 외국 기업들이 홍수처럼 밀려오는 통에 녀석의 회사가 파산한 상태였거든요. 약간의 압력을 가해 Z에서 악명이 자자한 건축업자를 마음대로 주무른 것으 사실입니다(그치도 자기 일꾼들을 똑같은 방식으로 부려먹었습니다). 지금은 아무도 인정하려 들지 않지만 깔끔하고 완벽하게 일을 마무리했지요. 한번 대답해 보십시오. 철통 보안을 지키며 쥐꼬리만 한 돈으로 그런 공사를 진행할 수 있는 사람이 누가 있을까요? 20만, 30만 또는 40만 페세타가 사라졌다고 선부른 추정이 난무하더군요. 실제로 제가 빼돌린 돈은 거기에 한참 못 미치는 적은 액수에 불과합니다. 가슴에 손을 얹고 나라면 더 잘할 수 있다고 말할 수 있는 분이 있다면 나와 보십시오. 그렇다고 제가 남들에게 무슨 본보기가 되겠다는 뜻은 아닙니다. 해서는 안 될 일을 했고 뼈아픈 실수를 저질렀음을 잘 알고 있지요. 필라르는 저 때문에 시장 선거에서 떨어질 공산이 큽니다. 저는 같은 당원들의 얼굴에 먹칠을 했어요. 또 제 의지와 상관없이 승냥이 떼가 누리아를 쫓아다니게 만들었습니다. 저는 최소한 이틀 밤 동안 스페인 전역에서, 일주일 내내 카탈루냐 지역에서 웃음거리가 되었지요. 수준 이하의 라디오 스포츠 방송에서마저도 제 이름을 들먹이며 조롱했습니다. 하지만 거기서 더 나아가 저를 살인자로 모는 것은 지나친 비약입니다. 하늘에 맹세코 저는 노파를 죽이지 않았습니다. 사건 당일 밤에 집에서 땀이 흥건한 이불을 뒤집어쓴 채 악몽에 시달리며 뒤척이고 있었지요. 안타깝게도 우리 불쌍한 어머니께서는 잠이 깊으신 편이라 아들의 알리바이를 증명해 주실 수가 없습니다…….

레모 모란

수많은 신문과 잡지의 기사들을 통해 누리아는 전국적인 유명 인사가 되었습니다. 들리는 소문에 의하면 국경을 넘어서까지 명성을 떨치는 중이었지요. 누리아의 사진은 유럽 각국에서 발행되는 선정적인 주간지의 표지를 장식했습니다. 〈벤빈구트 저택의 신비한 여인〉, 〈지옥에서 살아 나온 스포츠 스타〉, 〈천사의 눈을 가진 피겨 스케이터〉, 〈소유하고 싶은 스페인의 보물〉, 〈코스타 브라바를 뒤흔든 미녀〉 등으로 그녀를 지칭했지요. 추악한 사건이 언론에 공개되자 스페인 빙상 연맹은 누리아를 제명했어요. 선수로서 경기에 참가할 수 있는 희망이 송두리째 사라진 셈이었습니다. 바르셀로나의 한 잡지사는 누리아의 누드 사진을 찍는 조건으로 2백만 페세타를 제안했어요. 어떤 잡지사는 벤빈구트 저택에서 발생한 일들을 전격 공개하는 데 5십만 페세타를 걸었지요. 엔리크 로스켈러스가 대신 누명을 뒤집어쓴 것이라고 주장하는 사람들도 있었습니다. 누리아가 진범이라는 말이었지만 이러한 혐의는 오래가지 못했어요.

법의학 전문가들은 사건이 발생한 시각을 새벽 3시쯤으로 추정했어요. 그런데 누리아는 그날 밤에 집에 있었다는 것이었지요. 어머니와 여동생이 증언할 수 있는 사실이었습니다. 하지만 이것보다 더 결정적인 알리바이가 있었어요. X에 사는 한 여자 친구가 누리아의 집에서 그날 밤을 보냈거든요. 사건과는 상관없는 다른 이유 때문에 하필이면 그날 놀러 왔던 것이지요. 누리아는 사망 추정 시간을 넘어서까지 친구와 수다를 떨다가 한방에서 잠들었습니다. 그 친구는 누리아가 밤새도록 한 번도 침대 밖을 벗어나지 않았다고 맹세했지요. 엎친 데 덮친 격으로 불운이 잇따랐지만 누리아는 국가 대표에서 제외되었다는 사실을 가장 힘들어했어요. 심지어는 최종 선발전에 참가할 수 있는 기회마저 박탈당했거든요. 최고의 순간이 눈앞에 보였는데 순식간에 모든 게 물거품처럼 사라진 셈이지요. 장학금도 메달도, 미래의 장학금과 메달에 대한 희망도 전부 다. 누리아는 기회가 닿을 때마다 언론을 통해 공개적으로 자신의 입장을 밝혔어요. 뉴스거리에 혈안이 된 매체들은 언제라도 마이크를 제공할 채비가 되어 있었거든요. 특히 선정적인 보도를 일삼는 야간 스포츠 프로그램들이 적극적이었지요. 누리아는 코치와 임원들이 판관 행세를 하며 임의적인 결정을 내렸다고 비판했어요. 자신에게 단순한 직업 이상의 것이었던 선수로서의 앞길을 막았다는 말이었지요. 누리아는 헌법을 부르짖으며 스스로를 변호하려 했으나 아무런 소득이 없었습니다. 어느 날 밤, 저는 손님이 다 떠난 술집에서 알렉스와 종업원 하나와 함께 누리아가 나오는 방송을 들었어요. 맥주 상자와 냉장고 사이에 놓인 휴대용 라디오가 마치 다른 행성에서 보낸 유령 같더군요. 차라리 방송을 듣지 않았더라면 가슴이 찢어지는 고통을 느낄 일은 없었을 거예요. 라디오 사회자는 능숙한 솜씨로 20분 동안 누리아를 쥐락펴락 갖고 놀았습니다. 호의를 가장해서 접근해 만천하에 그녀의 치부를 잔인하게 까발렸지요. 일주일 뒤에 누리아는 Z로 돌아왔어요. 기진맥진한 얼굴에 두 눈에는 달뜬 기운이 남아 있더군요. 누리아는 사람들 눈에 띄는 식당이나 혼잡한 장소를 꺼려했어요. 그렇다고 주야장천 집에만 갇혀 있기를 원하는 것도 아니었지요. 누리아를 데리러 갔을 때 저는 내륙 쪽으로 드라이브나 하자고 제안했습니다. 농가를 야외 카페로 개조한 가게들이 늘어서 있는 시골길로 가자고 말이에요. 차를 타고 가는 길에 누리아는 엔리크를 화제에 올렸어요. 녀석에게 못되게 굴기만 했다고 자책하더군요. 그 불쌍한 사람은 감옥에서 썩고 있는데 자기는 고작 올림픽 대표에 다시 선발되겠다고 기를 쓰고 싸우는 중이라는 것이었지요(그것도 결국 조롱거리만 되고 말았을 뿐이지만요). 스스로가 너무 이기적인 사람처럼 느껴진다고 했어요. 누리아는 엔리크가 자기를 좋아한다는 것을 예전부터 알았어요. 그러나 녀석의 관심을 심각하게 생각해 본 적은 없었습니다. 게다가 녀석은 한 번도 속에 있는 감정을 표현하지 않았어요. 차라리 같이 자자고 했더라면 그런 상황에까지 이르지는 않았겠지요. 누리아는 바르셀로나에 있는 여자 친구의 집에서 지냈는데 처음에는 너무 힘들었다고 털어놓더군요. 밤마다 울다가 지쳐서 잠이 들면 살해된 할머니가 악몽에 나타났지요. 손님이 찾아올 때면 머리가 지끈지끈 아프고 손이 부들부들 떨렸어요. 하루는 국립 체육 대학 건물에서 옛 애인과 마주친 일도 있었답니다. 녀석은 아주 얼간이처럼 굴었다고 하더군요. 누리아는 녀석과 잠을 잔 뒤에 자정에 자리를 떠났습니다. 앞으로 녀석을 다시 볼 일은 없을 거라 확신하며 말이지요. 녀석은 곤히 잠을 자느라 누리아가 떠나는 것도 몰랐다고 해요. 앞으로의 인터뷰와 재판 계획에 대해서는 언급이 없더군요. 아예 한 마디도 말을 않기에 저도 굳이 물어보지 않았어요. 누리아는 엔리크를 면회하러 갈 생각이었는데 누군가 같이 가주었으면 했어요. 저는 언제라도 기꺼이 따라가겠다고 말했습니다. 그러나 며칠이 지나도 누리아 쪽에서 별말이 없더군요. 그녀는 다시 이전과 같은 시각에 호텔로 찾아왔어요. 그리고 저와 함께 방으로 올라가 해가 저물 때까지 머물렀지요. 누리아는 침대에서 매번 할머니와 벤빈구트 저택을 입에 올렸어요. 한번은 오후에 사정을 하며 제게 저택을 사야 한다고 말했지요. 제가 그만한 돈이 없다고 대답하자 안타깝다고 하더군요. 그러더니 〈당신이 부자라면 영영 이 도시를 뜰 수 있을 텐데〉 하고 말했어요. 저는 〈그럴 만한 돈은 충분히 있어〉 하고 말했지만 이미 누리아는 제 말을 듣고 있지 않았어요. 누리아는 사랑을 나누는 도중에 말이 없는 편이었습니다. 그러나 절정에 다다르기 시작하면 그때부터 입을 열었지요. 몸을 섞으면서 말을 하는 것 자체는 큰 문제가 아니었어요. 똑같은 주제만 되풀이한다는 게 정말 골치가 아팠지요. 누군가 목을 조르기라도 하는 듯 살인과 피겨 얘기만 반복했으니까요. 하지만 무엇보다 끔찍했던 일은 저도 누리아에게 전염되기 시작했다는 것이었지요. 머지않아 우리는 오르가슴이 올라오는 시점부터 쌍으로 혼잣말을 쏟아 내기에 이르렀어요. 얼음으로 뒤덮인 평원 위에 할머니의 분신들이 득실댄다는 식의 소름 끼치는 이야기였지요. 완전히 절정에 도달해서야 신음 소리와 뒤섞인 독백을 멈출 수 있었습니다. 핏물이 고인 웅덩이에 쓰러진 노파를 보았을 때 어떤 느낌이었지? 3밀리미터 폭의 스케이트 날이 흉기가 될 수 있다는 걸 알았어? 할머니는 무슨 생각으로 아이스링크 위로 갔던 거지? 거기로 도망치면 살인자가 따라오지 못할 줄 알았나? 할머니와 살인자 중에 누가 먼저 미끄러져 넘어졌을까? 때로는 누리아가 집착하는 대상이 엔리크로 바뀌기도 했지요. 엔리크가 나를 미워할까? 엔리크가 나를 생각할까? 엔리크가 자살을 생각할까? 엔리크가 미친 걸까? 엔리크가 할머니를 죽인 걸까? 하루는 누리아가 제게 항문으로 넣어 달라고 부탁하더군요. 그런데 삽입을 하려는 찰나에 또다시 엔리크를 입에 올렸어요. 보나마나 녀석이 벌써 감옥에서 비역질을 당했으리라는 얘기였지요. 순간적으로 그 돼지 새끼의 얼굴이 떠오르며 성욕이 싹 사라지더군

요. 누리아가 꿈속에서 할머니의 핏자국을 보았다고 말
한 날도 있었어요. 링크 위로 흐른 피가 어떤 글자를 만
들었는데 저도 경찰들도 발견하지 못했다는 것이었지
요. 제가 〈무슨 글자?〉 하고 물으니까, 누리아는 〈대문
자 N〉이라고 답했어요. 하루는 제가 옷을 벗지 않고, 차
를 타고 헤로나에 엔리크를 보러 가자고 말했습니다.
누리아는 싫다고 하더니 울음을 터뜨렸어요. 〈나는 정
말 바보였어. 정말 아무것도 몰랐다니〉 하고 혼잣말을
하더군요. 제가 〈무엇을 몰랐다는 거야? 엔리크가 시청
의 뒤통수를 치고 아이스링크를 만들었다는 거?〉 하고
묻자, 누리아는 〈아니요〉 하고 소리를 내지르더니 〈엔리
크가 누구보다 나를 사랑했다는 거〉 하고 답했습니다.
〈그 사람이 나의 진정한 사랑이었는데 나는 눈 뜬 장님
이나 다름없었어.〉 그러고서 둘 다 녹초가 되어 쓰러질
때까지 거의 똑같은 이야기를 반복했지요. 아마 누리아
도 마찬가지였겠지만 저는 우리의 관계가 막다른 길에
이르리라는 것을 금세 깨달았어요. 하지만 그때만큼 우
리가 서로를 가깝게 느끼고 간절히 원했던 적은 없었습
니다…….

가스파르 에레디아

경찰이 정기 순찰을 도는 중에 두 번 캠핑장에 들른 일이 있었어요. 그때마다 페루 사내, 세네갈 아주머니, 카리다드와 저는 페탕크 경기장에서 게임을 하는 척했지요. 그런 경우를 대비해 페루 사내는 경기장 옆의 개집에 쇠공을 여러 개 보관해 놓았어요. 상황이 급박할 때는 자전거를 타고 세면장과 제 텐트를 돌아다니며 게임을 하자고 외쳤지요. 우리는 페탕크의 매력에 빠져들어서 땅거미가 질 무렵이면 놀이를 시작했어요. 횟수가 거듭될수록 열기가 더해지는 바람에 게임 시간이 점점 길어졌지요. 페루 사내와 접수처 여직원, 세네갈 아주머니가 주간 근무 팀, 카라히요 영감과 카리다드, 제가 야간 근무 팀이었어요. 정확한 용어는 모르겠지만 팀마다 조준수와 타격수가 정해져 있었지요. 해가 뉘엿뉘엿 넘어갈 때부터 조명 아래서 게임을 시작하는 게 보통이었어요. 페탕크 경기장이 아니라 캠핑장 진입로나 술집 옆에서 할 때도 있었고요. 세네갈 아주머니가 청소 일이 남아 있을 때는 세면장 주변에서도 했지요. 카리다드는 곧 세네갈 아주머니와 더불어 타격수로 두각을 나타냈어요. 카라히요 영감과 페루 사내는 타고난 조준수였고요. 반면에 접수처 여직원과 저는 그저 머릿수나 채우는 정도였지요. 하루는 알렉스가 접수처 여직원을 대신했는데 열의에 비해 실력이 달리더군요. 결국 우리는 대표선수를 선정해 페탕크 대회에 참가하기로 결정했어요. 해마다 시즌의 대미를 장식하는 의미로 캠핑장에서 여는 행사였지요. 카라히요 영감, 페루 사내, 세네갈 아주머니가 대표로 출전했어요. 나머지 사람들은 응원을 하며 욕설을 내뱉고 맥주를 마시는 걸로 만족했지요. 겸업 때문에 바빠 게임에 참가할 수 없었던 두 청소부 아주머니들도 자리를 함께했습니다. 그 무렵 페루 사내와 접수처 여직원은 결혼 날짜를 정한 터였어요. 모종의 확신과 안도의 분위기가 만연한 상태였지요. 마치 모든 일이 원만히 해결될 수 있다는 듯이 말입니다. 그러나 세상일이 그리 간단치 않다는 것은 누구나 다 알고 있는 사실이지요. 우리 팀은 3위에 입상해서 상으로 컵도 받았어요. 보바디야와 카라히요 영감이 접수처 선반 위에 떡하니 잘 보이게 전시해 놓더군요. 어느덧 날씨도 선선해지고 슬슬 미래를 계획해야 하는 시점이 다가왔습니다. 경비 일이 끝나고 앞일이 어떻게 될지 솔직히 감이 잡히지 않았어요. 카리다드는 캠핑장에서 사는 게 휴가 같다고 하더군요. 언제 끝날지 알 수 없는 휴가라는 뜻이었지요. 제 입장에서는 마치 학창 시절로 되돌아간 것 같았어요. 처음부터 모든 걸 다시 시작하는 느낌이었지요.

우리는 텐트를 가리켜서 〈우리 집〉이라고 불렀어요. 유치하게 장난을 치느라고 농으로 그랬던 것 같아요. 어쩌면 그곳이 정말 집이나 다름없는 곳이라 그랬을 수도 있지요. 아침에 근무가 끝나면 우리는 해변으로 놀러 갔습니다. 카리다드는 비몽사몽간에 깨어진 보도블록 위를 깡충깡충 뛰었지요. 그 시간에는 날이 쌀쌀했기 때문에 몸에 수건을 덮고 걸어갔어요. 우리는 수영을 즐기고 밥을 먹고 햇볕을 쬐다가 잠이 들었습니다. 그러다 오후 2시나 3시쯤에 일어나 캠핑장으로 돌아갔지요. 오래지나지 않아 카리다드의 양 볼에 다시 핏기가 돌기 시작했어요. 로사와 아수세나 아주머니를 비롯해 처음에는 경계의 눈초리를 보내던 직원들도 그녀를 대하는 태도가 달라졌지요. 카리다드가 세면장 청소며 이런저런 잡일을 선뜻 거들었기 때문에 예뻐했던 것 같아요. 페루 사내와 접수처 여직원이 커피를 즐길 수 있게 낮에 접수처를 지킨 적도 있었지요. 가을로 접어들 기미가 보이자 다들 앞일을 계획하는 데 한창이었어요. 우리 둘만 아무런 계획이 없었지요. 미리암 아주머니는 개인 주택에서 청소 일을 구하겠다는 생각이었어요. 로사와 아수세나 아주머니는 엘 프라트로 돌아갈 예정이었고요. 페루 사내는 서류가 정리되는 대로 사무실이나 부동산에 일자리를 얻겠다는 목표였어요. 영감은 접수처에 앉아 텅 빈 캠핑장을 지키며 또 한 번 겨울을 날 예정이었지요. 사람들이 우리에게 계획을 물었을 때 무어라고 답하기가 곤란하더군요. 우리 둘을 한 쌍으로 묶어서 이야기하니까 얼굴이 화끈거렸어요. 〈바르셀로나에서 살지도 몰라요〉 하고 카리다드와 저는 서로를 곁눈질하며 답했습니다. 〈여행을 떠나거나 모로코에 가서 살 수도 있어요. 학교에 다니거나 각자 갈 길을 찾아 헤어질 수도 있고요.〉 허공에 손을 짚고 있다는 것 외에 확신할 수 있는 게 없었지요. 하지만 두렵지는 않았습니다. 두려움을 느끼는 순간이 있다면, 가끔씩 밤에 솔잎이 쌓인 가족용 텐트와 텅 빈 텐트 자리가 있는 으슥한 구역에서 순찰을 돌다가 아이스링크가 떠오를 때였어요. 아이스링크에 있는 무언가 어둠 속에 도사린 채 숨어 있다는 생각이 들었지요. 가벼운 바람이 불며 쥐들이 나뭇가지 위를 지날 때면 그게 당장이라도 눈앞에 나타날 것만 같았어요. 그러면 저는 뛰지 않도록 조심하며 걸음을 재우쳐서 자리를 피했지요. 텐트 보호용으로 쳐놓은 노란 방수포 너머로 카리다드의 고른 숨소리를 듣고 나서야 마음을 진정하고 다시 순찰을 돌 수 있었습니다…….

엔리크 로스켈러스

가족으로서의 도리와 의리를 지킨 어머니를 비롯한 이모와 사촌 몇 분을 제외하고 면회를 온 사람은 롤라와 누리아밖에 없었습니다. 그러나 일가붙이 못지않은 친구로서의 우정과 의리를 보여 준 두 사람의 방문은 천군만마의 지원이나 다름없는 일이었지요. 먼저 찾아온 것은 롤라였는데 예상치 못한 방문에 너무 놀라고 기쁜 나머지 저는 면회실에서 펑펑 눈물을 쏟았습니다. 그동안 둘 사이에 있었던 오해와 갈등, 업무상의 의견 차이도 한순간에 눈 녹듯이 사라졌지요. 롤라를 보자마자 제 눈이 틀리지 않았다는 것을 새삼 확인할 수 있었습니다. 그녀는 제가 기피 인물로 낙인찍혔다는 사실에도 아랑곳하지 않았지요. 진정한 사회 복지사는 고통받는 사람이 있는 곳이라면 어디든 찾아가는 법입니다. 그러니 롤라는 의심할 여지 없이 머리부터 발끝까지 타고난 사회 복지사였지요. 수많은 직장 동료 가운데 끝까지 제게 등을 돌리지 않은 사람은 롤라 하나였습니다(여러 번 사람들 앞에서 롤라를 욕했다는 것은 부인하지 않겠습니다. 아주 넌더리가 나서 사무직으로 돌릴 생각까지 했었거든요). 제가 뭇사람들의 손가락질을 받을 때 앞뒤 보지 않고 찾아온 사람도 롤라밖에 없었지요. 세상일이 다 그런 식이라는 걸 이제라도 깨달아서 다행입니다. 고분고분한 사람들은 끝에 가서 배신하기 마련이니 믿지 않는 편이 낫지요. 감방에서 나가더라도 그것만은 꼭 명심할 생각입니다. 제가 풀려나는 것은 시간문제이니까 두고 보십시오. 아무튼 하던 이야기로 돌아가면 롤라가 면회를 왔습니다. 평소처럼 쾌활한 모습이었는데 제가 눈물을 닦고 나자 말하더군요. 제가 할멈(롤라, 아니 롤라와 저의 민원인이었지요)을 죽였을 리가 없고 반드시 진상이 밝혀질 거라고 말입니다. Z에서는 최악의 상황이 벌어지고 있었습니다. 관광 축제과에 낙하산으로 굴러들어 온 놈이 사회 복지과의 수장이 되었지요. 설상가상으로 그 인간이 점수를 따기 위해(도대체 누구한테 점수를 따겠다는 건지) 제가 정착시킨 민원 체계를 재정비한답시고 죄다 엉망으로 만들었습니다. 그 때문에 여러 직원들이 심각하게 이직을 고려하는 중이었지요. 다가오는 선거에서 필라르의 낙마를 예감하는 축도 있었고, 조직을 재편하는 과정에서 소외당해 분개하는 축도 있었습니다. 롤라는 후자 쪽이 아니었을까 짐작이 가는 게, 조만간 헤로나 시청으로 발령이 날 거라 말했거든요. 기획에 대한 전권을 보장받았을 뿐 아니라 봉급도 더 많이 받는다는 것이었지요. 전권 운운하는 부분은 은근히 돌려서 저를 비난하는 말처럼 느껴졌습니다.

사실 롤라가 제안한 기획을 놓고 의견이 엇갈려 얼굴을 붉힌 경우가 많았거든요. 나중에 제 맘대로 고치고 갈아엎거나 깔끔하게 폐기 처분한 기획이 수두룩했지요. 하지만 롤라가 저를 찾아온 이후에는 대놓고 하는 것이든 돌려서 하는 것이든 어떤 비난이라도 달게 받아들일 수 있게 되었습니다. 이왕 말이 나온 김에 분명히 말씀드리지만 롤라는 최고의 직장 동료였습니다. 이제 제가 없는 마당에 롤라까지 떠나면 어떻게 되겠습니까! Z의 소외된 이웃들과 문제 아동들, 그리고 위태위태한 주민들은 어쩌란 말입니까! 물론 저는 롤라에게 새 직장에서 일이 잘 풀렸으면 좋겠다고 덕담을 해주었습니다. 제가 이 감방에서 나가면 무얼 해서 밥을 벌어먹어야 할지 농담까지 주고받았지요. 그 밖에 제가 처한 상황과 그에 관련된 법적인 공방을 놓고 대화를 나누었습니다. 그러고 며칠 후에 누리아가 찾아왔지요. 설레고 두려운 마음으로 수없이 꿈꾸고 고대했던 그녀의 방문은 롤라의 잔잔한 우정보다 더 강렬한 빛으로 이 비참한 동굴을 환히 빛냈습니다. 둘 다 목이 잠긴 탓에 말수는 적었지만 서로에게 해야 할 말은 다 했지요. 누리아는 삐쩍 마른 모습이었습니다. 남자 옷을 입고 있었는데 낡은 바지와 검은 잠바의 품이 남아도는 게 꼭 아버지 것을 빌려 입은 것 같았지요. 두 눈이 빨갛게 충혈된 것으로 보아 들어오기 전에 눈물을 흘렸음을 짐작할 수 있었습니다. 저는 누리아에게 어떻게 지내느냐고 물었지요. 〈외로워요〉 하고 누리아가 답하더군요. 〈밤새도록 울며 고민해요.〉 저랑 별다를 게 없었습니다. 누리아가 떠날 때 신발도 남자 것을 신고 있는 게 눈에 들어왔지요. 스킨헤드족의 것처럼 징을 박고 딱딱한 밑창을 덧댄 커다란 검은 구두였습니다. 롤라와 누리아 두 사람 모두 제게 선물을 주었어요. 롤라가 선물한 것은 레모 모란의 소설이었습니다. 누리아의 선물은 스케이트에 관한 탁월한 책으로 브뤼셀의 루나 파크[1]에서 출간한 앙리 르페브르[2]의 『뤼드비나 성녀와 얇고 섬세한 얼음』 프랑스어판이었지요. 병원이나 감방 신세를 지는 사람에게 책만 한 선물이 없는 법입니다. 변호사는 제가 곧 풀려날 거라고 하지만 남아도는 게 시간이니까요. 살인 혐의는 고소가 기각되었으니 횡령 혐의에 대해서만 답변을 하면 됩니다. 그래서 자유의 몸이 되는 날까지 독서와 교도소 환경 개선에 시간을 쓸 생각이에요. 직업 공무원인 교도소장이 이 돼지우리를 깔끔하게 만들게 도와 달라고 부탁하더군요. 낯선 환경 때문인지 그곳에서 저를 만나서 그런지 살짝 당황한 모습이었습니다. 저는 교도소장에게 힘이 닿는 대로 도울 테니 믿고 맡겨 달라고 했지요. 교도소장은 카스티야 출신의 젊은 총각으로 저

1 Luna Park. 벨기에 출신의 미술사가 마크 다시Marc Dachy가 브뤼셀에서 창간해 1975년부터 1982년, 그리고 2003년에서 2009년까지 출간한 아방가르드 예술 잡지. 볼라뇨의 두 번째 단편집인 『살인 창녀들』에 포함된 작품 「프랑스 벨기에 방랑기」에 등장한다.

2 Henri Lefebvre(1925~1973). 벨기에의 작가. 역시 「프랑스 벨기에 방랑기」에 정체가 불분명한 작가로 등장한다. 이어 언급되는 『뤼드비나 성녀와 얇고 섬세한 얼음』은 프랑스 작가 위스망스Joris-Karl Huysmans(1948~1907)의 성자전 『쉬담의 뤼드비나 성녀*Sainte Lydwine de Schiedam*』(1901)를 환기시키는 허구의 작품이다.

와 나이가 비슷했고 대화가 통하는 사람 같았습니다. 2~3일 후에 위생과 수감 인원을 중심으로 시설에 관한 보고서를 작성했지요. 현 상태를 평가하고 앞으로의 대안과 그에 대한 근거를 제시했습니다. 도서관에서 일하는 수감자가 그 보고서를 깔끔하게 문서로 작성했지요. 교도소장은 보고서를 다 읽고 열광적인 찬사를 보내며 제안을 하나 했습니다. 자기와 함께 그것을 수정, 보완해 〈유럽 교도소 프로젝트〉 경연 대회에 제출하자는 것이었지요. 그다지 나쁜 생각은 아니었습니다…….

레모 모란

〈하느님과 악마랑 동시에 계약을 맺을 수는 없는 일이지요.〉 신병 아저씨는 눈물이 그렁그렁한 눈으로 제게 이렇게 말했습니다. 아저씨는 마흔여덟 살이었고 〈쥐새끼보다 못한 인생〉을 살았지요. 텅 빈 해수욕장에서 둘이 있으니까 마치 사막에 있는 느낌이었습니다. 아저씨는 넝마주이를 그만둔 상태였어요. 이제는 동냥아치 신세였지요. 아저씨는 종잡을 수 없는 시간에 자신의 사막을 떠나 구시가로 향했어요. 그러고는 동전이나 술 한 잔을 구걸하며 술집을 헤매다가 해변으로 돌아왔지요. 본인의 말에 따르면 그 해변에 영원히 머물 작정이라는 것이었습니다. 하루는 제가 알렉스와 손님이 없는 식당에서 장부를 검토하던 중에 아저씨가 호텔에 모습을 드러냈어요. 그러더니 멀찍이서 목이 잘린 어린 양처럼 우리를 바라보며 돈을 달라고 부탁하더군요. 우리는 아저씨에게 돈을 주었습니다. 아저씨는 이튿날 밤에 또다시 호텔의 식당 입구에 나타났어요. 그러나 이번에는 손님들이 있었습니다. 직장에서 은퇴한 네덜란드 관광객들의 송별 파티가 한창이었지요. 종업원 하나가 영화에서처럼 셔츠의 목덜미와 허리춤을 부여잡고 아저씨를 끌어내더군요. 신병 아저씨는 주눅이 든 표정으로 아무런 저항 없이 순순히 끌려가 땅바닥에 내동댕이쳐졌어요. 저는 바 뒤쪽에서 술잔을 닦다가 이 장면을 모두 지켜보았습니다. 나중에 손님을 그렇게 대하는 게 아니라고 종업원을 타박했지요. 네덜란드인들이 그 광경을 보며 신나게 웃어 대긴 했지만요. 종업원은 알렉스가 시켜서 그랬던 것이라고 말하더군요. 저는 관광객들의 파티가 끝난 뒤에 알렉스를 찾아가 왜 우리한테 해를 끼친 적도 없는 불쌍한 걸인을 호되게 다루었느냐고 물었어요. 알렉스는 자기도 잘 모르겠다며 그냥 본능적인 거부감 같은 게 있다고 대답했어요. 신병 아저씨가 호텔 주변을 얼쩡거리는 것이 싫다고 했지요. 제가 아저씨를 만나지 않았으면 좋겠다는 말까지 덧붙이더군요. 〈아저씨의 무엇이 그렇게 마음에 안 드는데?〉 하고 묻자, 녀석은 〈눈요. 그건 미친 사람의 눈이에요〉 하고 답했어요. 밤에 해변에 들르면 아저씨가 철제 아이스크림 판매대 밑에서 자고 있는 모습을 보게 되지요. 달달한 썩은 내가 해수욕장에 진동합니다. 내년 여름까지 문을 닫는 오두막 안에 아이스크림이 녹은 상자와 사람이나 개의 시체를 버려 두고 잊어버린 것처럼 말이지요. 저는 선 채로 모래사장에 누워 있는 아저씨와 대화를 나눕니다. 아저씨는 신문지와 모포를 뒤집어쓰고 방파제 쪽을 쳐다보거나 속이 빈 관(管)처럼 별나게 생긴 손가락으로 눈을 가리고 있지요. 저는 〈더 좋은 잠자리를 알고 계실 텐데요〉 하고 말을 건넵니다. 신병 아저씨는 〈그럼요. 알다마다요〉 하고 답하며 흐느끼기 시작하지요…….

가스파르 에레디아

어느 날 밤 술집 테라스에서 한바탕 소동이 벌어지는 바람에 직원이 경비실로 찾아와 도움을 청했습니다. 영감이 잠이 덜 깬 목소리로 먼저 가서 둘러보라고 하더군요. 심각한 상황이라 지원군이 필요하면 나중에 합류하겠다는 것이었어요. 그때가 아마 새벽 3시쯤 되었을 거예요. 테라스에 도착해 보니 거구의 독일 남자 두 명이 먹다 남은 음식과 깨어진 유리병이 널려 있는 탁자를 사이에 두고 대치 중이더군요. 당장이라도 주먹다짐이 벌어질 것만 같은 분위기였어요. 나무와 자동차 뒤에 숨은 몇 안 되는 구경꾼들은 혈전이 시작되기만을 기다리는 중이었지요. 두 사내는 갱스터 영화의 한 장면처럼 오른손에 빈 맥주병을 하나씩 들고 있었는데 영화와는 달리 그때까지도 병을 깨지 않고 위협적으로 흔들기만 하더군요. 한참 전부터 욕설과 협박을 주고받았다는 걸 감안할 때 참으로 이상한 일이었지요. 저는 사내들 쪽으로 가까이 가면서 두 사람이 술에 잔뜩 취했다는 것을 알았어요. 헝클어진 머리에 입에 게거품을 물고 두 눈을 부릅뜬 채 권투 자세를 취하고 있더군요. 눈앞에 다가온 결투의 세계에 흠뻑 빠져서 다른 일은 안중에도 없다는 눈치였어요. 두 사람은 서로를 향해 쉬지 않고 욕지거리를 내뱉었어요. 한 마디도 이해할 수 없었지만 빈정대는 투의 거친 된소리만으로도 익히 짐작이 갔지요. 아닌 게 아니라 캠핑장 전체에는 두 사람의 고함소리만 울려 퍼지고 있었습니다. 그 외에는 아직 잠들지 않은 야영객들의 목소리가 어렴풋이 들리는 게 전부였어요. 주로 테라스와 지척에 있는 텐트에 사는 사람들이 항의하는 소리였지요. 독일인들의 욕설과 마찬가지로 야영객들의 말이 무슨 뜻인지 잘 모르겠다는 게 왠지 불안하더군요. 산들거리는 밤바람을 타고 숨죽인 채 다가온 몽환적인 무형의 목소리가 일종의 장막을 형성했어요. 살아 있는 것이든 죽어 있는 것이든 캠핑장 안의 모든 것을 지붕처럼 에워싸는 것처럼 보였지요. 설상가상으로 이 상태를 깨뜨릴 수 있는 사람은 나밖에 없다는 목소리가 머릿속에 맴돌았어요. 그래서 저는 테라스로 올라가 독일인들이 있는 곳을 향해 걸어갔어요. 영감이 나타날 리는 만무했고 일이 터져도 사람들이 보고만 있을 것은 뻔했지요. 사내들이 본격적인 싸움에 앞서 저를 상대로 몸을 풀 거라는 예상이 점차 현실이 되어 가는 분위기였어요. 결국 무슨 일이 일어나고야 말 거라는 예감이 들더군요(어쩌면 지금에서야 그런 생각이 드는 건지도 몰라요. 그때는 그저 살짝 겁에 질린 상태였지요). 흥분한 두 사내 쪽으로 한발씩 내디딜 때마다 저 자신에게 반 발씩 다가서는 느낌이었어요. 코르시카의 형제를 향해 나아가는 길. 〈이건 아니올시다〉였지요. 저는 칠 테면 한번 쳐보라는 생각으로 독일인들에게 다가갔어요. 언성을 높이지 않고 싹싹한 말투로 테라스를 떠나 자러 가라고 말했지요. 그러자 결국 터져야 할 일이 터지고 말았어요. 두 사내가 험상궂은 낯짝으로 제 쪽을 쳐다보았는데, 상판대기 한가운데 박힌 푸른 눈이 알코올에 취해 동갈방어처럼 헤엄치고 있더군요. 처음에는 제게 시선을 고정하는가 싶더니 테라스 아래쪽을 서서히 파고드는 나무 밑동으로 눈길이 향했어요. 이어서 비어 있는 탁자들 쪽으로 눈을 돌렸다가 몇몇 캠핑카에 걸려 있는 등불들을 바라보았지요. 그러다 마지막에는 진짜를 찾았다는 듯이 제 뒤쪽에 있는 불분명한 지점을 응시했어요. 저도 등 뒤로 무언가 접근하고 있다는 걸 느꼈지만 굳이 그것의 정체를 확인하기 위해 돌아보지 않는 편이 낫겠다고 생각했지요. 사실 신경이 곤두설 대로 곤두선 상태였거든요. 그런데 곧 독일인들의 태도가 달라진 게 느껴졌어요. 주변을 둘러보던 와중에 자신들이 얼마나 위험한 장난을 치고 있는지 퍼뜩 깨달은 것처럼 말이에요. 안구 바깥으로 튀어나올 것 같던 눈이 제자리로 돌아가면서, 본격적인 싸움에 앞서 표정에서 느껴지던 폭력의 기운이 가라앉았지요. 그나마 둘 중에 술에 덜 취한 것 같은 사내가 우물대며 질문을 던졌어요. 참 묘하게도 순수함과 순진함이 묻어나는 목소리였지요. 이게 도대체 어찌 된 일이냐고 물어보았던 것일 수도 있습니다. 저는 영어로 어서 텐트로 들어가 자라는 말을 반복했어요. 그러나 사내들은 제가 아니라 제 뒤쪽에 시선을 고정시키고 있더군요. 문득 속임수일지도 모른다는 생각이 번뜩 머리를 스쳤어요. 제가 등을 돌리면 그 짐승 같은 놈들이 함성을 내지르며 돌격할 것 같았지요. 하지만 끝내 호기심을 이기지 못하고 뒤를 돌아보았습니다. 저는 예상치 못한 광경에 놀란 나머지 손전등을 떨어뜨렸어요. 손전등이 시멘트 바닥에 부딪치며 건전지가 튀어나왔지요. 엄청난 수의 건전지가 테라스를 굴러가 어둠 속으로 사라졌어요. 카리다드가 한 손에 커다란 식칼을 들고 제 뒤에 서 있었습니다. 널찍한 칼날이 나뭇가지 사이로 구름 속의 세피아색 빛줄기를 호출하는 것 같았지요. 카리다드가 한쪽 눈을 찡긋했기에 망정이지 하마터면 저를 찌르려 한다고 생각할 뻔했어요. 유령이나 다름없는 몰골이었지요. 소름 끼치게 우아한 자태로, 마치 한쪽 가슴을 드러내듯 칼을 보여 주고 있더군요. 독일인들은 그 장면을 본 게 틀림없었어요. 이제 두 사람의 시선은 죽기도 다치기도 싫고, 장난을 친 것뿐이니 더는 말려들고 싶지 않다고 말하고 있는 것 같았거든요. 제가 들어가서 자라고 재차 말하자 독일인들은 이내 자리를 떴어요. 저는 두 사내가 캠핑장 안쪽으로 사라질 때까지 지켜보았어요. 서로를 부축하며 걸어가는 꼴이 영락없는 한 쌍의 취객이더군요. 카리다드 쪽으로 시선을 돌렸을 때 칼은 이미 사라지고 없었어요. 싸움을 지켜보던 구경꾼들이 기지개를 펴듯

하나둘씩 텐트 밖으로 나왔지요. 어느새 둥그렇게 모여 서서는 담뱃불을 붙이고 품평을 늘어놓았어요. 곧 사람들이 테라스로 올라와서 우리에게 술을 청했지요. 누군가 바닥에 떨어진 건전지들을 주워서 건네주었어요. 어느 순간 정신을 차려 보니 저는 천막 아래서 포도주와 새조개를 먹고 있더군요. 집처럼 널찍한 텐트에 카탈루냐와 안달루시아의 종이 깃발이 잔뜩 매달려 있었어요. 카리다드는 제 옆에서 미소를 짓고 있었지요. 나이가 지긋한 아주머니 한 분이 제 어깨를 토닥거리시더군요. 또 다른 아주머니는 멕시코인들이 기개가 있다고 칭찬했어요. 한참이 지나서야 저를 가리켜서 하는 말이라는 것을 깨달았지요. 독일인들과 저를 빼면 카리다드의 손에 있던 칼을 본 사람은 없었어요. 사내들이 허겁지겁 떠난 것은 질서를 유지하겠다는 제 단호한 결정에서 비롯된 결과였지요. 바닥에 떨어진 손전등은 사내들을 주먹다짐으로 제압하기에 앞서 분노를 표한 것으로 해석되었어요. 카리다드가 나타난 것은 애인을 걱정하는 여자의 자연스러운 행동으로 이해되었고요. 나무와 그림자에 가려서 테라스에서 일어나는 일들이 제대로 보이지 않았던 것이었습니다. 오히려 그런 식으로 정리가 된 게 다행이다 싶더군요. 접수처로 돌아와 보니 카리히요 영감은 곤히 자고 있었어요. 저는 카리다드와 함께 잠시 밖에 앉아서 말없이 신선한 공기를 들이마셨어요. 연어색 불빛이 길 위를 수놓으며 부산하게 움직였지요. 마치 잠수함 안에 있는 것 같은 분위기가 연출되었어요. 잠시 뒤에 카리다드가 자러 가야겠다며 자리에서 일어섰습니다. 저는 그 애가 불빛을 가로질러 캠핑장 안으로 사라지는 것을 지켜보았어요. 크기를 감안하면 셔츠 위로 칼이 불룩 튀어나올 법도 했는데 아무것도 보이지 않더군요. 문득 칼을 든 여자아이는 제 상상 속의 인물이 아닐까 하는 생각이 들었습니다…….

엔리크 로스켈러스

선물로 받은 소설들. 『뤼드비나 성녀와 얇고 섬세한 얼음』은 스케이트 선수들의 수호 성녀에 관한 것으로 훌륭한 삽화를 곁들인 소책자였지요. 1369년을 배경으로 하는 이 이야기는 어느 날 오후에 벌어진 일을 강박적이다 싶을 정도로 집중적으로 다룹니다. 하나뿐인 등장인물의 삶에서 결정적인 역할을 담당할 것으로 쉬이 짐작할 수 있는 사건이지요. 스키담의 뤼드비나 성녀는 오랜 시간 고민을 거듭하다 얼어붙은 강에서 스케이트를 탑니다. 지평선 위로는 다가오는 밤의 흔적이 하나 둘씩 모습을 드러내고 있지요. 소설에서 얼어붙은 강은 때에 따라 낮과 밤을 잇는 〈복도〉나 〈검〉으로 묘사됩니다. 젊고 아름답지만 약간 뾰로통한 얼굴의 성녀는 다가드는 어둠에도 아랑곳없이 스케이트를 타지요. 소설에 따르면 성녀는 5백 미터쯤 떨어져 있는 두 개의 다리 사이를 오갑니다. 그러다 문득 안색이 변하고 눈을 번득이며 자기가 하는 운동의 참뜻을 깨달았다고 생각하지요. 바로 그 순간 뤼드비나 성녀는 빙판에 넘어지고

(〈인과응보로〉) 갈비뼈가 부러집니다. 사고로 인한 부상에서 회복한 성녀가 오히려 예전보다 더 즐겁게 스케이트를 탔다는 내용으로 이야기는 끝나지요. 레모 모란이 쓴 「성 베르나르」라는 제목의 소설은 세인트버나드 품종의 개 혹은 나중에 성인 반열에 오르는 동명의 남자 혹은 그런 별명으로 통하는 무뢰한의 행적을 다룹니다. 커다란 빙산의 기슭에 사는 그 개, 성인 또는 무뢰한은 일요일마다(〈날마다〉라고 하는 부분도 있었어요) 산촌을 돌며 다른 개나 사람에게 결투를 신청하지요. 시간이 지날수록 그동안의 적수들은 기가 꺾이고 이제는 아무도 나서서 대거리를 하지 않습니다. 소설의 표현을 그대로 따르자면 〈얼음의 계율〉을 지키며 쌀쌀맞게 대하는 것이지요. 하지만 베르나르는 굴하지 않고 일요일마다 마을을 돌며 사정을 모르는 탓에 바로 내빼지 않는 자들에게 결투를 신청합니다. 세월이 흘러서 그 개 또는 사람과 싸웠던 상대들은 나이를 먹고 사회생활에서 물러나지요. 스스로 목숨을 끊거나 자연사로 죽기도 하지만 대개는 양로원에서 처량한 말년을 보냅니다. 베르나르도 어느덧 노년에 접어드는데 나이도 나이인 데다 마을에서 살지 않아 외로운 탓인지 성마르고 까칠한 성격으로 변해 갑니다. 여전히 계속해서 싸움을 벌이지만 시간이 지날수록 대결 상대들의 연령층이 낮아져요. 처음에는 의식하지 못하다가 나중에 망치로 뒤통수를 얻어맞듯 깨닫는 사실이지요. 모란의 거침없는 묘사로 작품에는 선혈이 낭자하고 정액이 난무합니다. 사소한 이유

로 눈물을 펑펑 쏟아 내는 장면도 부지기수지요. 소설의 중간쯤에 베르나르는 (《꼬리를 흔들며》) 빙산의 기슭을 떠나 계곡에서 한 철을 보냅니다. 그리고 강을 따라 이동하며 또다시 한 철을 나지요. 집으로 돌아온 뒤에는 예전과 변함없는 행동이 이어집니다. 횟수를 거듭할수록 결투가 격해지고 흉터와 꿰맨 자국이 온몸을 뒤덮어요. 그러다 한번은 죽을 고비를 넘기기도 합니다. 어떤 때는 마을에서 나오다가 매복한 자들에게 기습을 당하지요. 마침내 온 누리에 결투를 금지하는 칙령이 내려집니다. 베르나르는 여러 번 법을 어기고 도망자 신세가 되지요. 그러다 소설의 끝부분에 이르러 요상한 일이 벌어집니다. 추적자들을 따돌리고 암굴에 피신한 베르나르가 변신을 하거든요. 늙고 병든 몸이 원래의 몸과 똑같은 두 부분으로 갈라지는 것입니다. 둘 중 한쪽은 환희에 젖어 함성을 내지르며 계곡을 향해 달려가지요. 나머지 한쪽은 거대한 산의 정상으로 힘겹게 발을 옮깁니다. 이후로는 아무도 베르나르의 소식을 듣지 못했다고 합니다…….

레모 모란

〈이렇게 사람들이 떠나는 모습을 지켜보고 있노라면 진이 다 빠져요〉 하고 신병 아저씨가 말했어요. 〈그런데 저는 이 도시에 들러붙어서 기적을 기다리고 있지요. 아주 단순한 기적이나 머리로 이해가 가능한 수준의 기적을 말입니다.〉 오후에 해변으로 아저씨를 만나러 가면 거의 항상 똑같은 장소에 계시더군요. 얼굴이 얽은 거구의 사내가 운영하는 오리 배 대여점 근처였지요. 사내 곁에 있는 아저씨의 모습은 보호받는다고 느끼는 난쟁이 같았어요. 아저씨와 사내는 말도 없이 함께 있다가 해가 지면 서로 반대 방향으로 헤어졌지요. 사내는 해변에 남아 있는 유일한 대여점을 지키는 중이었는데 파리만 날렸어요. 아저씨는 때때로 모래사장을 돌아다니며 오리 배를 홍보했습니다. 사내에게 도움이 될까 싶었던 것이었지만 관심을 보이는 사람은 없었지요. 그 무렵에 누리아는 제게 한마디 말도 없이 Z를 떠났어요. 라이아에 따르면 바르셀로나의 여자 친구 집에서 산다고 하더군요. 누리아는 그 전에 이미 바르셀로나에 직장을 구했던 터였어요. 제 전처와 아들은 헤로나로 이사를 갔습니다. 알렉스는 장신구 가게, 캠핑장과 호텔의 문을 닫을 채비에 들어갔어요(다른 때처럼 카르타고만 연중으로 운영할 계획이었거든요). 녀석은 밥 먹을 때를 제외하면 아예 사무실에 처박혀서 나오지도 않았지요. 캠핑장은 이제 야영객들이 거의 다 빠져나갔고 호텔에는 직장에서 은퇴한 노인네들 한 팀만 남았어요. 이 노인네들은 죽을 날이 코앞인 양 밤마다 끝장을 볼 때까지 술판을 벌였지요. 벤빈구트 저택에 얽힌 추문은 예전보다 잠잠해진 상태였습니다. 하지만 Z에서는 여전히 로스켈러스의 횡령이 화제의 중심이었지요. 사회 노동당과 민주연합당이 시청을 장악하기 위한 싸움에서 정치적인 무기로 활용했거든요. 스페인의 다른 지역에서도 온갖 추문이 터져 나왔습니다. 그러나 지구는 여전히 한 치의 요동도 없이 허공을 돌고 있는 중이었지요. 그런 상황에서 저는 Z에 넌더리가 나기 시작했고 이따금은 다른 곳으로 떠날 생각까지 했어요. 하지만 어디로 가겠습니까. 모든 일을 정리하고 헤로나 부근의 농장에서 산다? 별로 좋은 생각이 아니었지요. 바르셀로나에 사는 것도, 칠레로 돌아가는 것도 정답은 아니었어요. 멕시코는 어떨까 하는 생각도 들었습니다. 하지만 아니었어요. 다시는 돌아가지 않을 것임을 마음속으로 알고 있었지요. 솔직히 너무 겁이 났거든요. 하루는 신병 아저씨가 〈사장님, 이제 눈만 내리면 더 이상 바랄 게 없겠어요〉 하고 말씀하시더군요. 오후에 파세오 마리티모를 따라 함께 산책을 하던 중이었지요. 해변에는 수영복을 입은 채 모래에 몸을 반쯤 파묻은 사람들이 드문드문 보였어요. 우리와 반대 방향으로 해안을 따라 달리는 사람들도 간간이 눈에 띄었지요. 몸무게를 줄이거나 근육을 만들기 위해 필사적으로 뛰는 모양이었습니다. 제가 〈눈만 내리면 바랄 게 없겠다고요?〉 하고 묻자 아저씨는 〈네, 사장님〉 하고 대답했어요. 그러더니 술이나 마약에 취한 듯 벌겋게 달아오른 눈으로 이렇게 말했습니다. 〈펑펑 쏟아지는 눈에 파묻혀 죽어 버렸으면 여한이 없겠습니다…….〉

가스파르 에레디아

어느덧 떠나기로 예정한 날이 일주일 앞으로 다가왔습니다. 보바디야는 직원들을 한 사람씩 서서히 정리하기 시작했어요. 하루는 잠에서 깼더니 로사와 아수세나 아주머니가 엘 프라트로 돌아갔다더군요. 떠나기 전에 케이크를 사서 조촐한 송별회 자리를 마련했다는 거였어요. 그런 가슴 아픈 소식을 접하자 내처 잠만 잤던 게 후회되었지요. 카리다드가 제 몫으로 챙겨 둔 케이크 한 조각을 캠핑장 구석에서 먹었어요. 텅 비어 버린 주변의 건물들 위로 움직이는 그림자와 울타리를 바라보았지요. Z를 떠난다는 생각만으로도 마음이 온통 싱숭생숭했습니다. 하지만 떠나는 것 외에는 다른 선택지가 없었어요. 그렇게 기다림의 나날들이 이어지는 동안 카리다드가 제안을 하나 하더군요. 벤빈구트 저택에 마지막으로 한 번만 더 가보자는 것이었어요. 저는 딱 잘라서 거절했어요. 〈거기에 무엇하러 가게? 뭐 잊어버리고 놓고 온 것도 없잖아. 꼼짝 말고 캠핑장 안에 있는 게 상책이야.〉 카리다드는 순순히 납득하는 것처럼 보였지만 속으로는 그렇지 않았어요. 한순간 두 눈이 예의 그 흐릿하고 엷은 막으로 뒤덮이는 게 보였거든요. 카리다드와 그 애의 얼굴을 다른 세계로 빨아들이는 구멍 같았지요. 저는 속으로 이렇게 생각했어요. 다 심신이 지친 탓이고 밥을 잘 먹지 않은 탓이야. 별다른 이유가 있겠어? 저렇게 어두운, 아니 새까만 눈이면 조명에 따라 흐릿하게 보일 수도 있겠지. 그렇지만 사실은 도통 마음이 놓이지 않았어요. 날이 거듭될수록 두려움이 커져만 갔지요. 무엇이 두려웠던 것일까요? 콕 집어 말하기는 어렵지만 행복한 순간이 끝날 수도 있다는 두려움 아니었나 싶어요. 혼자 있을 때면 종이에다가 또는 막대로 땅바닥 위에다가 계속 숫자를 계산했는데, 제 정신 상태를 고스란히 드러내는 징후나 다름없었지요. 우선 손씻이 조의 상여금을 포함해 레모에게 받을 돈을 셈했지요. 거기서 매달 나갈 비용을 제했더니 크리스마스 무렵이면 돈이 바닥나겠더군요. 땡전 한 푼 없는 처지가 되기에 안성맞춤인 시기였지요. 그때쯤에는 산타클로스건 동방 박사건 무슨 일이든 구할 수 있으리라 믿었어요. 경찰에 대한 생각이 머릿속에서 떠나지 않을 때도 있었어요. 광풍이 휩쓸고 지나간 칙칙한 경찰서의 풍경이 꿈에 등장했지요. 바닥에 내용물이 떨어져서 속이 텅 빈 서류 보관함. 수년 전에 체류 허가증이 만료된 외국인 명단이 적힌 색인 카드. 더는 읽는 사람도 없이 세월의 뒤안길로 사라져 가는 서류들. 제소되었다가 패소한 사건들. 제소되었다가 패소한 살인자들의 얼굴. 이제 전쟁은 끝났고 합법적인 외국인들은 모두 일을 할 수 있습니다. 그러다 잠에서 깨어나면 혼잣말을 되뇌며 기운을 내자고 스스로를 다독였어요. 최악의 상황은 지났고 모든 일이 잘 풀렸다고 말입니다. 하지만 두 발이 공중에 떠 있다는 느낌을 떨칠 수가 없더군요. 하루는 잠결에 카리다드가 소곤대는 목소리가 들렸어요. 카르멘 할멈의 복수를 해주고 싶다는 말이었지요. 텐트 밖에 있는 사람과 대화를 나누는 줄 알고 눈을 떴어요. 그런데 그게 아니라 바로 제 옆에 누워서 귀엣말을 하는 것이었습니다. 저는 잠에서 덜 깬 상태로 우물우물 말을 내뱉었지요. 〈그 빌어먹을 저택 때문에 일을 다 망치려고 그래?〉 카리다드는 추잡한 놀이를 즐기다 들키기라도 한 듯이 웃었어요. 천막 틈으로 희미한 빛줄기조차 새어 들지 않았기에 저는 해가 진 모양이라고 생각했습니다. 텅 빈 캠핑장에 감도는 해거름의 정적은 살을 에는 듯 싸늘했어요. 무슨 까닭에서인지 바깥에 짙은 안개가 깔려 있을 것 같다는 느낌이 들더군요. 〈복수를 해주겠다고? 어떻게?〉 하고 제가 물었지요. 대답이 없더군요. 〈살인자가 범죄 현장에 돌아올 거라는 말이야?〉 카리다드의 입술이 제 귀를 타고 내려와 목덜미에서 멈추는 게 느껴졌어요. 처음에는 입술, 그다음에 이빨, 마지막으로 혀의 감촉이 전해졌지요. 저는 진저리를 치듯 몸을 돌리고 카리다드의 얼굴 윤곽을 그려 보려고 했어요. 두 눈이 아예 캄캄한 어둠 속으로 사라져 보이지 않더군요. 카리다드는 〈불쌍한 카르멘〉 하고 입을 떼더니 〈나는 범인을 알아요〉 하고 말했어요. 〈당신 친구 레모랑 그 이야기를 했어요.〉 〈언제?〉 하고 제가 물었지요. 〈며칠 전에 저를 만나러 왔는데 그때 다 이야기했어요.〉 〈레모가 범인을 알고 있다고?〉 하고 제가 묻자 〈저도 안다니까요〉 하고 카리다드가 답하더군요. 저는 〈그런데 왜 벤빈구트 저택이야? 가려면 경찰서로 가야지〉 하고 말했지요. 그때부터는 더 이상 눈을 붙일 수가 없었습니다…….

1 유럽 경제 공동체(European Economic Community). 1957년에 벨기에, 프랑스, 서독, 이탈리아, 룩셈부르크, 네덜란드 사이의 경제 통합을 실현하기 위한 목적으로 설립된 국제기관. 1973년에 영국·덴마크·아일랜드, 1981년 그리스, 1986년 포르투갈과 스페인이 가입했고 1993년 유럽 공동체(EC)로 개칭했다.

엔리크 로스켈러스

EC[1]가 후원하는 〈유럽 교도소 프로젝트〉 경연 대회에서 대상을 받은 지 일주일 만에 저는 자유의 몸이 되었습니다. 감방 신세를 지는 동안 심란한 마음이 가라앉고 현실을 바라보는 시선도 냉정하고 차분해진 것 같았습니다. 이전과는 비교도 할 수 없을 정도로 냉정하고 차분해졌지요. 바깥에 있으나 안에 있으나 별다를 게 없다고 하는 수감자들도 있더군요. 과히 틀린 말은 아니지요. 그러나 저는 바깥세상에 있는 편이 좋았습니다. 그사이에 살이 빠지고 콧수염이 자랐더군요. 게다가 신기하게 입소할 때보다 피부가 더 까매졌고 몸 상태도 최상이었습니다. 교도소 문을 나서자 어머니와 이모들이 계셨는데 정신을 차리고 보니 어떤 사촌(건축가였습니다)의 집에 와 있었어요. 거기서 사흘 동안 숨어 지내며 외가 친척들에게 어린애 취급을 당했습니다. 그렇게 하는 것이 저를 빼내려고 갹출한 보석금에 대한 보상이라고 느끼는 듯했지요. 혹시라도 제가 허튼 마음을 품을까 다들 걱정이라고 사촌의 아내가 은밀히 귀띔을 하더군요. 글쎄, 이 자닝한 양반들이 제가 자살을 할지도 모른다고 생각했던 것입니다! 감옥 안에서도 아무 일 없었는데 가족의 품으로 돌아온 마당에 무슨 자살입니까! 하지만 저는 군말 없이 그네들이 원하는 대로 간섭하도록 그냥 놔두었습니다. 어찌 되었든 예전부터 친지들의 슬기와 지혜에 대해 존경심을 품고 있었으니까요. 이렇게 다시 옥살이를 하는 동안 외부와 접촉한 것은 헤로나 교도소장과의 전화 통화가 전부였습니다. 교도소장은 수상 결과에 기뻐했을 뿐 아니라 함께 쓸 논문에 대한 계획까지 털어놓더군요. 본인의 말에 따르면 〈사회학〉과 관련된 다양한 주제를 구상하는 중이었습니다. 교도소장의 이름은 후아니토였는데 1년간 공무원 휴직을 신청할 요량이라고 했지요. 상을 받자 마드리드의 권위 있는 출판사에서 일을 제의했다는 것이었습니다. 후아니토는 어차피 밑져야 본전인데 한번 해보겠다고 말하더군요. 그 출판사가 전문적으로 취급하는 분야가 문학인지 〈사회학〉인지는 기억이 나지 않네요. 어느 쪽이건 간에 후아니토는 앞으로 틀림없이 크게 성공할 것입니다. 누리아가 어떻게 지내는지 확인하려고 전화를 한 통 걸기도 했습니다. 처음에는 누리아의 어머니와 대화를 나누었고 나중에는 라이아와 통화를 했지요. 어머니는 정중하지만 쌀쌀맞은 목소리로, 누리아는 이제 Z에 살지 않는다고 말하더군요. 본인이 판단하시기에 따님은 저를 다시 만날 생각이 없다는 것이었습니다. 라이아와 통화하면서 누리아가 바르셀로나에 있는 네덜란드 회사에서 비서로 일한다는 걸 알았지요. 한 달 전쯤에 전국적으로 유통되는 유명한 잡지에 누리아의 화보가 실렸다는 소식도 들었습니다. 〈무슨 화보?〉 〈예술 누드 화보요〉 하고 라이아가 터지려는 웃음을 참으며 말하더군요. 일주일 넘게 잡지를 구하려고 동분서주했지만 헛일이었습니다. 집으로 돌아오고 나서 어느 날 밤에 누리아의 누드 사진을 찾는 꿈을 꾸었지요. 저는 잠옷 차림으로 먼지가 쌓인 엄청난 규모의 정기 간행물 서고를 헤맸습니다. 기억을 떠올릴 때마다 소름이 돋는 일이지만 서고는 꼭 벤빈구트 저택과 흡사했지요. 회색 젤라틴을 뒤집어쓰고 숨 막히는 정적 속에서 책장과 서랍을 샅샅이 뒤졌습니다. 사진을 찾으면 그동안 제가 겪은 일의 의미와 이유, 숨겨진 진실을 알 수 있으리라는 막연한 확신이 있었지요. 그러나 어디에서도 사진은 모습을 드러내지 않았습니다…….

레모 모란

〈제가 할멈을 죽였습니다, 사장님〉 하고 신병 아저씨가 말했습니다. 파도는 일정한 간격으로 아저씨의 무릎을 향해 점점 가까이 밀려왔지요. 해변에는 인적이 없었어요. 저 멀리 바다 위의 수평선으로 두터운 먹장구름이 일렁였습니다. 저는 〈한 시간만 지나면 가을의 첫 폭풍이 항공모함처럼 Z를 지나갈 것이고, 아무도 우리에게 귀를 기울이지 않겠지(우리에게 귀를 기울이지 않겠다니?)〉 하고 생각했어요. 〈왜 그랬는지 이유는 묻지 마세요, 사장님〉 하고 아저씨가 말을 이었습니다. 〈저도 도무지 까닭을 모르겠으니까요. 제가 아픈 사람이라서 그런 것 같습니다. 그런데 어디가 문제인 걸까요? 아픈 곳은 하나도 없는데. 귀신에 씐 걸까요, 악마가 들린 걸까요? 이 빌어먹을 도시 탓일까요?〉 아저씨는 모래사장에 무릎을 꿇은 채 바다 쪽으로 눈을 향하고 있었습니다. 저와 등을 진 상태여서 얼굴은 볼 수 없었지만 울고 있으리라 짐작이 갔지요. 두개골에 완전히 엉겨 붙은 머리카락은 젤을 통째로 발라서 빗질을 한 것 같은 느낌이었지요. 저는 아저씨를 진정시키며 다른 곳으로 가자고 말했습니다(그런데 도대체 어디로 데려가겠다는 거였는지?). 아저씨는 〈저는 떠나야 했지만 떠나지 않았어요〉 하고 허두를 떼더니 〈아직 불알이 제자리에 있다는 증거지요〉 하고 말을 이었어요. 〈인간적으로 기다릴 수 있는 만큼 기다렸어요. 언젠가는 경찰이 진실을 깨우칠 줄 알았지요. 그런데 이 나라는 도대체 제대로 일을 하는 놈이 없어요. 사장님, 그래서 제가 이렇게 멀쩡히 이 자리에 있는 것입니다.〉 아저씨는 말을 마치더니 한숨을 내쉬었습니다. 마침내 파도가 신병 아저씨의 무릎까지 닿았지요. 누더기 옷이 한기에 사르르 떨렸습니다. 〈저는 그 불쌍한 노파한테서 칼을 낚아챘어요. 할멈은 방어하려고 칼을 빼 들었던 것이었죠(저 때문에요? 아니에요!). 그 순간부터 저는 한 마리 야수가 되었습니다〉 하고 아저씨가 흐느끼며 말했어요. 〈무얼 꾸물대느라고 저를 체포하지 않는 걸까요?〉 저는 〈아저씨가 용의자도 아닌데 무슨 이유로 체포하겠어요?〉 하고 말했지요. 신병 아저씨는 잠시 동안 아무 말도 없었습니다. 이제는 폭풍이 바로 머리 위에 있었지요. 〈제가 죽였습니다, 사장님, 그게 진실입니다. 그런데 이 빌어먹을 도시는? 신혼여행이라도 떠났나요? 아주 미쳐서 돌아갑니다.〉 드디어 빗줄기가 퍼붓기 시작했지요. 저는 자리에서 일어나 호텔로 돌아가기 전에 아저씨에게 이렇게 물었어요. 〈그런데 가수 할멈이 벤빈구트 저택에 사는 것은 어떻게 아셨어요?〉 그러자 아저씨는 몸을 돌려 아이처럼 순진한 얼굴(연달아 내리치는 번개빛에 보이는 것은 갓 세수를 마쳐서 물에 젖은 제 아이의 얼굴이었습니다)로 저를 바라보며 답했습니다. 〈할멈을 따라갔지요, 사장님. 비탈길을 따라 할멈을 따라갔어요. 혹시나 무슨 일이 생기면 지켜 주고 싶어서요. 사람의 온기를 가까이서 느끼고 싶어서요.〉 〈할멈은 혼자였나요?〉 아저씨는 허공에 대고 손짓을 하며 답했습니다. 〈이제 할 말은 다 한 것 같습니다만…….〉

가스파르 에레디아

카리다드와 저는 어느 우중충한 오후에 바르셀로나로 향하는 기차를 탔습니다. 오전에는 비가 쏟아지는 바람에 얼마 남지 않았던 캠핑장의 텐트들이 물바다로 변했어요. 언뜻 생각했던 것보다 챙길 물건들이 많아서 비닐봉지가 모자라더군요. 아직 영업을 하고 있던 슈퍼마켓이 딱 하나 있었는데 거기서 봉투를 구입했지요. 그런데도 카리다드가 아끼던 물건들 중 상당수를 캠핑장에 버려야 했어요. 잡지, 신문 스크랩, 조개껍질, 돌, Z에서 파는 다양한 기념품들. 보바디야가 이 잡동사니들을 발견하고 당장 쓰레기통에 집어 던지기를 바랄 뿐입니다. 떠나기 전날 레모가 접수처에 들르더니 그동안의 임금이 담긴 봉투를 건네주었어요. 덧두리까지 따로 넣었는데 카리다드와 멕시코행 비행기를 타기에 충분한 돈이었지요. 이어서 우리 이야기를 엿들을 사람이 없는 수영장 뒤편에서 녀석과 대화를 나누었어요. 둘 다 무언가를 숨기고 있는 듯한 분위기였지요. 작별의 순간은 짧았습니다. 저는 녀석을 정문까지 바래다주며 고맙다고 말했고, 레모는 잘 지내라고 당부한 뒤에 포옹을 하고 떠났어요. 그 뒤로는 녀석을 다시 만나지 못했습니다. 그날 밤에 카리다드와 저는 노인장과도 작별 인사를 나누었어요. 이튿날 아침에는 한바탕 소동이 벌어졌지요. 텐트에 물이 들어와서 옷가지와 이불이 다 젖었거든요. 기차역으로 떠날 무렵에는 온몸이 흠뻑 젖은 상태였지요. 역에 도착할 즈음에야 비가 멎더군요. 선로 저편 과수원에 있는 나귀 한 마리가 눈에 들어왔어요. 녀석은 나무 아래 자리를 잡고 뜨문뜨문 울음소리를 내뱉더군요. 그럴 때마다 승강장에서 기다리는 모든 승객들의 시선이 녀석에게로 향했지요. 녀석은 비가 지나가서 행복한 것 같았어요. 바로 그 순간이었습니다. 먹장구름이 토해 내기라도 한 듯이 기차역 끝에서 중앙 경찰 둘과 민병대 하나가 나타났어요. 우리를 체포하러 왔구나 하는 생각이 들더군요. 저는 곁눈으로 경찰들을 흘끔흘끔 쳐다보았어요. 허리춤의 권총집에 손을 댄 채 저희가 있는 쪽으로 느릿느릿 걸어오더군요. 〈저 나귀랑 나는 비슷한 처지인 것 같아〉 하고 카리다드가 몽롱한 목소리로 말했어요. 〈태어난 곳에서도 외국인이니까.〉 저는 카리다드에게 그건 틀린 말이라고 하고 싶었습니다. 셋 중에 법적으로 외국인인 사람은 저밖에 없다고 말입니다. 하지만 가만히 입을 다물고 있었지요. 저는 카리다드의 허리에 살며시 팔을 두르고 기다렸어요. 〈카리다드는 하느님의 눈에도 경찰의 눈에도 외국인이야. 자기 눈에도 그럴 테지만 나한테는 아니야〉 하고 생각했지요. 아마

나귀한테도 똑같은 말을 할 수 있었을 겁니다. 경찰들은 중간에 발길을 멈추더니 기차역의 술집으로 들어갔어요. 중앙 경찰들이 앞장을 서고 민병대가 그 뒤를 따랐지요. 그런데 무슨 신의 조화인지 모르겠지만 경찰들이 코르타도 커피 두 잔과 카라히요 한 잔을 주문하는 소리가 똑똑히 들리더군요. 나귀가 다시 울음소리를 내뱉었지요. 우리는 한동안 말없이 녀석을 지켜보았어요. 카리다드가 제 어깨에 손을 올리더군요. 기차가 도착할 때까지 우리는 그렇게 가만히 선 채 기다렸습니다…….

엔리크 로스켈러스

마침내 Z에 돌아왔지만 모든 게 예전과 딴판이더군요. 번지수를 잘못 찾아왔나 하는 생각마저 들었습니다. 다른 건 둘째 치고 아무도 저를 알아보지 못하는 게 놀라웠지요. 몇 주 동안 입방아를 찧던 사람들이 그토록 짧은 시간 안에 사건을 잊었다고는 믿기 어려웠습니다. 거기다가 Z의 건물과 거리 중에는 생전 처음 보는 것들이 수두룩했지요. 제가 없는 동안 미묘하지만 눈에 거슬리게 도심을 바꾼 것처럼 보였습니다. 상점의 진열창들은 거대한 위장망의 일부 같았고, 헐벗은 나무들은 원래 있던 위치가 아니었어요. 심지어 군데군데 차량의 이동 방향이 완전히 바뀐 도로도 눈에 띄더군요. 예전의 위용을 그대로 자랑하고 있는 것은 시청밖에 없었지요. 차에서 한 발짝도 움직이지 않고도 그건 알 수 있었습니다. 그러나 이제 필라르는 시장이 아니었고(지난 선거에서 엄청난 득표 차로 낙선했습니다), 저도 더 이상 시장님의 유능한 일꾼이 아니었지요. 현실이 아무리 변해도 건물은 항상 똑같을 거라는 사실에 문득 회한을 느꼈습니다. 필라르와 저 같은 사람이 혼신의 노력을 쏟아부어도 소용없는 일이었지요. 세상 그 무엇도 고색창연하고 (무의미한) 시청 건물의 돌을 바꿀 수 없었습니다. 그런 식으로 생각하니까 도시의 변한 모습을 받아들이기도 그리 어렵지 않더군요. 아무튼 최근에 감방에서 배운 대로 매사에 신중을 기하라는 원칙을 충실히 따랐습니다. 차에서 내려 시내의 술집에서 술을 한 잔 마시고 화장실에 들른 게 전부였지요. 파세오 마리티모에서 잠깐 바람을 쐬다가 곧바로 차가 있는 곳으로 돌아갔습니다. 혹시나 벤빈구트 저택을 찾아가고 싶은 유혹을 느끼지는 않았냐고요? 글쎄요, 이도 저도 아니었다고 말하는 게 가장 쉬운 대답이겠지요. 솔직히 그쪽으로 차를 몰고 가기는 했으나 그뿐이었습니다. Z에서 Y로 이어지는 길에 포구와 저택이 한눈에 들어오는 커브가 있지요. 그 지점에 도착했을 때 브레이크를 밟고 차를 돌려서 Z로 왔습니다. 도대체 제가 무어 얻을 게 있다고 저택에 가겠습니까? 마음만 더 괴로워질 게 불 보듯 빤한데 말이지요. 게다가 겨울에 저택은 이루 말할 수 없이 쓸쓸한 분위기를 풍깁니다. 제가 하늘빛으로 기억하는 돌은 이제 잿빛으로 변해 있었지요. 햇살이 반짝이던 기억 속의 길은 우중충한 그림자로 뒤덮였습니다. 그래서 브레이크를 밟고 도로 한복판에서 차를 돌려 Z로 온 것이지요. 이만하면 충분히 멀어졌다 싶을 때까지 백미러를 쳐다보지 않았습니다. 지나간 일은 과거일 뿐이고 이제 다가올 앞날을 생각해야 한다고 되뇌었지요…….

옮긴이의 말

하나의 사건, 세 남자의 목소리로 기록한 〈변방의 삶〉

멕시코에서 인프라레알리스모 운동을 이끌며 시작(詩作)에 전념하던 볼라뇨는 1977년 유럽으로 이주하여 문학의 꿈을 잃지 않으면서도 생계를 유지하기 위해 여러 직업을 전전한다. 마침내 그가 소설을 쓰기 시작한 것은 결혼한 뒤 1990년에 첫 아들을 키우게 되면서였다. 『전화』에 수록된 단편 「센시니」에 잘 묘사되어 있듯이 닥치는 대로 지방 문학상에 작품을 응모하면서 말이다.『아이스링크』는 『팽 선생』, 『제3제국』 등과 더불어 그 시절의 흔적이 고스란히 담겨 있는 볼라뇨의 초기 소설이다. 장신구 가게를 운영하고 캠핑장 야간 경비를 하는 등장인물들의 면면에서 작가의 자전적 요소도 찾아볼 수 있다. 작품에 등장하는 〈스텔라 마리스〉는 볼라뇨가 실제로 야간 경비로 근무했던 캠핑장 〈에스트레야 델 마르〉의 라틴어식 이름이기도 하다.

볼라뇨의 초기 소설인 『아이스링크』에는 후에 그의 대표작들에서 찾아볼 수 있는 특징들이 그대로 담겨 있다. 우선 추리 소설의 뼈대를 차용해 독자의 흥미를 유발하는 줄거리의 구성이 눈에 띈다. 볼라뇨는 가능하면 자신의 작품에 전통적인 추리 소설의 요소를 활용하기 위해 노력한다고 말한다. 살인자가 등장하고 실종자를 추적하는 것보다 문학적으로 더 흥미로운 줄거리는 없다는 것이다. 본격적인 추리 소설의 외관을 하고 있는 『아이스링크』뿐만 아니라 『모리슨의 제자가 조이스의 광신자에게 하는 충고』와 『제3제국』, 『팽 선생』 등에서도 이와 같은 특징을 찾아볼 수 있다.

내용적으로 추리 소설의 뼈대를 빌려 왔다면 형식적으로는 세 가지 특성을 살펴볼 수 있다. 첫째는 마르셀 슈보브의 『상상의 삶』을 모델로 삼아 짧은 분량에 한 개인의 생애를 요약하는 방식이다. 이는 『팽 선생』의 에필로그 부분에서 활용되고 후에 『아메리카의 나치 문학』으로 이어진다. 둘째는 개인의 내밀한 감정을 전달하면서도 관찰자로서 사건을 기록하는 일기 형식이다. 볼라뇨는 『제3제국』에서 이를 작품 전체를 이끌어 가는 구조로 이용했고 『야만스러운 탐정들』의 1부와 3부에서 더욱 효과적으로 발전시켰다. 마지막으로 여러 명의 화자가 등장해 하나의 사건을 놓고 다양한 관점에서 서술하는 형식을 들 수 있다. 『아이스링크』에서 그 단초를 마련한 볼라뇨는 이후 『야만스러운 탐정들』의 2부를 통해 폭발적인 서사를 만들어 내기에 이른다.

『아이스링크』는 카탈루냐의 소도시 Z를 배경으로 어느 해 여름에 일어났던 살인 사건을 다룬다. 사건과 연루된 세 명의 화자가 번갈아 가며 등장해 이야기를 늘어놓는다. 한때 소설가를 지망했으나 이제는 사업가로 변신한 칠레 출신의 이민자 레모 모란. 불법 체류자 신분으로 야간 경비원 일을 하고 있는 멕시코 출신의 떠돌이 시인 가스파르 에레디아. 그리고 좌파 정당 당원으로 성공적인 관료의 길을 걷고 있는 카탈루냐 출신의 공무원 엔리크 로스켈러스. 세 용의자의 등장과 그들의 이야기 속 살인 사건의 암시로 소설은 도입부부터 추리 소설의 외양을 띠게 된다. 그리고 독자들은 엇갈리면서도 연결되는 화자들의 진술을 통해 사건의 진실을 추리한다.

살인이 벌어지는 장소는 Z의 외곽에 위치한 벤빈구트 저택에 있는 아이스링크. 그곳은 피겨스케이팅 선수 누리아의 환심을 사기 위해 로스켈러스가 만든 연습 시설이다. 누리아는 뛰어난 미모의 젊은 여성으로 모란과도 모종의 관계를 맺고 있다. 로스켈러스는 실낱같은 사랑의 희망을 안고 자발적으로 누리아의 충실한 하인 노릇을 한다. 작품 속에는 누리아 외에도 사건과 관계된 세 명의 부차적인 인물이 등장한다. 왕년에 오페라 가수였으나 구걸로 생계를 이어 가는 카르멘 할멈. 카르멘 할멈과 함께 다니며 에레디아의 관심의 대상이 되는 젊은 여성 카리다드. 그리고 카르멘 할멈의 친구이자 역시 구걸과 잡일로 연명하는 〈신병〉 할아버지.

그러나 『아이스링크』는 사건의 수사와 해결을 중심으로 하는 전통적인 추리 소설의 규율을 위반하며 전개된다. 세 명의 화자들은 사건에 대한 것보다는 자신에 대한 이야기에 더 몰두한다. 사실상 작품의 줄거리는 대부분 주인공들의 고독과 사랑에 관한 이야기에 집중되어 있다. 결국 이야기의 막바지에 이르러서야 살인이 발생하고 희생자와 범인이 밝혀진다. 거기다 희생자와 살인자의 정체 또한 줄거리의 흐름으로 쉽게 예상할 수 없는 인물들로 드러난다. 화자들의 이야기에서 단서를 찾아내 사건의 퍼즐을 맞추려는 독자들의 노력이 허사로 돌아가는 것이다.

추리 소설의 기법을 차용하고 전복함으로써 독자의 기대를 배반하는 구성은 볼라뇨의 후기 소설들에서도 쉽게 찾아볼 수 있는 특징이다. 이 작품들에 익숙한 독자들은 애초에 볼라뇨의 소설에서 살인이나 칼이 중요치 않다는 것을 알고 있을 것이다. 『야만스러운 탐정들』과 마찬가지로 『아이스링크』에서도 주변인으로써 살아가는 등장인물들의 삶이 이야기의 핵심을 이룬다. 작품의 말미에 카리다드가 웅얼거리는 말처럼 자신이 〈태어난 곳에서도 외국인〉으로 살고 있는 인물들 말이다. 살인 사건은 등장인물들이 독자의 호기심을 볼모로 마음껏 자신의 이야기를 할 수 있는 구실이 된다.

소설가가 아니라면 탐정이 되고 싶었다는 추리 소설 애독자 볼라뇨가 장르의 기법을 활용한 것은 언뜻 당연한 것처럼 보인다. 전통적인 추리 소설을 변형해 독특한 단편소설을 만들어낸 보르헤스의 영향도 느껴지는 부분이다. 하지만 볼라뇨는 거기서 더 나아가 논리적인 추리보다는 행동이 중심이 되는 하드보일드적 요소를 가미한다. 1970~1980년대에 중남미를 휩쓸었던 시대적

폭력을 담아내는 틀로 이를 이용한 것이다. 이처럼 중남미의 복잡한 현실을 추리 소설 장르에 결합시킨 것이 소설가 볼라뇨의 성과 중 하나라고 할 수 있을 것이다. 이는 리카르도 피글리아를 비롯한 동시대 중남미 작가들의 작품에서도 찾아볼 수 있는 소설적 고민이다.

볼라뇨의 후기 작품들에 익숙한 독자에게는 『아이스링크』의 구성이나 형식이 다소 단순하게 느껴질 수도 있을 것이다. 하지만 앞에서도 살펴보았듯이 이 작품에는 추리 소설의 기법을 효과적으로 변형하는 것이나 조각처럼 이어지는 여러 화자의 이야기로 서사를 구성하는 것 등을 비롯해 작가가 소설가로서 첫발을 내딛으며 고민했던 흔적이 고스란히 묻어 있다. 오히려 복잡한 구조와 실험적인 문체의 벽에 부딪치지 않고도 볼라뇨의 소설 세계의 핵심을 엿볼 수 있다는 것이 『아이스링크』의 장점일 것이다.

박세형

로베르토 볼라뇨 연보

1953년 <u>출생</u> 4월 28일 칠레의 산티아고에서 로베르토 볼라뇨 아발로스 태어남. 아버지 레온 볼라뇨는 아마추어 권투 선수이자 트럭 운전사였고, 어머니 빅토리아 아발로스는 수학 선생님이었음. 볼라뇨는 어린 시절 읽기 장애가 있었는데, 어머니는 시를 좋아하는 어린 아들이 좌절하지 않도록 용기를 북돋워 주었음. 볼라뇨는 가족과 함께 발파라이소, 킬푸에, 비냐델마르, 로스앙헬레스 등 칠레의 여러 도시에서 유년기를 보냈으며, 그중 로스앙헬레스에 가장 오래 거주하였음.

1968~1973년 <u>15~20세</u> 가족과 함께 멕시코의 멕시코시티로 이주함. 학교에 입학했으나 중퇴했고, 다시는 교실에 발을 들여놓지 않겠다고 굳게 결심함. 1968년 10월 멕시코시티 올림픽 개막 며칠 후, 이 도시를 뒤흔든 학생 소요와 경찰의 무력 진압 현장을 목격함. 이는 수백만의 학생이 학살되거나 투옥되었던 10월 2일 틀라텔롤코 대학살에 뒤따라 벌어진 사건이었음. 이러한 일련의 사태는 이후 볼라뇨의 작품, 특히 『야만스러운 탐정들*Los detectives salvajes*』과 『부적*Amuleto*』의 소재가 됨. 15세부터 시를 쓰기 시작했으며, 독서에 푹 빠져 생활함. 그는 서점 진열대에서 책을 훔쳐 읽으며 지식을 습득했고, 훗날 서점 직원들이 자기 손에 닿지 않는 곳에 몇몇 책을 꽂아 놓아 읽을 수 없었다고 원망하기도 함. 그는 자신이 독학을 한 것이 아니라 〈모든 것을 책에서 배웠

다〉고 말함. 사춘기 말과 성년 초기를 멕시코에서 보냄. 이때를 멕시코에서 보낸 제1시기라고 할 수 있음.

1973년 20세 8월 아옌데 대통령의 사회주의 정부를 전복하려는 피노체트의 쿠데타(9월 11일)가 발발하기 전에 사회주의 건설에 참여하기 위해 칠레로 돌아와 아옌데의 사회주의 혁명을 지지하는 좌파 진영에 가담함. 쿠데타가 일어나자 콘셉시온 근처에서 체포되어 투옥되었으나, 마침 어릴 적 친구였던 간수의 도움으로 8일 만에 석방됨. 이 행적은 순전히 볼라뇨 자신의 진술에 의거한 것으로, 볼라뇨는 이 극적인 사건을 여러 작품에 다양한 형태로 서술하였음.

1974~1977년 21~24세 멕시코로 돌아와 아방가르드 문학 운동인 〈인프라레알리스모*infrarrealismo*〉를 주창함. 〈인프라레알리스모〉는 프랑스 다다이즘과 미국 비트 제너레이션의 영향을 받은 시 문학 운동으로, 볼라뇨가 친구인 시인 마리오 산티아고와 함께 결성하였으며 멕시코 시단의 기득권 세력을 비판하며 가난과 위험, 거리의 삶과 일상 언어에 눈을 돌리자고 주장한 반항적 운동임. 문학 기자와 교사로 일했으나 무엇보다도 시를 읽고 쓰는 데 집중함.

1975년 22세 브루노 몬타네와 함께 시집 『높이 나는 참새들 *Gorriones cogiendo altura*』 출간.

1976년 23세 일곱 명의 다른 〈인프라레알리스모〉 시인들과 함께 산체스 산치스 출판사에서 시집 『뜨거운 새*Pájaro de calor*』 출간. 그리고 같은 해 첫 단독 시집인 『사랑을 다시 만들어 내기 *Reinventar el amor*』 출간. 이 시집은 한 편의 장시를 9개의 장으로 나누어 실은 얇은 책으로, 후안 파스코에가 지도하는 타예르 마르틴 페스카도르 시 아틀리에에서 출간되었음. 북아메리카 미술가 칼라 리피의 판화를 표지 그림으로 쓴 이 책은 225부만 인쇄하였음. 이때를 멕시코에서 보낸 제2시기라 할 수 있음.

1977년 24세 유럽으로 이주. 파리를 비롯해 유럽 여러 나라의 도시들을 여행한 후 스스로 〈세상에서 가장 아름다운 도시〉라고 경탄한 바르셀로나에 정착함. 이후 접시 닦이, 바텐더, 외판원,

캠핑장 야간 경비원, 쓰레기 청소부, 부두 노동자 등 온갖 직업에 종사하며 생계를 유지함. 그러면서도 계속 시를 씀.

1979년 26세 11인 공동 시집인 『불의 무지개 아래 벌거벗은 소년들*Muchachos desnudos bajo el arcoiris de fuego*』 출간.

1980년 27세 시를 계속 쓰면서 본격적으로 소설 집필에 전념하기 시작함.

1982년 29세 카탈루냐 출신 카롤리나 로페스와 결혼.

1984년 31세 안토니 가르시아 포르타와 함께 쓴 소설 『모리슨의 제자가 조이스의 광신자에게 하는 충고*Consejos de un discípulo de Morrison a un fanático de Joyce*』를 출간, 스페인의 암비토 리테라리오 소설상 수상.

1986년 33세 카탈루냐 북동부 코스타 브라바의 헤로나 근처의 블라네스라는 바닷가 소도시로 이사. 볼라뇨는 죽을 때까지 이 도시에서 살았음.

1990년 37세 아들 라우타로 태어남. 1990년대 초부터 볼라뇨는 자신의 시와 소설들을 스페인의 다양한 지역 문학상에 출품하기 시작함. 그는 문학상을 받아 생계에 보탬이 되고 자신의 작품이 출판되기를 희망하였음.

1992년 39세 시집 『미지의 대학의 조각들*Fragmentos de la universidad desconocida*』이 출간 이전 라파엘 모랄레스 시(詩) 문학상 수상. 치명적인 간질환을 진단받음.

1993년 40세 소설 『아이스링크*La pista de hielo*』 출간, 스페인의 알칼라데에나레스 시(市) 중편 소설상을 수상. 시집 『미지의 대학의 조각들』 출간. 볼라뇨는 이때부터 본격적으로 문학계의 인정을 받기 시작함. 이때부터는 오직 글쓰기로만 생활비를 벌었다.

1994년 41세 소설 『코끼리들의 오솔길*La senda de los elefantes*』 출간, 스페인의 펠릭스 우라바옌 중편 소설상 수상. 시집 『낭만적인 개들*Los perros románticos*』이 출간 전 스페인의 이룬 시(市)

문학상을 수상함.

1995년 42세 시집 『낭만적인 개들』 출간.

1996년 43세 가공의 작가들이 쓴 가짜 백과사전인 소설 『아메리카의 나치 문학*La literatura nazi en América*』과 『먼 별*Estrella distante*』 출간. 이해부터 볼라뇨는 바르셀로나의 아나그라마 출판사와 인연을 맺고 대부분의 작품을 이곳에서 출간하기 시작함.

1997년 44세 단편집 『전화*Llamadas telefónicas*』 출간, 칠레의 산티아고 시(市) 상 수상. 이 소설집 맨 앞에 수록된 단편소설 「센시니Sensini」도 같은 해 따로 단행본으로 출간됨. 대표작 중 하나로 꼽히는 방대한 분량의 소설 『야만스러운 탐정들』이 출간되기 전에 스페인의 권위 있는 문학상인 에랄데 소설상을 수상함.

1998년 45세 『야만스러운 탐정들』 출간. 이 소설은 동시대를 멋지게 그려 낸 한 편의 대서사시와 같은 장편소설로서, 뛰어난 철학적–문학적 성찰과 스릴러적인 요소, 파스티슈, 자서전의 성격이 혼재하는 독특한 작품이다. 소설의 두 주인공은 볼라뇨 자신의 분신이라 할 수 있는 아르투로 벨라노와, 볼라뇨의 친구로서 함께 인프라레알리스모 운동을 이끌었던 마리오 산티아고를 모델로 한 울리세스 리마이다. 울리세스 리마는 이후 다른 작품에도 등장함. 『파울라』지로부터 소설 심사 위원 위촉을 받아 25년 만에 칠레를 방문함.

1999년 46세 『야만스러운 탐정들』로 〈라틴 아메리카의 노벨 문학상〉이라 불리는 베네수엘라의 로물로 가예고스상 수상. 소설 『부적*Amuleto*』과, 『코끼리들의 오솔길』의 개정판인 『팽 선생*Monsieur Pain*』 출간. 오라 에스트라다는 『부적』을 엄청난 걸작으로 평가했다.

2000년 47세 소설 『칠레의 밤*Nocturno de Chile*』과 시집 『셋*Tres*』 출간. 볼라뇨는 자신의 짧은 소설 가운데 가장 완벽한 작품으로 『칠레의 밤』을 꼽았다. 스페인의 주요 일간지인 「엘 파이스El País」와 「엘 문도El Mundo」에 칼럼 게재.

2001년 48세 단편집 『살인 창녀들*Putas asesinas*』 출간. 볼라뇨가 등장인물로 나오는 하비에르 세르카스Javier Cercas의 소설 『살라미나의 병사들*Soldados de Salamina*』도 출간됨. 이 소설에서 볼라뇨는 주인공이 소설을 완성하도록 도와주는 인물로 등장함. 2003년 영화로도 제작된 이 작품의 성공으로 볼라뇨는 스페인에서 유명해짐.

2002년 49세 실험적인 소설 『안트베르펜*Amberes*』과 『짧은 룸펜 소설*Una novelita lumpen*』 출간.

2003년 50세 사망하기 몇 주 전 세비야에서 열린 라틴 아메리카 작가 대회에 참가하여 만장일치로 새로운 라틴 아메리카 문학의 대변자로 추앙됨. 7월 15일 바르셀로나의 바예데에브론 병원에서 아내 카롤리나와 아들 라우타로, 딸 알렉산드라를 남긴 채 간 부전으로 숨을 거둠. 단편집 『참을 수 없는 가우초*El gaucho insufrible*』 사후 출간. 대표작 중 하나인 『2666』이 출간되기 전에 바르셀로나 시(市) 상을 수상함.

2004년 『참을 수 없는 가우초』가 칠레의 알타소르 소설상 수상. 필생의 역작 『2666』 출간, 스페인의 살람보상 수상. 1천 페이지가 넘는 어마어마한 분량의 이 작품은 볼라뇨가 죽을 때까지 손에서 놓지 않고 매달린 소설로, 가장 큰 야심작임. 처음에는 작가의 뜻에 따라 1년 간격으로 5년에 걸쳐 5부작으로 출판하려 했으나, 1권의 〈메가 소설〉로 출간됨. 『2666』은 북멕시코의 시우다드후아레스 시에서 3백 명 이상의 여인이 연쇄 살인된 미해결 실제 사건을 주요 모티프로 삼아 산타테레사라는 도시를 배경으로 재구성한 작품임.

2005년 『2666』이 칠레의 알타소르 소설상, 칠레의 산티아고 시(市) 문학상 수상. 칼럼과 연설문, 인터뷰 등을 모은 『괄호 치고 *Entre paréntesis*』 출간.

2006년 볼라뇨의 인터뷰를 모은 『볼라뇨가 말하는 볼라뇨 *Bolaño por sí mismo*』 출간.

2007년 단편소설과 다른 글들을 모은 『악의 비밀*El secreto del*

mal』과 시집 『미지의 대학*La universidad desconocida*』 출간. 『야만스러운 탐정들』 영어판 출간, 「뉴욕 타임스」 선정 〈2007년 최고의 책〉으로 꼽힘. 『먼 별』이 2007년 콜롬비아 잡지 『세마나』에서 선정한 〈25년간 출간된 스페인어권 100대 소설〉 14위에 오름.

2008년 『2666』의 영어판 출간, 평단과 독자 모두에게 호평을 받으며 대단한 인기를 누림. 전미 서평가 연맹상 수상. 「뉴욕 타임스」와 『타임』 선정 〈2008년 최고의 책〉으로 꼽힘.

2009년 『2666』이 「타임스 리터러리 서플러먼트」, 「스펙테이터」, 「텔레그래프」, 「인디펜던트 온 선데이」, 「샌프란시스코 크로니클」, 「NRC 한델스블라드」 등 세계 각국의 유력지에서 〈2009년 최고의 책〉에 선정되었으며 「가디언」에서는 〈2000년대 최고의 책 50권〉으로 꼽힘. 스페인 유력지 「라 반과르디아」에서 선정한 〈2000년대 최고의 소설 50권〉 중 『2666』이 1위로 꼽힘.

2010년 소설 『제3제국*El Tercer Reich*』 출간.

2011년 소설 『진짜 경찰의 무미건조함*Los sinsabores del verdadero policía*』 출간. 현재 볼라뇨의 전작은 스페인을 비롯한 이탈리아, 독일, 프랑스, 네덜란드, 스웨덴, 핀란드, 그리스, 체코, 폴란드, 세르비아 등 유럽권 국가는 물론 미국과 영국 등 영어권 국가, 그리고 브라질, 터키, 이스라엘, 일본에 이르기까지 번역, 출간되며 〈볼라뇨 전염병〉을 퍼뜨리고 있다.

아이스링크

옮긴이 박세형은 1981년에 홍성에서 태어나 서울대학교 서어서문학과를 졸업하고 동 대학원 석사 과정을 수료했다. 옮긴 책으로 『볼라뇨, 로베르토 볼라뇨』(공역), 로베르토 볼라뇨의 『전화』가 있으며, 스페인어권 문학 및 다양한 세계 문학 작품을 소개하고 번역하는 일을 하고 있다.

지은이 로베르토 볼라뇨 **옮긴이** 박세형 **발행인** 홍지웅 **발행처** 주식회사 열린책들 **주소** 경기도 파주시 문발로 253 파주출판도시 **전화** 031-955-4000 **팩스** 031-955-4004 **홈페이지** www.openbooks.co.kr ISBN 978-89-329-1655-2 03870 **발행일** 2014년 5월 15일 초판 1쇄

이 도서의 국립중앙도서관 출판시도서목록(CIP)은 e-CIP 홈페이지(http://www.nl.go.kr/ecip)와 국가자료공동목록시스템(http://www.nl.go.kr/kolisnet)에서 이용하실 수 있습니다.
(CIP제어번호: CIP2014012384)

로베르토 볼라뇨의 소설

칠레의 밤 임종을 앞둔 칠레의 보수적 사제이자 문학 비평가인 세바스티안 우루티아 라크루아의 속죄의 독백.

부적 우루과이 여인 아욱실리오 라쿠투레가 1968년 멕시코 군대의 국립 자치 대학교 점거 당시 13일간 화장실에 숨어 지냈던 이야기를 시작으로 들려주는 흥미로운 회고담.

먼 별 연기로 하늘에 시를 쓰는 비행기 조종사이자 피노체트 치하 칠레의 살인 청부업자였던 카를로스 비더와 칠레의 암울한 나날에 관한 강렬한 이야기.

전화 볼라뇨의 첫 번째 단편집. 시인, 작가, 탐정, 군인, 낙제한 학생, 러시아 여자 육상 선수, 미국의 전직 포르노 배우, 그리고 수수께끼 같은 인물들이 등장하는 14편의 이야기.

야만스러운 탐정들 〈라틴 아메리카의 노벨상〉이라 불리는 로물로 가예고스상 수상작. 현대의 두 돈키호테, 우울한 멕시코인 울리세스 리마와 불안한 칠레인 아르투로 벨라노가 만난 3개 대륙 8개 국가 15개 도시 40명의 화자가 들려주는 방대한 증언.

2666 볼라뇨의 최대 야심작이자 죽을 때까지 손에서 놓지 않은 일생의 역작. 5부에 걸쳐 80년이란 시간과 두 개 대륙, 3백 명의 희생자들을 두루 관통하는 묵시록적인 백과사전과 같은 소설.

팽 선생 은퇴 후 조용히 살고 있던 피에르 팽. 멈추지 않는 딸꾹질로 입원한 페루 시인 세사르 바예호의 치료를 부탁받은 후 이상하게도 꿈같은 사건들이 일어나기 시작한다.

아이스링크 스페인 어느 해변 휴양지의 여름, 칠레의 작가 겸 사업가와 멕시코 출신 불법 노동자, 카탈루냐의 공무원 등 세 남자가 풀어놓는 세 가지 각기 다른 이야기.

살인 창녀들 두 번째 단편집. 세계 곳곳에서 방황하는 이들, 광기, 절망, 고독에 관한 13편의 이야기. 이 책에서 시는 폭력을 만나고, 포르노그래피는 종교를 만나며 축구는 흑마술을 만난다.

안트베르펜 볼라뇨의 무의식 세계와 비관적 서정성으로 들어가는 비밀스러운 서문과 같은 작품. 55편의 짧은 글과 한 편의 후기로 이루어진 실험적인 문학적 퍼즐이다.

참을 수 없는 가우초 5편의 단편과 2편의 에세이 모음집. 참을 수 없는 가우초, 불을 뱉는 사람, 비열한 경찰관 등에 관한 이야기와 문학과 용기에 관한 아이러니한 단상이 실려 있다.

제3제국 코스타 브라바의 독일인 여행자와 수수께끼의 남미인 사이에 벌어지는 이야기. 〈제3제국〉은 전쟁 게임의 이름이다.